심천게

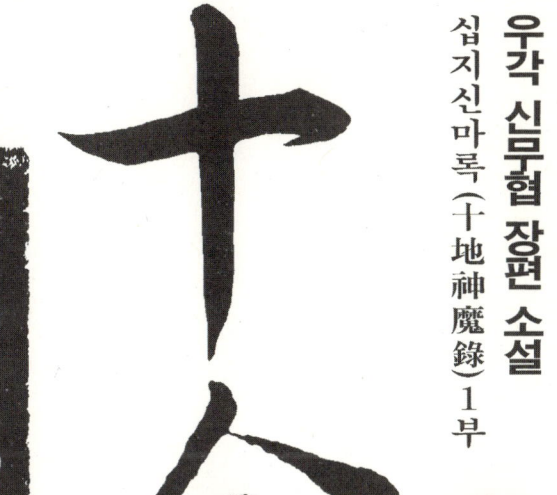

우각 신무협 장편 소설

십지신마록(十地神魔錄) 1부

1

······내가 살겠다

十全帝

십전제

뿔미디어

목차

한 해가 저물어 가는 이 시기에 또 하나의 글을 들고 다시 여러분을 찾아뵙게 되었습니다. 생각해 보면 최근에 제가 쓴 글들은 대부분 겨울에 낸 것 같네요. 이것도 하나의 징크스라고 볼 수 있겠군요.

애당초 십지신마록(十地神魔錄)은 3부작으로 구성되어 있습니다. 그리고 십전제(十全帝)는 십지신마록의 2부 격인 작품입니다. 그런데도 굳이 1부라는 타이틀을 걸고 나가는 것은 십전제가 모든 이야기들의 교차점에 있는 가교(架橋)와도 마찬가지인 존재이기 때문입니다.

제가 이번에 시작하는 이야기에 십지신마록이라는 거창한 부제를 붙인 것은 이 이야기가 신(神)과 마(魔) 사이를 오가는 인간들의 이야기이기 때문입니다.

저는 절대악(絕大惡)도 절대선(絕大善)도 없다고 생각합니다. 살아온 환경에 의해서, 그리고 성향에 의해서 한 사람의 인생이 얼마든지 변할 수 있다고 생각합니다.

십전제 역시 그런 이야기입니다.

매력적인 악인(惡人)의 이야기를 그려 보고 싶었습니다.

태어나면서부터 악인이 될 수밖에 없었던 남자, 그의 인생을 이제부터 이야기해 보고자 합니다.

2007년 11월 어느 날
선비들이 노니는 곳에서 우각 배상.

서장

—업무 수행 일곱 번째 날.

오장이 찢어지는 듯한 지독한 통증, 단장독(斷腸毒)인가?

재밌군. 이미 만독불침지신(萬毒不侵之身)에 이른 이 몸에게 단장독이라니. 이따위 단장독이야 한 번의 운기만으로 모두 날려 버릴 수 있는 나이거늘. 아직도 헛된 망상을 꿈꾸는 이들이 존재하는가 보군. 하긴 그것도 괜찮겠지. 약간의 긴장은 일상에 조그만 활력이 되어 줄 테니까.

—업무 수행 여덟 번째 날.

서른두 명의 암살 시도, 그중 한 명이 나의 왼팔에 상처를 냈다. 금강불괴지신에 가까운 이 몸에 상처를 내다니. 서역에서만 난다는 금장혈괴(金仗血塊)로 만든 무기란 말인가? 그냥 웃음으로 넘길 일이 아니다. 금장혈괴는 전설상의 금속으로, 절대고수들을 사냥하기 위해 신이 내렸다는 마물(魔物)이기에.

─업무 수행 열 번째 날.

금장혈괴에 당한 상처가 아물지 않는다. 그 때문에 왼팔을 움직이는 것이 여의치가 않다. 상처가 낫기는커녕 시간이 갈수록 오히려 악화되고 있다. 한 번 당하면 회복이 불가능한 상태로 몰고 가는 것이 금장혈괴의 위력이다.

이로써 나는 당분간 한 팔을 쓸 수 없는 건가?

─업무 수행 열세 번째 날.

시비가 준 차에 칠보추혼독(七步追魂毒)이 담겨 있었다. 그깟 칠보추혼독 따위야 이 몸에 해를 끼칠 수 없지만, 금장혈괴에 당한 상처에는 불에 기름을 부은 듯한 결과를 가져와 상처를 걷잡을 수 없이 악화시키고 있다.

정체가 발각되자 스스로 혀를 물고 자결한 계집. 칠보추혼독은 일개 시비가 구할 수 있는 물건이 아니다.

도대체 내 주위에서 무슨 일이 벌어지고 있는 것인가?

─업무 수행 열여덟 번째 날.

총관의 눈빛이 변했다.

나를 바라보는 눈에 담긴 은은한 적의와 살기, 그는 이제까지 내가 알고 있던 그가 아니다.

사람이 변한 것인가? 그것도 아니면 바뀐 것인가?

어느 쪽이든 상관없겠지. 중요한 것은 그가 나에게 적의를 가지고 있다는 것이니까.

그를 제거해야겠다.

—업무 수행 서른 번째 날.

본가의 오른팔을 자처하던 삼대봉신가(三大奉臣家)가 등을 돌렸다. 물론 공식적인 것은 아니다. 그들은 절대로 자신들의 속내를 밖으로 드러내지 않으니까.

늑대처럼 흉폭하고, 여우처럼 음흉한 자들.

그들도 내 주위에서 벌어지는 일련의 사태와 연관이 있는 것인가? 그것도 아니면 위험을 직감적으로 느끼고, 몸을 사리고 있는 것인가? 그것이 어느 쪽이든 결코 나에게 좋은 일은 아니다.

그들을 다시 내 쪽으로 끌어와야 한다.

그들은 본가를 이루는 근간 중의 하나, 그들을 따로 두고 본가를 생각할 수 없기에.

—업무 수행 서른다섯 번째 날.

삼대봉신가는 기어이 나에게서 등을 돌렸고, 총관을 처벌하는 일 역시 실패했다. 수많은 이들이 그들을 옹호하고 있다.

이제까지 내가 알지 못했던 이들이 움직이고 있다. 그들은 철저히 총관과 삼대봉신가를 비호하고 있다.

암류(暗流)가 흐르고 있다.

내가 알지 못하는 그 어떤 미지의 기운. 누군가 본가를 노리고 있다.

—업무 수행 마흔 번째 날.

머리가 아프다. 또다시 이름 모를 독에 중독된 것인가? 그들의 수법은 더욱 은밀해지고, 교묘해지고 있다. 이제는 나조차도 그 수법을 파악할 수 없을 정도로 그들은 발전하고 있다.

나의 죽음을 원하는 것인가?

나의 죽음을 원하는 자들은 누구인가?

분명 그들의 뒤에는 거대한 무언가가 존재한다.

—업무 수행 마흔다섯 번째 날.

내가 알고 있던 모든 것이 변해 가고, 나는 고립되어 가고 있다. 그들은 사방에서 나를 옥죄어 오고 있다.

어제까지 내가 믿던 모든 것들이 나의 적으로 변했다. 나는 그들 한가운데에 고립되어 있고, 누구에게도 나의 속내를 털어놓을 수가 없다. 누가 아군인지, 적인지 도무지 알 수 없다. 그러나 한 가지는 확실하다. 아군보다 적이 더 많다는 사실.

천하제일가라는 본가는 이토록 수많은 적을 두었던가?

외롭다.

—업무 수행 쉰 번째 날.

그녀와 가진 잠자리. 오랫동안 꿈꿔 왔던 순간이었다. 누구도 믿을 수 없지만, 그녀만은 믿을 수 있으리라 생각했다. 그녀만은 나의 편이 될 거라 믿었기에. 그녀의 품속에서 모든 근심을 잊고 싶었다.

그러나 그녀와의 잠자리에서 나는 치명적인 독에 중독됐다. 그로 인해 나의 내력 중 오 할이 유실됐고, 나의 상처는 더욱 악화됐다.

우습군!

가장 믿었던 이에게마저 배신을 당하다니.

나는 바보인가?

주위의 모든 것이 변했는데 홀로 알아차리지 못하다니. 아니다. 그들이 그만큼 무서운 것이다. 나도 알아차리지 못한 사이에 본가의 모든 것을 장악한 이들.

도대체 누군가?

천하에 어떤 이가 있어 본가를 이토록 완벽하게 암중 장악할 수 있단 말인가?

—업무 수행 예순 번째 날.

나는 곧 죽을 것이다.

그들은 나의 죽음을 원하고 있다.

나는 고립되어 있고, 어디에도 내가 살아날 여지는 존재하지 않는다.

그들의 정체가 무엇인지는 아무도 모른다. 하지만 분명한 것은 그들은 나를 노리고 있고, 아주 오래전부터 그들의 계획을 착실히 진행시켜 왔다는 것이다.

미증유의 거대한 적.

그들은 나의 완벽한 파멸을 원하고 있다.

나라는 존재를 세상에서 완벽하게 지우는 것, 그것이 그들이 진정으로 노리는 것이다. 하지만 그 사실을 깨달았을 때 나는 이미 죽어 가고 있다.

나의 무공은 이미 오 할 이상 유실되었고, 영원히 독에 침범되지 않을 거라 믿었던 나의 몸은 이미 정체를 알 수 없는 수많은 독에 중독되어 조금씩 죽어 가고 있었다.

누가 적인지, 누가 아군인지 알 수 없다.

어쩌면 모두가 적일지도…….

이미 난 죽음의 함정에 빠져 있다. 함정을 빠져나가는 방법 따윈 존재하지 않는다.

그들이 원하는 것은 나의 죽음, 그리고 본가의 완벽한 장악.

내가 죽는다면……. 내 한 몸만 죽는다면…….

오냐, 죽어 주마.

그토록 나의 죽음을 원한다면 죽어 주마.

화려하게, 모두가 보는 앞에서 그렇게 죽어 주마.

그러나 후회하게 될 것이다.

나의 죽음으로 봉인되어 있던 악마가 눈을 뜨게 될지니.

이제 나는 악마를 깨우러 갈 것이다.

천우경은 들고 있던 붓을 놓았다.

그의 눈앞으로 거대한 구주천가(九州千家)의 전경이 펼쳐지고 있었다.

거대한 성을 방불케 하는 엄청난 전각군과 깃발들이 구주천가의 위용을 새삼스럽게 느끼게 했다. 그러나 구주천가를 바라보는 천우경의 눈에는 어떠한 감흥도 존재하지 않았다. 이미 그의 눈가에는 죽음의 그림자가 짙게 드리워져 있었다.

대신 그의 시선이 구주천가에서 가장 은밀한 곳으로 향했다.

그 순간 그의 입을 타고 흘러나온 나직한 한 단어.

"……형."

제1장

어둠을 지배하는 자

천우경은 자신의 거처를 나와 걸음을 옮겼다.

순간 곳곳에서 느껴지는 따가운 시선들, 문득 그의 입가에 서늘한 미소가 걸렸다.

'이제는 흑무원(黑霧院)에까지 대놓고 들어오는구나.'

흑무원은 오직 그만을 위한 거처였다. 외인은 함부로 출입할 수도 없고, 그의 허락이 없이는 구주천가의 원로들조차 발을 들일 수 없는 곳이다. 그런 그의 영역에 타인들의 존재감이 느껴지고 있었다.

모두가 그가 약해진 탓이다.

그의 적들은 그의 쇠락을 이미 파악하고 있었다.

'승냥이 같은 자들……'

천우경이 입술을 질근 깨물었다.

단 한 치의 틈으로도 그들은 파고든다. 단 한순간도, 단 한 치의 방심도 허락해서는 안 된다. 그러나 이미 늦었다. 이미 그는 허점을 보였고, 그런 허점을 통해 도저히 어떻게 손을 써볼 수 없을 정도로 적들은 흑무원 곳곳까지 파고들었다.

일천(一天), 이전(二殿), 삼부(三府), 사원(四院), 오각(五閣), 육대(六隊), 칠군(七軍), 그리고 삼대봉신가(三大奉臣家)로 이루어진 천하제일의 가문, 그것이 구주천가였다.

천하를 병탄한 천하제일의 가문이자, 천하에서 가장 강력한 무력을 소유한 무인가(武人家). 천우경은 구주천가의 직계 혈통이자, 네 명의 후계자 중 한 명이었다.

육 척 장신에 관옥을 다듬어 놓은 듯 조각 같은 얼굴, 굳게 다문 입술과 구릿빛 피부가 그를 더욱 사내답게 보이게 만들고 있었다. 하지만 어느 순간부터인가 그의 눈가에는 검은 그림자가 드리워져 있었다.

만독불침지체였던 그의 신체는 언제부터인지 모르게 균열을 일으키며 파괴되고 있었고, 옷 속에 숨겨진 신체 곳곳에는 커다란 상처들이 하나 둘 늘어나고 있었다. 이미 그의 몸은 죽음을 향해 달려가고 있는 것이다.

이름을 알 수 없는 수많은 독들은 그의 내부를 조금씩 녹이면서 그의 생명을 갉아먹고 있었다. 그러나 천우경의 걸음걸이는 추호도 흔들리지 않았다.

꼿꼿하게 허리를 펴고, 당당하게 어깨를 폈다.

보보마다 힘이 넘쳐흘렀고, 그의 전신에서는 천하를 짓누를 듯한 패기가 흘러나왔다.

'나는 천우경이다. 내가 구주천가의 소가주 천우경이다. 추호도 약한 모습 따윈 보이지 않는다.'

부러질지언정 휘지는 않는다.

그것이 구주천가의 핏줄에게 대대로 내려오는 유훈이었다. 그리고 천우경은 누구보다 구주천가의 유훈에 충실한 남자였다.

"소가주님."

그때 흑무원의 널따란 마당을 쓸던, 허리가 꾸부정한 석 노인이 천우경을 발견하고 다가왔다.

긴 세월의 흐름을 간직한 수많은 주름들. 하나 천우경을 바라보는 석 노인의 눈빛에는 따스함만이 가득했다.

석 노인을 바라보는 천우경의 입가에 따스한 미소가 걸렸다. 이제까지의 가식적인 미소가 아니라 진정으로 마음에서 우러나오는 미소였다.

천우경이 태어난 그 순간부터, 아니 그 이전부터 흑무원을 지키는 석 노인. 무공이란 일초반식도 모르지만 천가의 핏줄에 대한 충성심만은 누구보다 강한 노인이 바로 눈앞에 있는 석 노인이었다.

석 노인은 천우경을 자신의 친손자처럼 따스한 시선으로 바라보며 말했다.

"출타하십니까?"

"잠깐 볼일이 있어서요."

"호위들이라도 대동하고 가시지 않구요?"

"이곳은 구주천가입니다. 제가 호위들을 대동할 이유가 없지 않습니까."

"그야 그렇지만……."

석 노인이 말끝을 흐렸다.

추호의 흔들림도 없는 자신 있는 표정, 그 패기가 하늘을 찌르는 천우경. 그러나 왠지 그를 바라보는 석 노인의 눈빛에는 불안감이 담겨 있었다.

평생을 구주천가에서 살아온 석 노인이었다. 비록 무공과는 아무런 연관이 없다지만 이목마저 닫은 것은 아니었다. 그에게도 들려오는 소문이 있었고, 보이는 것이 있었다. 그 어느 것 하나 흉흉하지 않은 것이 없었다. 그런데도 천우경은 여전히 흔들림이 없었다.

어려서부터 유난히 대가 셌던 아이가 바로 천우경이었다. 자신의 소신을 굽히는 법이 없었고, 하고자 하는 일은 반드시 해내는 남자가 바로 천우경이었다. 석 노인은 그런 천우경을 너무나 잘 알고 있었다.

천우경이 석 노인의 손을 잡으며 말했다.

"잠시 다녀오겠습니다."

"소……가주님."

석 노인을 뒤로하고 천우경은 다시 걸음을 옮겼다.

그가 움직이자 수많은 시선이 함께 움직였다.

건물 그늘에 숨어 움직이는 자들, 우연히 근처를 지나가는 것처럼 그를 스쳐 지나가는 행인들, 그리고 멀찍이 떨어져 그를 관찰하는 자들까지.

천우경의 눈가에 한기가 스쳐 지나갔다.

하나 그는 자신의 화를 꾹꾹 눌러 참았다. 그들을 처리하는 것은 그리 어려운 일이 아니었으나, 근본적인 해결책이 될 수 없음을 잘 알고 있는 까닭이었다.

천우경의 걸음이 조금 더 빨라졌다.

그가 향하는 곳은 구주천가의 금지(禁地)였다.

사방 수십여 리를 지배하는 거대한 무인들의 대지, 구주천가. 수만의 무인들이 각각 독자적인 영역을 가지고 자신들만의 질서를 가지고 대립한다. 제아무리 천하를 울리는 무인일지라도 구주천가에 들어선 이상 그런 법칙을 존중해야 한다.

철저한 강자존(强者存)의 세계. 그러한 힘의 법칙이야말로 오늘날의 구주천가를 있게 한 원동력이었다.

하나 수많은 힘의 법칙으로도 어찌할 수 없는 절대의 율법이 지배하는 땅, 그곳이 바로 금지였다.

그 안에 무엇이 있는지, 또한 어떠한 구조로 생겼는지 아는 자는 존재하지 않았다. 오직 천가의 핏줄에게만 자신을 허락하는 절대의 금역. 이제까지 수많은 무인들이 무단으로 금지를 침범하고자 했지만, 밖으로 나온 이는 단 한 명도 존재하지 않았다.

금지를 침범했던 무인 중에는 당시 천하십대고수 중 한 명인 탁탑마도(卓塔魔刀) 원개세도 속해 있었다. 폭급한 성격과 고강한 무공으로 천하에 두려울 것이 없다던 그조차도 십 년 전 금지에 들어간 이후 두 번 다시 세상으로 나오지 못했다.

탁탑마도 원개세 이후로도 몇 명이 더 금지에 들어갔지만, 나온 이는 존재하지 않았다. 그제야 구주천가의 무인들조차도 금지에 대한 호기심을 접었다. 금지가 자신들에겐 능력 밖의 영역이란 것을 인정한 것이다.

천우경이 금지로 향한다는 소식은 곧 구주천가 곳곳에 전해졌다. 천우경을 감시하던 자들은 자신들이 모시고 있는 자들에게 이 소식을 전했고, 그러한 소식은 마치 마른 들판에 불길이 번지듯 순식간에 전해졌다.

천우경이 금지에 도착했을 때, 그곳에는 일단의 무리가 그를 기다리고 있었다.

천우경의 입술이 뒤틀렸다.

"외……숙."

수십의 정예들을 이끌고 있는 중년의 사내. 세 갈래로 멋스럽게 기른 수염이 유난히도 인상적인 사내였다.

그는 구주천가를 지탱하는 세 기둥 삼대봉신가, 그중의 하나인 대붕모가(大鵬茅家)의 가주이자 천우경의 외숙인 모중광이었다. 그러나 그를 바라보는 천우경의 시선은 서늘하기만

했다.

이미 등을 돌린 사람이었다. 자신이 손을 내밀었을 때 모질게 거절한 남자였다. 아무리 어미와 같은 핏줄을 타고 태어났다지만, 결코 같이할 수 없는 남자인 것이다.

모중광이 입을 열었다.

"금지로 들어가려는 것이냐?"

"외숙이 상관할 일이 아닌 것 같소."

차가운 천우경의 말에 모중광의 눈썹이 꿈틀거렸다. 그러나 이내 모중광은 평소의 신색을 회복하며 말했다.

"금지는 구주천가 전체와 관련이 된 곳이다. 나는 당연히 삼대봉신가의 일원으로 상관할 자격이 있다."

"금지는 구주천가가 아니라 천씨의 핏줄을 위해 존재하는 곳, 외숙은 자격이 없소."

"너는……."

"나 역시 금지에 들어가는 것은 오늘이 처음, 이 안에 무엇이 존재하는지 알 수 없소. 그러니 외숙에게 말해 줄 내용도 없고, 필요도 느끼지 못하오."

천우경의 싸늘한 말에 모중광이 일순 할 말을 찾지 못했다. 천우경이 그를 지나쳐 금지로 향했다. 그에 모중광의 호위무사들이 분노해 검을 뽑으려 했다. 그러나 모중광은 손을 들어 호위무사들을 제지했다.

"아무리 이빨이 빠졌다고 할지라도 그는 사자(獅子)다. 상처 입은 사자가 더욱 무서운 법. 너희들은 그를 자극하지 말고 이곳에서 그를 관찰하도록 하라. 그가 금지에서 나온 이후의 일거수일투족을 추호도 놓쳐서는 안 될 것이야."

"존명!"

모중광은 멀어지는 천우경의 뒷모습을 조용히 바라보았다.

거대한 산악을 연상시키는 굳건한 등이 왠지 쓸쓸해 보이는 것은 그만의 착각일까?

그가 조용히 중얼거렸다.

"네가 제아무리 발버둥 쳐도 천가의 시대는 이미 저물었다. 이미 구주천가가 천씨의 것이 아닌 것을 너만 모르고 있구나."

생각 같아서는 금지 안으로 따라 들어가고 싶지만, 모중광은 그러지 않았다. 그의 능력으로도 금지를 들어가는 것은 역부족이기 때문이다.

오직 천가의 직계 혈통에게만 개방되는 불가해(不可解)의 대지. 모중광이 아니라 천하의 그 누구라도 감히 금지로 들어갈 엄두를 내지 못했다.

"금지 안에 무엇이 있든 상관없다. 이미 대세를 돌릴 수는 없으니까."

천우경은 금지 안으로 발을 내디뎠다.

이미 절대의 경지에 이른 그의 안력으로도 한 치 앞을 내다볼 수 없는 불가사의한 짙은 안개가 일렁이고 있었다.

일설에 의하면 구주천가가 존재하기 이전부터 금지가 존재했다고 했다. 천가보다 더욱 오래된 역사를 가지고 있는 곳이 바로 금지였다.

안개가 제멋대로 엉겨들었다. 마치 살아 있는 생명체의 촉수처럼 천우경의 몸을 더듬는 안개. 천우경은 안개에 편안하게 몸을 맡겼다.

그의 뇌리 속에 부친의 음성이 스쳐 지나갔다.

'편안하게 몸을 맡겨라. 절대 거부하지 말거라.'

그의 말대로 천우경은 전신의 근육을 편하게 이완시킨 채 안개에 몸을 맡겼다.

잠시 그의 몸을 더듬던 안개는 천우경을 받아들이기로 했는지, 그를 싣고 움직이기 시작했다. 천가의 핏줄임을 확인했기 때문이다.

얼마나 시간이 지났을까?

천우경이 다시 눈을 떴을 때 그의 앞에는 거대한 탑이 서 있었다.

끝이 보이지 않을 만큼 하늘을 찌르는 거대한 석탑. 이토록 높다란 탑이 구주천가 내에 존재하고 있었다니. 천우경조차도 미리 듣지 않았다면 경악할 일이었다. 그러나 천우경은 놀라는 대신 석탑을 향해 걸음을 옮겼다.

끼기긱!

육중한 철문이 별다른 저항 없이 천우경의 손길에 열렸다.

칠흑 같은 어둠이 보였다.

천우경은 안력을 극도로 끌어올렸다. 하나 그의 안력으로도 완벽한 어둠을 꿰뚫어 볼 수가 없었다. 결국 천우경은 고개를 흔들며 석탑 안으로 걸음을 옮겼다.

쿵!

그가 내부로 들어서자마자 철문이 둔중한 소리와 함께 닫혔다. 희미한 빛을 들여보내 주던 문이 닫히자 천우경은 그야말로 한 점의 빛도 존재하지 않는 어둠의 공간에 홀로 남게 되었다.

천우경은 안력 대신 다른 감각들을 극도로 끌어올린 채 걸음을 옮겼다. 이러한 어둠 속에서 인간의 안력이란 별 무소용이란 사실을 그는 너무나 잘 알고 있었다.

대신 그는 외부에서 보았던 석탑의 모양으로 내부를 가늠해 걸음을 옮겼다.

그렇게 얼마나 걸었을까?

문득 그의 앞에 거울이 하나 나타났다.

칠흑 같은 어둠 속에서 이질적으로 서 있는 거울엔 천우경의 모습이 담겨 있었다.

어둠 속에서도 요요롭게 천우경의 모습을 담아내는 기괴한 거울. 그 속에 비친 천우경의 모습은 유난히도 창백하고, 사이해 보였다.

천우경이 오른손을 들었다. 그러자 거울 속에 비친 그 역시 손을 들었다.

천우경이 움직이는 대로 따라 움직이는 거울 속의 자신. 하나 천우경은 왠지 이질적인 느낌을 피할 수 없었다. 거울 속에 보이는 모습은 자신의 형상이 분명했지만, 왠지 달라 보였기 때문이다.

"이런 곳에 거울이 존재한단 말인가?"

그가 손을 앞으로 뻗었다. 거울 속의 그 역시 마주 손을 내밀었다. 그리고 그들의 손이 닿았다.

순간 천우경의 얼굴이 딱딱하게 굳어 갔다.

손에서 느껴지는 따스한 느낌, 그것은 분명히 인간의 체온이었기 때문이다.

"설마?"

경악으로 물들어 가는 천우경의 얼굴, 그 순간 거울 속에 비친 그의 얼굴은 사이하게 웃고 있었다.

*   *   *

쿠쿠쿵!

천우경은 자신도 모르게 공력을 극성으로 끌어올렸다. 그러자 공기가 일렁이며 파동을 만들어 냈다.

거울이 아니라 두꺼운 철판이라도 단숨에 찢어발길 듯 요동치는 대기. 그러나 그의 눈앞에 있는 자신의 모습에는 전혀 흔들림이 없었다.

천우경의 공력에 전혀 영향을 받지 않고, 오히려 신기한 듯 고개를 갸웃하며 천우경을 바라보는 사내. 그의 모습은 놀랄 만큼 천우경과 닮아 있었다.

그가 속삭이듯 조용히 입을 열었다.

"공……력을 거둬라. 죽고 싶지 않으면……."

마치 나른한 꿈결 속에서 들리는 환청처럼 울리는 그의 목소리. 그의 목소리는 놀랄 정도로 천우경과 같았다. 다른 점이 있다면 그의 목소리가 훨씬 더 나른하다는 것 정도였다.

천우경은 자신도 모르는 사이 등에 식은땀이 흐르는 것을 느꼈다. 그만큼 놀란 것이다.

그의 손에는 천가의 비전 공부 중 하나인 북령천수(北嶺天手)가 운용되고 있었다. 하나 천우경을 닮은 존재는 개의치 않는다는 듯이 얼굴을 내밀어 천우경의 구석구석을 살폈다.

'마치 유령 같다. 바로 앞에 존재하는데 전혀 기척이 느껴지지 않는다. 인간이 이럴 수 있는가?'

만일 눈으로 확인하지 않았다면 천우경은 이러한 존재가 있다는 사실을 결코 믿지 못했을 것이다. 그러나 바로 앞에 있으면서도 느낄 수 없는 존재가 그의 앞에 있었다.

천우경 자신도 이미 절대의 경지에 올랐다고 자부하는 절대고수였다. 비록 무공의 오 할 이상이 유실되었다고 하지만, 무인의 감까지 사라진 것은 아니었다. 오히려 신경이 예리하게 곤두선 지금 그의 감각이야말로 최고조로 날카롭게 일어선 상태였다. 하나 그런 그의 감각으로도 눈앞의 그의 기척을 느낄 수가 없었다.

절대의 어둠으로 몸을 감싸고 있는 사내. 어둠이 그를 보호하고 있는 듯한 느낌이 들었다.

그가 나른하게 말을 이었다.

"그와 같은 느낌, 너는 천가의 피를 이었구나."

"그, 그걸 어떻게……."

"환영의 탑을 보호하고 있는 무류환허진(無流幻虛陣)은 천가의 핏줄이 아니면 들여보내질 않지. 꼭 그것이 아니더라도 너의 몸에서 느껴지는 기운은 예전의 그와 무척 닮았거든."

그가 하얀 이를 드러낸 채 웃었다.

마치 어둠 속에서 악마가 웃고 있는 듯한 모습이었다. 세상에 존재하지만, 또한 존재하지 않는 것 같은 이질적인 모습에 천우경은 등줄기가 후줄근해져 오는 것을 느껴야 했다.

이야기는 들었다. 악마와 같은 존재라고, 어쩌면 그보다 더 할지도 모른다고. 하지만 지금 그의 눈앞에 있는 존재는 그가 막연히 상상해 오던 그 이상이었다.

"죽어 가고 있구나. 몸의 균형이 무너진 데다 치명적인 외상만 십여 군데. 오히려 이제껏 살아 있다는 것이 신기할 정도야."

그는 단지 일별한 것만으로 천우경의 상세를 정확히 읽어 내고 있었다.

천우경이 고개를 끄덕였다.

"맞습니다. 지금 나는 죽어 가고 있습니다. 나에게 남은 시간은 불과 일 년, 어쩌면 그보다 더 짧을지도 모릅니다. 그래서 당신을 찾아왔습니다, 형님."

그의 눈은 어둠 속에서도 환하게 빛나고 있었다.

신념과 고집으로 가득 찬 눈동자. 그 어떤 역경에도 굴하지 않는 대쪽 같은 자존심이 담긴 눈빛이었다. 하나 그런 천우경을 바라보는 그의 입가에는 묘하게 뒤틀린 웃음이 걸려 있었다.

"형이라……. 처음 듣는 말이군. 나에게 동생이 있었던가?"

"형님이 부정하시더라도 상관없습니다. 당신과 나는 한 핏줄이 분명하니까."

"그걸 어떻게 장담하는 거냐?"

"당신의……."

천우경이 손을 들어 그를 가리켰다.

"……그 모습은 저와 판박입니다. 거울 속에 비친 또 다른 나의 모습, 그거면 족하지 않습니까, 형님."

그 어떤 대법이나 역용술로도 흉내 낼 수 없는 또 다른 자신의 모습. 천하에 이토록 닮은 사람이 또 존재할까?

천우경은 그를 똑바로 바라보았다. 그 역시 천우경을 바라보았다. 두 사람에게는 많은 차이가 있었다. 몸에 흐르는 기질이나 성격, 그리고 말투까지. 하나 한 가지만은 구별할 수 없을 정도로 똑같았다. 바로 그 고집스러워 보이는 외모가 말이다.

딱!

그가 손가락을 튕기자 허공에서 은은한 빛이 뿜어져 나오며 주위를 희미하게 밝혔다. 그러자 그의 모습이 더욱 뚜렷하게 나타났다.

놀라울 정도로 천우경과 닮은 모습의 사내. 빛을 밝혔음에도 불구하고 그의 주위에는 은은하게 어둠이 서려 있었다.

그가 말했다.

"확실히 너와 나는 비슷한 외모를 가졌다. 그러나 형제라는 단어는 얼굴과 외모만 닮았다고 지칭되는 것이 아니다. 같은 핏줄에서 태어나 같은 공간에서 자라고, 같은 유대감을 가지고 성장했을 때야 비로소 형제라고 칭할 수 있는 것이다. 그런 면에서 보자면 우리를 형제라고 부르기에는 무리가 있다."

"알고 있습니다. 형님이 태어나자마자 이곳에 버려졌다는 사실을. 그러나 그렇다고 해서 우리가 형제란 사실이 변하는 것은 아닙니다."

"너는 말을 참 재밌게 하는구나."

그가 웃었다. 그러자 주위의 어둠이 그를 따라 요동쳤다.

꾸욱!

천우경은 손바닥에 피가 날 정도로 주먹을 꽉 쥐었다.

단지 몇 마디 말을 주고받는 것만으로도 알 수 있었다. 그가 얼마나 철저하게 꼬이고 뒤틀려 있는지 말이다. 자신을 바라보는 그의 눈빛은 결코 곱지 못했다. 하나 왠지 그를 이해할 수도 있을 것 같았다.

수많은 세월을 홀로 고독을 곱씹으며 살아온 사내. 아마 그가 평생을 살아오면서 만나 본 사람은 열 명을 넘지 않을 것이다. 그리고 그마저도 십수 년 전의 일이었다. 자신이 그가 십수 년 만에 처음 만나는 사람이었다. 그러한 세월을 홀로 살아왔다면 일반적인 사람과 성격이 다른 것이 정상일지도 몰랐다.

"형제라, 형제……. 아스라한 말이군. 부모도 없는 인간이 형제가 있다니, 후후!"

그가 키득거렸다.

사물을 인식하면서부터 그에게 각인된 공간은 오직 이곳뿐이었다. 푸른 하늘, 드넓은 바다, 광활한 대지, 그리고 그 속에서 사는 사람들. 그 모두가 책 속에 적혀 있는 이야기일 뿐이다. 그는 태어나 이제까지 단 한 번도 그런 것들을 본 적이 없다. 단지 읽었을 뿐이다.

"형님!"

"말해 봐라. 내 이름이 무엇인지."

"당신의 이름은 우진입니다. 천우진."

"그래, 내 이름은 천우진이지. 하지만 아무 의미가 없는 단어일 뿐이다. 불리지 않는 이름은 어떠한 의미도 없다."

그가 자신의 이름을 듣는 것은 십수 년 만의 일이었다. 때문에 자신의 이름마저도 잊고 있었다.

잠시 기억을 더듬던 그가 말을 이었다.

"내 이름은 천우진. 그럼 너는 누구냐?"

"내 이름은 천우경, 당신의 유일한 혈육입니다."

"좋아! 천우경, 내 이름을 불러 준 보답으로 차 한 잔 정도는 대접해 주지. 마시고 가도록."

천우경은 묵묵히 고개를 끄덕였다.

처음부터 그에게 좋은 대접을 받을 거라고는 생각지도 않았다. 오늘은 단지 만난 것만으로 족했다.

딱!

천우진이 다시 손가락을 튕기자 희미하던 빛이 더욱 환해지며 주위의 전경이 고스란히 드러났다. 순간 천우경은 경악할 수밖에 없었다.

끝이 보이지 않을 만큼 높은 석탑의 내부, 그리고 석탑의 내부 벽면을 따라서 한 치의 틈도 보이지 않게 빽빽하게 꽂혀 있는 수많은 서책들의 모습이 그를 질리게 한 것이다. 어림잡아 보아도 수만, 아니 수십만 권은 족히 될 듯 보였다. 말하자면 석탑 전체가 거대한 서고나 마찬가지인 것이다.

서책의 종류 또한 가지각색이었다.

각 시대별 역사서부터 병법서, 잡서, 천문, 진법, 지리, 심지어는 방중술이 기록된 책자까지. 세상에 존재하는 책이란 책은 모두 이곳에 있는 것 같았다.

"이 책들은……."

"이곳이 존재하기 시작한 이후로 흘러들어 온 책들이다. 칠백 년, 어쩌면 그 이전부터 쌓여 온 것일지도 모르는 책들이지. 정확히 사십칠만 칠천삼백세 권이 이곳에 존재한다."

"어떻게 그렇게 정확히 아십니까?"

"모두 읽어 봤으니까."

"그 많은 책들을 모두 읽으셨단 말입니까?"

천우경의 질렸다는 얼굴에 천우진이 대수롭지 않다는 듯이 답했다.

"이곳에서 할 수 있는 일은 몇 가지 되지 않는다. 책을 읽는 것 역시 그중 하나일 뿐이다."

'오십만 권에 가까운 서책을 모두 읽었다니, 그것이 사람의 머리로 가능하단 말인가? 설마 그 모든 내용을 외우고 있는 것은 아니겠지?'

천우경의 생각을 읽었는지 천우진이 말을 이었다.

"이곳에서는 시간이 더디게 흐른다. 할 수 있는 일이라곤 그저 약간의 무공을 익히고, 생각하는 것뿐이다. 생각하고 또 생각하고, 추론하고 또 추론한다. 하나의 화두를 잡으면 철저히 난도질하고 분해하지. 그렇게 하다 보면 시간이 금방 흘러가지. 책을 읽는 것 또한 훌륭한 여흥이 된다."

천우진의 머릿속에 얼마나 많은 지식이 쌓여 있는지는 오직 그 자신만이 알 뿐이었다.

문득 천우경의 머릿속에 부친의 말이 떠올랐다.

'어떻게 가능한 것인지 모르지만, 오래전에 죽었어야 할 그 아이가 살아 있다. 천가에서 버리다시피 어둠의 일맥으로 던 진 그 아이가 말이다. 그 아이는 인간의 상식으로는 도저히 이 해할 수 없는 불가사의한 존재가 되어 있더구나.'

어둠의 일맥(一脈).

천가 내에 존재하는 또 다른 천가.

아스라이 오래전에 천가의 조사가 만들었다는 어둠의 일맥. 그러나 천가의 조사가 왜 어둠의 일맥을 따로 만들었는지 그 이유는 알려진 바 없다. 단지 가주만이 그들의 존재를 알고, 평생에 오직 한 번 그들을 만날 자격을 얻을 뿐이었다.

천우경 역시 최근에야 그 사실을 알았다. 그리고 그의 앞에 자신과 똑같은 모습의 사내가 앉아 있었다.

＊　　　＊　　　＊

두 사람은 마주 앉았다.

그들 사이에는 조금씩 식어 가는 조그만 찻잔이 존재했다. 여 유롭게 차를 한 모금 마시는 천우진과 달리 천우경은 쉽게 찻잔 에 손을 내밀지 못했다. 대신 그는 천우진을 뚫어져라 바라봤다.

마치 거울 속의 자신을 보는 듯 똑같은 모습의 사내, 그가 바로 자신의 형이었다. 만일 직접 보지 않았다면 천우경조차 도 그가 자신의 형이라는 것을 믿지 않았을 것이다. 그만큼 천우경에게 형이란 존재는 낯설었다.

천우경의 시선을 느꼈는지 천우진이 미간을 살짝 찌푸리며 말했다.

"내가 너에게 허락한 시간은 차를 한 잔 마실 시간이다. 내 얼굴을 뚫어지게 보는 것은 너의 자유지만, 차가 식으면 너에게 허락된 시간도 끝이다. 그러니 그 안에 찾아온 용건을 모두 말해야 할 게야."

"시간이야 만들면 되지 않겠습니까?"

치이익!

천우경이 찻잔에 손을 대자 찻물이 순식간에 달아오르며 김을 뿜어냈다. 그러자 천우진의 입술이 묘하게 뒤틀렸다.

츠으으!

순간 붉게 달아오르던 찻잔 위로 하얀 김이 서리며 찻물을 얼리기 시작했다.

"큭!"

천우경의 얼굴이 일그러졌다.

허공을 격하고 밀려드는 가공할 진기의 물결. 마치 해일이 덮쳐 오듯 연이어 밀려오는 기운에 그의 몸이 금방이라도 부서질 듯 흔들리고 있었다. 그는 혼신의 힘을 다해 천우진의 기운에 대항하려 했지만 소용없었다. 천우진의 기운은 그의 삼매진화(三昧眞火)를 순식간에 소멸시킨 것도 모자라 천우경의 혈맥을 타고 침투했다.

'가……공할. 내 몸이 온전했다고 할지라도 감당할 수 있다고 장담할 수 없다.'

그의 표정이 고통으로 일그러졌다.

비록 오 할의 공력을 유실했다고는 하지만, 그는 절대의 경지에 이른 무인이었다. 자신의 몸 안에 다른 이의 공력이 침범하도록 내버려 둘 정도로 만만한 존재가 아닌 것이다. 그러나 천우진의 공력은 철옹성 같던 그의 기막(氣膜)을 비집고 순식간에 그의 몸 안으로 침투했다.

그것은 천우진의 공력이 일반 상리에서 철저히 어긋나 있기 때문이었다. 그의 기운은 어둠의 성질을 고스란히 지니고 있었다. 바늘구멍만 한 틈으로도 어둠은 스며들며 주위의 모든 것을 검게 변화시킨다.

천우진은 그런 존재였다.

쾅!

갑자기 천우경의 몸이 석벽 한구석으로 처박혔다. 단단하던 석벽이 붕괴되며 그의 몸이 반쯤 파묻혔다.

"크헉!"

천우경이 검붉은 선혈을 토해 냈다. 그러나 그를 바라보는 천우진의 표정은 서늘하기 그지없었다. 어느새 그의 몸 주위에는 칠흑처럼 검은 어둠이 넘실거리고 있었다.

마치 보이지 않는 족쇄에 잡힌 것처럼 천우경의 몸은 그렇게 허공에 고정되어 있었다. 그런 천우경을 바라보며 천우진이 조소했다.

"나를 시험하지 말거라. 나는 누가 나를 시험하는 것을 싫어한다. 너의 머리로 나를 가늠하겠다는 생각 따위는 버리도록. 나는 네가 짐작하는 그런 자상한 존재 따위가 아니다."

"혀…… 형님."

"너에게 허락된 시간은 이미 끝났다."

"형—님!"

천우경이 커다란 외침을 토해 냈다.

절규하는 그의 입에서 검붉은 선혈이 연신 터져 나왔다. 그러나 그를 바라보는 천우진의 얼굴에 표정의 변화 따위는 존재하지 않았다. 그에게는 인간의 감정이란 존재하지 않는 듯했다.

"도와주십시오. 천가는 멸망을 향해 달려가고 있습니다. 이대로 놔두면 천가는 멸망하고 말 겁니다. 제발 한 번만, 이번 한 번만 도와주십시오."

"내가 왜?"

"천가는 저뿐만 아니라 형님의 가문이기도 합니다."

"그래서 뭐가 어쨌다는 것이냐?"

쾅!

다시 한 번 천우경의 몸이 바닥에 거칠게 처박혔다. 전신을 조여 오는 항거할 수 없는 거대한 힘에 천우경의 얼굴이 새하얗게 질려 갔다.

그의 분노가 느껴졌다.

그의 살기가 천우경의 심장을 조여 오고 있었다.

마치 어둠 속에 거대한 괴물이 서 있는 듯했다.

천우경은 진심으로 두려웠다. 자신의 모습을 하고 있는 형제에게 그는 미칠 듯한 두려움을 느꼈다. 하지만 그는 다시 용기를 내서 소리쳤다.

"형님에게 이름을 준 가문입니다."

"분명히 말하지 않았던가?"

천우진의 손이 천우경을 향했다. 그러자 천우경의 몸이 제멋대로 허공으로 떠올랐다. 그가 손을 조이는 시늉을 하자 천우경은 숨이 턱 막혀 오는 것을 느꼈다.

"······불리지 않는 이름 따윈 의미가 없다고. 그들이 한 번이라도 내 이름을 불러 준 적이 있었던가? 그냥 멸망하라고 해."

천우진은 진심으로 분노하고 있었다.

어둠 속에서 그의 눈이 새하얗게 빛을 발했다.

그가 익힌 열 개의 어둠 가운데 하나인 백야(白夜), 그 백야귀안(白夜鬼眼)이 세상에 모습을 드러낸 것이다.

순백의 빛을 발하는 천우진의 귀안 앞에서 천우경은 자신의 두 눈을 도려내는 듯한 통증을 느껴야 했다.

천우진은 천우경의 눈을 통해 그의 사고(思考)를 읽고, 분해했다. 상대의 생각을 읽는 동시에 두뇌를 철저히 파괴하는 희대의 기공이 바로 백야귀안이었다. 만일 이대로 잠시만 더 시간이 흐른다면 천우경은 두뇌를 파괴당해 목숨을 잃고 말 것이다.

천우진이 익힌 무공에 상대를 향한 배려 따위는 존재하지 않았다. 철저하게 상대를 말살하기 위해 만들어진 것이 그가 익힌 무공이었다.

자신의 친혈육이라고 해도 상관없었다.

어차피 혈육의 정 따위는 존재하지 않으니까.

천우진의 입가가 뒤틀려 올라갔다.

'형제? 같은 날, 같은 시에 태어난 쌍둥이 형제. 그래서 어쩌란 말이냐? 이제 와서……'

그의 눈에 살기가 더해졌다.

그는 진심으로 천우경을 죽이려 하고 있었다.

홀로 어둠 속에서 살아온 지 십수 년이었다. 그동안 그는 혼자 지내는 데 익숙해져 있었다. 어둠만이 그의 영역이었고, 그는 누군가 자신의 영역을 침범하는 것을 극도로 싫어했다. 이제까지 그는 자신의 영역을 침범한 자를 살려 둔 적이 없었다. 그것이 비록 친혈육일지라도 말이다.

"끄……끄!"

천우경의 숨이 금방이라도 넘어갈 듯 희미해졌다. 이대로 잠시만 지나면 그의 숨은 완전히 끊어질 것이다.

그 순간 천우진은 천우경의 뺨을 따라 흐르는 한 줄기 눈물을 보았다. 그리고 그의 눈에 어려 있는 한 줄기 연민도.

곧 숨이 넘어가게 생겼건만, 천우경의 눈 속에 천우진을 향한 원망 따위는 존재하지 않았다. 오히려 그를 향한 연민과 애정을 보이고 있었다.

"나는 너를 죽일 것이다."

"그, 그……것이 형님의 뜻이시라면."

"너는 죽음이 두렵지 않단 말이냐?"

"형……이니까. 그래도 형……이니까."

극한의 고통 속에서도 천우경이 웃었다. 환하게 웃는 그의 모습이 슬퍼 보였다.

"빌어먹을!"

쾅!

천우진이 천우경을 바닥에 거칠게 내동댕이쳤다. 보이지 않는 거대한 힘에서 해방된 천우경이 바닥에 엎드린 채 한 됫박은 됨직한 선혈을 연신 토해 냈다.

천우진이 다시 손짓을 하자 천우경의 몸이 환영의 탑 밖으로 던져졌다.

끼기긱!

문이 닫히는 소리와 함께 천우진의 차가운 목소리가 무심하게 흘러나왔다.

"너에게 주어진 단 한 번의 기회는 이것으로 끝이 났다. 다시 한 번 나를 찾아온다면, 그때 나는 너를 반드시 죽일 것이다."

쿵!

환영의 탑이 닫히며 짙은 운무가 천우경을 에워쌌다.

천우경이 입가에 묻은 선혈을 닦아 내며 중얼거렸다.

"저는 내일도, 모레도, 그리고 그 다음 날에도 찾아올 겁니다. 당신이 절 죽여도 원망하지 않겠습니다. 제 모든 것이 당신에게 뒤질지 모르지만, 고집만큼은 결코 뒤지지 않을 겁니다. 천가의 고집은 대대로 유명하니까요."

그는 들어올 때와 마찬가지로 운무에 몸을 맡겼다.

안개에 파묻히는 그의 신색은 들어올 때보다 한결 편안해 보였다.

천우경이 돌아간 후 천우진은 홀로 어둠 속에 앉았다. 짙은 어둠이 그를 위로하는 것처럼 감싸며 기이한 분위기를 연출했다.

어둠 속에서 그의 음성이 나직하게 울려 퍼졌다.

"나는 어둠 속에서만 살아가는 불확실한 존재. 나에게 세상의 빛 따위는 어울리지 않아."

그의 눈빛이 유독 우울하게 빛나고 있었다.

제2장

피 대신
어둠이 흐른다

천우진은 눈을 감고 잠을 청했다. 그러나 햇볕 한 점 들어오지 않는 절대의 암흑 속에서도 그는 쉽게 잠들지 못했다.

결국 그는 자리를 털고 일어날 수밖에 없었다.

좀처럼 감정의 변화를 드러내지 않는 그였지만, 지금 그의 얼굴에는 불편한 기운이 어려 있었다. 그 모두가 낮에 보았던 한 남자 때문이었다. 놀라울 정도로 자신과 똑같은 얼굴을 가진 남자. 굳이 설명을 하지 않아도 그가 자신의 쌍둥이 형제라는 사실 정도는 충분히 짐작할 수 있었다.

단지 혈관 속에 같은 피가 흐른다는 이유만으로 반가워하기에 그의 마음은 너무나 메말라 있었다. 지금 그의 심장을 지배하는 것은 반가움이 아닌 신경질이라는 감정이었다. 더 자세하게 말하자면 짜증이 나는 것이다.

그는 거대하게 고여 있는 바다였다.

빛 한 점 들지 않는 절대의 암흑, 그 속에 고여 있는 거대한 바다. 이곳에서는 시간의 흐름도 느껴지지 않고, 외부의 변화와도 완벽히 단절되어 있다.

그는 움직이지도 않고, 동요하지도 않는다.

단지 존재하는 것만으로 안식을 얻고, 자신을 이어 간다. 그럼으로써 무한한 자유를 만끽하는 것이다. 그것이 그의 삶이었다. 그렇게 완벽하게 정지(停止)된 그의 삶에 어느 날 파문이 일었다. 바로 천우경이란 돌멩이에 의해서 말이다. 그리고 그렇게 생겨난 파문이 그의 감정을 조금씩 건들고 있었다.

결국 천우진은 쉽게 마음의 평정을 찾지 못하고 불을 밝혔다. 그러자 환영의 탑 내부가 환하게 밝아지며 엄청난 규모의 서고가 모습을 드러냈다.

칠백 년, 어쩌면 그 이전부터 이곳에 흘러들어 왔을지 모르는 서책들이었다. 대대로 환영의 탑주들은 은밀한 경로를 통해서 천하에 존재하는 모든 서책들을 모아 왔다. 그것은 천우진 역시 마찬가지였다. 비록 그는 단 한 번도 세상에 모습을 드러낸 적이 없지만, 당대에 존재하는 책들을 모두 끌어 모았다.

잠시 자신의 태양혈을 문지르던 그가 손을 뻗자, 서고 한가운데에 꽂혀 있던 책자 하나가 딸려 들어왔다.

귀영백팔지계(鬼影百八之計)라고 적힌 책자였다.

책장을 열자 악필로 휘갈긴 글씨가 나타났다.

본인은 귀영자(鬼影子)라고 한다. 흐흐!

아마 처음 들어 보는 이름일 것이다. 왜냐면 본좌는 단 한 번도 역사의 전면에 나선 적이 없기 때문이다.

역사의 전면에 등장하는 것만큼 어리석은 일은 없다.

모두가 자신을 우러러보며 찬양하니 기분이야 하늘을 찌를 듯좋겠지. 하지만 그 모든 영광이 목숨 값이라고 생각한다면, 오히려 모험이나 다름없다. 다른 사람의 주목을 받는 것만으로 위험에 구 할 이상 노출되었다고 봐야 하기 때문이다.

자신을 꼭꼭 숨겨 두어도 모자랄 판에 명예욕에 눈이 멀어 자신을 드러내는 것. 크크! 그런 놈들은 죽어도 할 말이 없는 법이다. 그래서 본좌는 이제껏 단 한 번도 역사의 전면에 등장한 적이 없다. 대신 어둠 속에 숨어서 모든 것을 조장했다.

한번은 대장간에서 급조한 장검을 전설의 어린검(漁鱗劍)이라고 속여 강호에 흘려보냈다. 약간의 소문 조작과 조잡한 위조만으로도 수많은 무인들이 걸려들었다. 그리고 일어난 일대 혈겁. 이날의 혈겁으로 죽은 사람이 사백예순두 명, 부상자가 칠백열여덟 명에 이르렀다.

그 후로도 재미 삼아 몇 가지 더 혈란을 조장해 봤다. 그러나누구도 본좌의 존재를 눈치 채지 못했다. 그 후로 본좌는 결론을내렸다.

인간은 현명한 척하지만 실은 누구보다 어리석다. 그들은 남을끊임없이 의심하지만 결정적인 순간에 자신을 의심하지 않는다.

자신이 생각하는 결과가, 자신이 의도하는 바가 항상 최선일 것이라고 생각한다. 이 얼마나 어리석은 생각이란 말인가?

　끊임없이 자신과 남을 의심하는 자, 그런 자만이 최후까지 살아남을 수 있다.

　생존하는 비결은 무공이 아니라 첫 번째도, 두 번째도 남을 의심하는 마음이다.

　본래 나는 그런 비결을 무덤 속까지 가지고 가려고 생각했지만, 죽기 직전 마음이 바뀌어 귀영백팔지계를 남긴다. 이런 멋진 계책들이 그냥 사장되면 아깝기 때문이다. 그러니 연자는 이 책자를 통해 마음껏 세상을 조롱해라.

　이 책자에서 정통적인 병법을 원하지 마라. 내가 남기는 것은 모두 음모와 암계, 그리고 반간지계(反間之計) 같은 것들뿐이니까.

　세상을 가지고 놀아라. 끝까지 자신을 숨기는 자만이 세상을 지배한다. 흐하하하!

　광인(狂人)이 쓴 책이라고 해도 믿을 정도로 허무맹랑한 내용과 악필로 가득 찬 책자. 연대도 쓰여 있지 않고, 자신의 정체를 명확히 밝히지도 않았다. 누군가의 장난이라고 치부해도 좋을 그런 악서(惡書)였다.

　서고의 한구석에서 먼지가 쌓인 채 누구도 신경을 쓰지 않던 그런 책자가 바로 귀영백팔지계였다.

귀영백팔지계에는 여자를 이용해 상대를 파멸시키는 법부터 동전 하나로 상대방에게 분란을 조장하는 방법까지 온갖 지저분한 암계들이 적혀 있었다.

어찌 보면 유치하다고 볼 수 있지만 천우진은 그러한 방법에서 인간 세상의 암울한 면과 세상을 살아가는 일면을 보았다. 그리고 무엇보다 그러한 방법들이 그의 흥미를 끈 것이 사실이었다.

평상시라면 그는 귀영백팔지계를 정말 흥미롭게 읽었을 것이다. 그러나 지금 이 순간 그는 쉽게 책에 집중할 수 없었다.

탁!

그가 책자를 덮으며 탑의 입구를 향해 걸음을 옮겼다.

"쌍둥이……. 같은 날 같은 시에 태어난 형제. 허나 우리는 태어난 그 순간부터 헤어져야 했다. 너는 그 이유를 모르겠지."

천우진의 입가가 뒤틀렸다.

세상 누구도 모르는 사실이었다. 그러나 천우진은 자신들이 헤어지게 된 이면에 숨겨진 내용을 너무나 잘 알고 있었다.

문을 열자 안개가 일렁이고 있는 밖의 풍경이 보였다.

너무나 삭막한, 음습한 기운에 빛마저 희미한 그런 풍경이었다.

천우진이 문밖으로 손을 내밀었다. 그러자 희미한 빛에 그의 손바닥이 노출됐다.

순간 천우진의 미간이 찌푸려졌다.

손 안에서 느껴지는 은은하면서도 기분 나쁜 통증. 천우진은 안으로 손을 거둬들였다.

천우진은 햇빛이 싫었다. 그에게 통증을 주기 때문이다. 그리고 그는 그 이유를 너무나 잘 알고 있었다.

"천가를 이을 혈통을 낳기 위해 산모에게 수많은 대법과 영약이 펼쳐졌지. 만년삼왕(萬年蔘王), 구지혈삼(九枝血蔘)을 비롯해 수많은 영물의 내단이 산모를 통해 태아에게 주입되었다. 그것은 천가의 진혈(眞血)을 이을 오직 한 명에게만 펼쳐지는 천고의 대법. 그러나 그들은 한 가지를 계산하지 못했다. 당시 산모의 태내에는 한 명이 아니라 둘이 존재했다는 것."

천우진의 눈에 섬뜩한 빛이 떠올랐다.

이제껏 구주천가의 역사에서 쌍둥이가 태어난 적은 단 한 번도 없었다. 당연히 어떤 부작용이 나타나는지 알지 못했다.

부작용은 뜻밖의 형태로 나타났다.

한 아이에게 집중될 영험한 기운이 둘로 나뉘었다. 양(陽)과 음(陰), 좋은 기운과 나쁜 기운으로 말이다.

영약의 좋은 성분은 하나로 똘똘 뭉쳐 한 아이에게 흡수됐고, 음의 기운, 즉 나쁘고 혼탁한 독성은 다른 아이에게 흡수됐다.

정제된 기운을 일신에 받아들인 아이는 오히려 역대 구주천가의 가주들보다 월등하면서도 뛰어난 오성을 가지게 되었고, 절로 만독불침지체가 되었다. 이에 천가의 전대 가주는 뛸 듯이 기뻐했다. 잘만 하면 역대 최고의 성취를 가진 가주를 얻을 수 있었기 때문이다.

그러나 기쁨도 잠시, 그는 곧 영약의 잘못된 부분을 흡수한
아이를 두고 고민하기 시작했다.

금방이라도 숨이 넘어갈 듯 허약하기 그지없는 아이. 영약
의 독성은 모두 그 아이에게 흡수되어 그의 생명을 위협하고
있었다.

제아무리 탁월한 영약이라 할지라도 독성은 존재하기 마련
이고, 그러한 독성을 제대로 해독하지 못하면 절대 영약의 성
분을 십분 흡수할 수 없었다. 그러나 하늘의 장난인지 영약의
독성을 모두 한 아이가 흡수했고, 그로 인해 영약의 탁월한 성
분만을 받아들인 한 아이가 탄생할 수 있었다.

천가의 전대 가주는 결국 한 아이만을 선택했다.

영약의 온전한 성분을 받아들인 아이를 소가주로 채택하고,
금방 숨이 넘어갈 듯한 아이를 금지로 보내는 것을 선택했다.
숨이 넘어갈 듯한 아이가 혹시라도 살아나면 차후에 가주직을
두고 분란이 일어날 것을 염려했기 때문이다.

그렇게 금지로 보내진 아이가 천우진이었다.

온갖 독성을 몸 안으로 받아들인 천우진은 그 후로 일 년을
앓았다. 당시 환영의 탑주조차도 그를 구할 방도가 없어 그저
지켜보는 것이 다였다. 그조차도 천우진을 포기한 것이다.

금방이라도 숨이 넘어갈 듯하면서도 천우진은 힘겹게 일 년
을 버텼다. 그렇게 일 년이 지났을 때 천우진의 몸 안에서 기

묘한 현상이 일어났다. 각종 영약의 독성이 자신들끼리 융합하기 시작하더니, 이제껏 세상에 존재하지 않던 새로운 성분으로 변환한 것이다. 그것은 누구도 이해할 수 없는 일이었다.

인간의 상식으로 이해하기 어려운 일이 천우진의 몸 안에서 벌어진 것이다. 그것은 살고자 하는 천우진의 생존 본능이 일으킨 기적이었다.

그는 그렇게 불가사의한 존재가 되었다. 자신조차도 명확하게 규정하지 못하는 그런 존재 말이다. 그의 몸 안에는 붉은 피 대신 짙은 어둠이 흐르고 있었다.

그는 본능적으로 어둠을 좋아했다. 어둠 속에서 그는 진신능력을 마음껏 발휘할 수 있었다. 그는 천성적으로 빛을 싫어했다. 밝은 햇볕 아래서 그의 능력은 반감되었고, 지독한 통증을 느껴야 했다.

천우진은 햇볕 아래서도 자신의 능력을 온전히 발휘할 수 있는 방법을 알고 있었다. 그러나 굳이 그런 방법을 쓸 필요도 느끼지 못할뿐더러, 그런 방법을 쓰면서까지 밖으로 나갈 생각이 없었다.

"나는 이미 세상에서 지워진 존재. 그저 존재하는 것만으로 만족할 뿐."

그는 이곳에 있는 서책을 통해 세상을 읽는다.

그는 단지 이곳에 있을 뿐이지만, 이곳에서 세상을 바라보고 있었다.

이제는 천가의 장로들조차 환영의 탑의 진실된 목적을 망각했다. 그들은 단지 금지라는 이름으로 기억할 뿐이다.

천가는 자신이 버린 아이가 어떠한 괴물이 되어 있는지, 자신들이 쓸모없다고 폐기한 아이가 얼마나 가공할 능력을 가지고 있는지 알지 못했다.

"후후!"

그의 웃음에 어둠이 요동쳤다.

세상에 대한 냉소와 광기, 그리고 철저히 뒤틀린 그의 감정이 웃음에 담겨 있었다.

문득 그의 웃음이 딱 멈췄다.

환영의 탑 밖에서 미묘한 기류의 흐름이 감지된 것이다.

"감히……."

그의 눈에 살기가 떠올랐다.

*   *   *

쾅!

"크헉!"

천우경은 검붉은 피를 울컥 토해 냈다.

그의 앞에는 자신과 같은 얼굴을 가진 사내가 노기를 토해 내고 있었다.

"분명 경고했을 텐데. 다시 한 번 찾아오면 죽일 거라고."

"한 번만 도와주십시오, 형님."

"듣고 싶지 않아."

슈우!

천우진의 손이 다시금 허공을 가르며 천우경의 가슴을 강타했다.

손바닥이 닿은 곳을 중심으로 멀리 퍼져 나가는 동심원(同心圓)의 파장. 일순 천우경의 얼굴 피부가 시꺼멓게 죽는다 싶더니, 이내 그의 몸이 시위를 떠난 화살처럼 무서운 속도로 뒤로 튕겨져 나갔다.

울컥!

천우경이 연신 피를 토해 냈다.

천우진의 가공할 공격은 그의 내부를 여지없이 흔들고 있었다.

일반적인 공력이 아니었다. 마치 침투경처럼 음습한 기운이 바늘만 한 구멍으로 흘러 들어와 몸 전체를 감염시키고 있었다.

온몸이 무기력했다.

자신의 몸이 자신의 것이 아닌 듯했다. 손발이 제멋대로 움직이고 있었다. 그러나 천우경은 억지로 몸을 일으켰다.

가슴뼈가 모조리 어긋난 듯 호흡조차 곤란했지만, 제멋대로 노는 팔다리가 거추장스러웠지만, 그는 일어났다. 두 팔을 끌어 모아 상체를 지탱하고, 부들거리는 두 다리에 힘을 주고 자신의 몸을 일으켰다. 그리고 천우진을 바라봤다.

"혀, 형님의 분노는 모두 저에게 푸십시오. 형님 말대로 천가는 멸망을 해도 좋을지 모릅니다. 그러나 천가가 멸망하면 천하가 흔들립니다. 천가는 천하를 지탱하는 구심점입니다. 천가의 제어력이 사라지는 그 순간 수많은 군웅들과 무림 세력들이 자신들의 권리를 주장하며 일어날 겁니다. 힘이 천하를 지배하고, 인성은 사라질 겁니다. 그 속에서 죽어 가는 것은 힘없는 자들. 천가는 그런 자들의 든든한 버팀목이었습니다. 그러니까, 그러……니까 모든 분노를 저에게 푸십시오. 대신 천가를…… 천하를 지켜 주십시오, 형님!"

온몸이 해체되는 듯한 고통 속에서도 천우경의 표정에 흔들림 따위는 존재하지 않았다.

그는 진정으로 천하를 위하고 있었다. 자신의 죽음 직후 혼란에 빠질 천하를 걱정하고 있었다.

자신보다 천하를 걱정하는 사내. 자신의 죽음보다 혼란에 빠질 사람들을 걱정하는 사내. 그는 대인의 그릇을 가지고 있었다.

천우진의 눈썹이 꿈틀거렸다.

저 지경이 되어서도 밝은 기운을 뿌리는 천우경, 그의 모습이 마음에 들지 않는 것이다.

그가 자신의 신경을 건들고 있었다.

그가 존재하기에 자신이 편할 수가 없다.

그의 눈에 살기가 어렸다.

"그렇게 죽음을 원한다면, 그것이 너의 뜻이라면 그렇게 해 주지.”

화학!

순간 폭발적으로 그의 주위에 어려 있던 어둠이 확장됐다.

은은한 붉은빛이 어려 있는 기이한 어둠. 그가 가진 열 개의 어둠 중 하나인 혈야(血夜)를 간직한 혈야천산(血夜天山)의 기운이었다.

혈야는 기세(氣勢)였다. 인간이 뿜어낼 수 있는 가장 원초적인 기운이 바로 기세였고, 혈야는 그런 기세를 유형으로 형상화시킨 것이었다.

단지 살심을 품는 것만으로 상대의 심맥을 산산이 가루로 만들 수 있을뿐더러 상대의 영혼까지 강제로 굴복시키는 마공이 바로 혈야인 것이다.

“끄으!”

천우경의 입술을 타고 선혈이 흘러내렸다.

이제까지처럼 죽은피가 아니었다. 생명력이 가득한 붉디붉은 피였다. 천우진은 생명력의 근원부터 말살하려고 작심한 것이다.

자신과 같은 핏줄을 타고 태어난 사내. 자신과 같은 배 속에서 자란 사내. 그러나 그는 밝은 빛을 뿌리고 있었다. 어둠을 간직한 자신과는 상극이나 마찬가지인 것이다.

그래서 두고 볼 수 없었다.

그가 자신 앞에서 천하를 지켜 달라며 애원하는 꼴을 지켜

봐야 한다니.

천하가 자신에게 뭘 해 줬단 말인가?

그까짓 천가가 얼마나 대단하단 말인가?

천우진의 얼굴에 철저히 뒤틀린 미소가 떠올랐다. 뒤틀린 마음만큼이나 철저히 어긋난 미소였다.

푸스스!

천우경이 입고 있던 옷이 가루가 되며 허공중으로 사라져 갔다. 장포가 먼지가 되어 사라지고, 그 안에 걸친 옷마저도 부서지고 있었다.

그 순간 천우경은 웃고 있었다.

어쩌면 이것이 자신의 마지막이 될지도 모르는데도 그는 웃고 있었다.

형이기에, 자신과 같은 피가 흐르는 형이기에 기꺼이 죽음을 받아들이려 하고 있었다. 자신의 죽음으로 형의 분노가 풀린다면, 그래서 천가와 천하를 구원할 수 있다면 그걸로 족했다.

천우경은 조용히 눈을 감았다.

'내 삶을 후회하진 않아. 단지 천하에 그 어떤 도움도 주지 못하고 이대로 사라져 가야 한다는 것이 안타까울 뿐.'

그는 자신의 죽음을 기정사실로 받아들이고 있었다.

마침내 그의 상의가 모두 먼지가 되어 사라지고, 우람한 근육을 가진 상체가 드러났다.

그의 상체를 보는 순간 천우진의 눈가가 파르르 떨렸다.

그의 몸을 뒤덮고 있는 수많은 상처가 보이고 있었다. 그 어느 것 하나 치명적이지 않은 것이 없었다. 마치 상처로 온몸을 도배한 것만 같았다.

천우경의 몸을 덮고 있는 상처가 그가 살아온 인생을 보여주고 있었다. 그가 어떻게 살아왔는지, 그가 어떤 길을 걸어왔는지 말이다.

자신이 어둠 속에서 살아온 동안에 천우경은 홀로 수많은 혈로(血路)를 걸어왔다.

그의 상처가 그렇게 말해 주고 있었다.

나는 이렇게 살아왔다고.

이게 나라고.

천우진의 눈동자가 흔들렸다.

쾅!

그의 손바닥이 천우경의 가슴을 강타했다. 천우경은 비명도 지르지 못하고 안개 속으로 튕겨 나갔다.

"빌어먹을, 빌어먹을!"

천우진의 눈동자가 흔들리고 있었다. 완벽하게 정지되어 있던 그의 눈동자에 처음으로 파문이 일어난 것이다.

"크으으!"

천우경이 힘겹게 몸을 일으켰다.

어느새 그의 몸은 금지 밖에 존재하고 있었다. 자신도 모르는 사이에 금지 밖으로 이동한 것이다.

왜 천우진이 자신을 살려 둔 것인지 알 수 없었다. 그는 분명 자신을 죽이려 했다. 그의 눈동자에서 살심을 읽었다. 그가 왜 중간에 마음을 바꾼 것인지 알 수 없었다.

천우경은 손등으로 입가에 흐르는 피를 닦아 냈다.

"내일 다시 오겠습니다, 형님."

천우진의 가공할 능력을 자신의 몸으로 분명히 확인했다.

그는 자신조차 항거할 수 없는 절대의 능력을 지니고 있었다. 어떻게 해서 그런 능력을 가졌는지 모르지만, 그는 분명히 천하를 자신의 발밑으로 굽어보는 힘을 가졌다.

거대한 그림자가 구주천가를 덮고 있었다. 이 암운을 걷어 내기 위해서는 반드시 그의 힘이 필요했다. 그렇기에 그는 내일도, 모레도 다시 찾아올 것이다.

천우경은 비틀거리며 힘겹게 걸음을 옮겼다.

온몸이 해체되는 것 같았지만, 그는 멈추지 않았다. 자신은 육신이 아플 뿐이지만, 그는 마음이 아플 거라 생각했다. 그저 막연히 그렇게 느껴졌다.

문득 그가 걸음을 멈췄다.

그의 앞에 한 명의 사내가 서 있었다.

마치 잘 벼려진 명검을 보는 듯 날카로운 예기를 흘리는 백색 경장의 사내. 그가 서늘한 눈으로 천우경을 바라보고 있었다.

천우경은 허리를 꼿꼿이 세우고, 어깨를 당당히 폈다. 비록 선혈투성이긴 했지만 누군가의 앞에서 약한 모습을 보이는 것은 결코 그의 취향이 아니었다.

그가 말했다.

"금지에 뭐가 있기에 그토록 집착하는 건가?"

"알 필요 없지 않은가?"

"잘난 천가만의 비밀이란 말인가?"

그의 눈에 질투의 빛이 떠올랐다.

그의 이름은 불패검(不敗劍) 서문진기. 천우경이 주인인 흑무원과 같은 사원(四院) 중 하나인 백운원의 원주이자, 구주천가의 후계자를 다투는 사내였다.

구주천가 내에 존재하는 사원은 후계자들을 위한 독립된 거처였다. 그들은 대등한 조건 속에서 공정하게 경쟁한다. 그들은 마음대로 자신들의 세력을 양성할 수도 있고, 포섭할 수도 있다. 거대한 구주천가의 가주가 되기 위해서는 그러한 모든 역경을 이겨 내야 했다.

역대의 구주천가주들은 모두 그러한 경쟁을 이겨 내고 가주의 자리를 쟁취했다. 아직껏 외인이 구주천가의 가주 자리를 차지한 예는 단 한 번도 존재하지 않았다. 그래서 구주천가라는 이름이 바뀐 적 역시 단 한 번도 없었다. 그들은 마치 거대한 절벽처럼 다른 이들의 도전을 가로막고 있었다.

서문진기는 그런 절벽을 넘으려 하는 도전자였다.

천우경은 철벽이었다. 서문세가 사상 최고의 기재라고 일컬

어지는 서문진기에게도 천우경은 넘기 힘든 벽이었다. 그러나 최근 결코 흔들리지 않을 것 같던 천우경이 흔들리고 있었다.

그 원인이 무엇인지 알지 못했지만 서문진기를 비롯한 다른 후계자들에게는 절호의 기회임이 분명했다.

그렇게 흔들리던 천우경이 최근 금지에 드나들기 시작했다. 그가 금지에 드나든다는 사실은 구주천가 전체의 비상한 관심을 끌었다.

구주천가 내에 존재하는 오직 한 곳.

천가의 핏줄이 아닌 그 어떤 것도 거부하는 금지된 땅.

칠백 년이 넘는 세월이 흘러오면서 존재의 의미조차 잊혀진 금지. 그 안에 무엇이 존재하는지, 무슨 목적으로 만들어진 것인지 아는 자는 더 이상 존재하지 않는다.

인간들은 자신이 알지 못하는 미지의 존재에 두려움을 느낀다. 그것은 서문진기를 비롯한 다른 후계자들 역시 마찬가지였다. 그들은 천우경이 무슨 이유로 금지를 드나드는 것인지 알지 못해 불안했다. 그래서 자신의 눈으로 직접 확인하러 나온 것이다.

자신의 눈으로 천우경의 비밀을 확인해야 했다. 그러나 천우경은 거침없이 그를 지나쳐 걸음을 옮겼다. 마치 그 정도는 안중에도 없다는 듯이 말이다.

그러나 천우경의 속내는 달랐다.

지금 그는 혼자 힘으로 서 있기조차 힘이 들었다. 때문에 빨리 자리를 뜨고 싶었다. 자신의 경쟁자에게 죽어도 약한 모습 따위는 보이고 싶지 않기 때문이다. 그렇기에 서문진기를 무시하고 걸음을 옮기는 것이다.

"감히……."

서문진기는 자신이 무시당했다고 생각했다.

어깨를 펴고 걸음을 옮기는 천우경의 뒷모습이 마치 거대한 산악같이 보였다.

그가 입을 열었다.

"유강."

"존명!"

허공중에서 대답과 함께 한 사내가 모습을 드러냈다.

회색 무복을 입은 강인한 인상의 사내였다. 그리고 그는 서문진기의 심복 중 하나로 암중에서 보필했다.

서문진기가 그에게 말했다.

"나는 금지 안에 무엇이 존재하는지 알고 싶다. 그리고 우경이 왜 금지에 드나드는지 그 이유도 말이다."

"허나 금지는 장로원에서조차 접근을 금한 곳입니다."

"그 말은 나의 명보다 장로원이 우선한다는 것이냐?"

"아, 아닙니다. 오늘 중으로 금지 안에 무엇이 존재하는지 알아내겠습니다."

유강이 급히 대답했다.

그에게 서문진기는 하늘과도 같았다.

고아였던 그를 거둬 주고, 키워 준 곳이 바로 서문세가였다.
그에게 있어 서문세가는 고향이나 마찬가지였고, 서문진기는
목숨으로 지켜야 할 주군이었다.

비록 금지가 죽음의 땅이라 하지만 자신을 어쩔 수 있을 거
라 생각하지는 않았다. 자신이 이끄는 밀영조(密影組)는 최강
의 암살자 집단이었다. 암살자들에게 침투는 그리 어려운 일
이 아니었다. 유강은 이번에도 그럴 거라 생각했다.

츠츠!

유강이 삼십여 명의 밀영조를 이끌고 금지로 들어갔다. 서
문진기는 그들의 뒷모습을 묵묵히 바라보았다.

"금지…… 이미 칠백 년이나 묵은 고리타분한 전설. 그런
전설 때문에 두려움을 가져야 한다니. 천가 내에는 어리석은
자들이 너무나 많다."

그의 눈엔 걷잡을 수 없는 야망의 불길이 활활 타오르고 있
었다.

*　　　　　*　　　　　*

기분 나쁜 안개였다.

일반적인 안개와는 다른 끈적끈적함을 가진 안개. 빛마저도
완벽하게 차단하는지 불길한 기운이 일렁이고 있었다.

밀영조는 불길한 안개를 헤쳐 나가고 있었다. 사방에 보이

는 것은 오직 회색의 안개뿐, 하늘도 땅도, 그리고 그 어떤 것도 보이지 않았다. 그 속을 헤쳐 나가는 밀영조의 얼굴에는 어딘지 모르게 불안한 기운이 떠올라 있었다.

죽음의 땅으로 알려진 금지였다. 그들은 수십 년 전의 천하십대고수 중 하나인 탁탑마도 원개세마저 집어삼킨 죽음의 대지를 헤쳐 나가고 있는 것이다. 당연히 불길한 기분이 들 수밖에 없었다. 하지만 그들은 불길한 감정을 억누르고 걸음을 옮겼다.

주군의 명은 죽음으로 완수해야 한다는 것이 밀영조의 신조였다. 유강의 지휘 아래 그들은 조심스럽게 걸음을 옮겼다.

유강은 눈살을 찌푸렸다.

아무리 걸어도 안개의 바다는 끝이 보이지 않았다. 시간으로 따지면 벌써 두 시진째였다. 제아무리 금지의 규모가 크다고 해도 이것은 상식적으로 있을 수 없는 일이었다.

"설마 진법에 빠졌단 말인가?"

그의 눈빛이 침중해졌다.

정말 진법에 빠졌다면 이 안에 어떤 위협이 존재할지 전혀 예측할 수 없었다. 물론 일반적인 진법이라면 밀영조의 능력만으로도 충분히 파해할 수 있었다. 그러나 금지 안에 펼쳐져 있는 진법이 일반적인 것일 리 없었다.

"모두 주의하라. 특히 곁에 있는 동료의 기척에 온 신경을 기울여라."

유강의 명령에 밀영조가 고개를 끄덕였다.

밀영조가 되면서 지겹도록 받아 온 훈련이었다.

지옥 같은 수련을 거치면서 그들은 자연스럽게 교감이 통했다. 어지간한 생각 정도는 눈빛을 보는 것만으로도 알 수 있었고, 굳이 눈으로 보지 않아도 근처에 있다면 서로의 존재감을 느낄 수 있었다. 그들은 서른 명이었지만, 동시에 한 명이기도 했다. 그들의 심령은 보이지 않는 끈으로 연결되어 있기 때문이다.

"응?"

밀영조 이십팔호가 두리번거렸다. 불과 촌각 전까지 지척에서 느껴지던 이십구호의 기척이 흔적도 없이 사라졌기 때문이다.

근처에 있던 다른 이들도 그와 같이 느꼈는지 동시에 서로의 얼굴을 바라보았다. 그 순간 그들의 눈가가 파르르 떨리고 있었다. 그들이 서로의 얼굴을 바라보는 그 순간에도 두 명의 기척이 감각에서 사라졌기 때문이다.

"무, 무슨 일이……."

"큭!"

그들이 두려운 표정을 지었다. 그들의 시야에서 사라진 동료들이 느끼는 극심한 공포가 그들에게까지 전이된 것이다.

비록 소리는 들리지 않았지만, 그들이 절규하고 있다는 것을 느낄 수 있었다. 그들은 심장 깊은 곳까지 자극하는 근원적인 공포를 겪고 있었다.

"흡!"

또다시 몇 명의 기척이 그들의 감각에서 사라졌다. 그리고 느껴지는 생생한 공포. 그들의 들리지 않는 통곡 소리에 고막이 아파 왔다.

"누구냐?"

유강이 소리쳤다.

밀영조가 그를 중심으로 둥글게 뭉쳤다. 가시를 곤추세운 고슴도치와도 같은 모습이 자못 위압스러웠다. 그러나 그들의 얼굴에는 숨길 수 없는 불안감이 담겨 있었다.

스스스!

안개가 더욱 짙어지고 있었다.

마치 살아 있는 생명체의 촉수처럼 스멀스멀 그들의 몸을 감싸는 안개에 진저리가 쳐질 정도였다. 그들의 신경은 바짝 날이 선 칼날처럼 그렇게 곤두섰다.

"도대체……."

유강이 핏발이 선 눈으로 주위를 둘러봤다. 바로 지척에 있는데도 밀영조의 모습이 희미하게 보였다. 제아무리 진법에 의해 형성된 안개라지만 이것은 너무하지 않은가?

"일호, 이호. 수하들을 점검하라."

"……."

"일호? 이호?"

유강의 눈에 의혹의 빛이 떠오르는 그 순간 주위에 있다고 믿었던 밀영조의 모든 것들이 모래성처럼 사라져 갔다. 이제까지 그를 에워싸고 있던 밀영조가 흔적도 없이 사라진 것이다.

"설마?"

유강이 급히 주위를 두리번거렸다. 그러나 보이는 것은 짙은 안개뿐, 어디서도 밀영조의 모습은 보이지 않았다. 대신 그의 눈앞에 흐릿한 기운이 어리는 듯하더니 검은 형상을 만들어 냈다.

스스스!

검은 안개가 모이고 꼬여서 인간의 형상을 만들어 가고 있었다. 그 기괴한 모습에 유강은 숨이 떨어질 듯 놀랐다.

촤앙!

유강이 벼락같이 검을 뽑아 검은 그림자를 갈랐다. 그러나 그의 검은 헛되이 허공을 가르고 말았다. 그의 검이 지나갔음에도 불구하고 검은 형상은 여전히 흩어지지 않았다. 아니, 오히려 시간이 갈수록 더욱 또렷해지며 인간의 형상을 갖춰 가고 있었다.

"이이!"

유강이 자신도 모르게 뒤로 한 걸음 물러났다. 그러나 그의 몸은 마치 아교에 휩싸인 듯 움직일 줄 몰랐다. 어느새 자신도 모르게 마혈을 제압당한 것이다.

'안개, 안개다. 안개가 살아 있다.'

그제야 유강은 깨달았다. 자신의 마혈을 제압한 것이 안개란 사실을 말이다. 이 거대한 안개의 바다는 스스로 생명력을 가지고 먹이를 탐하고 있었다. 없어진 밀영조도 모두 안개에 먹혔을 것이다.

번쩍!

그 순간 어둠이 눈을 떴다.

새하얗게 빛나는 귀안(鬼眼)에 유강이 눈을 크게 치떴다. 그의 시야에 온통 백색의 빛만이 들어왔다. 그리고 들려오는 나직한 목소리.

"율법을 어기다니."

"누, 누구냐?"

"너는 내 이름을 들을 자격이 없다."

"무, 무슨? 크으윽!"

갑자기 유강의 입에서 비명성이 흘러나왔다. 갑자기 온몸에 지독한 통증이 느껴졌기 때문이다. 수천수만 개의 바늘이 일시에 전신을 찌르는 듯한 느낌에 그는 전율했다.

실제로 지금 그와 검은 그림자 사이에는 눈으로 보이지 않는 무수한 기의 실이 연결되어 있었다. 그의 신경을 통해 침투해 들어오는 수많은 기의 실이 그를 전율케 하고 있었다.

그가 말했다.

"천가 내에서 무슨 일이 벌어지고 있는지 말하거라."

"아, 안 돼!"

유강이 고개를 저었다. 그러자 백색 광채가 더욱 눈부시게 일렁였다.

유강은 꿈에도 몰랐다. 자신의 눈앞에 서 있는 검은 형상이 사람이란 것을. 그것도 금지의 주인이란 사실을 말이다.

천우진은 백야의 귀안을 펼치고 있었다.

상대의 눈을 통해 모든 것을 읽어 내는 저주받은 마공을 말이다. 천우경과 같은 경지에 이른 고수는 누구보다 마음의 벽이 든든하다. 때문에 강제로 파괴할 수밖에 없지만, 유강과 같은 자라면 다르다. 단지 눈을 마주한 것만으로 심령 깊은 곳까지 제압할 수 있는 것이다.

천우진의 귀안은 유강의 눈을 통해 그의 사고를 읽어 내기 시작했다. 자신의 입으로 말을 하지 않는다면 직접 읽어 낸다. 그것이 백야귀안의 무서운 점이었다. 머릿속 깊은 곳에 있는 내용까지는 알아내지 못하지만, 지금 생각하는 내용 정도는 충분히 읽어 낼 수 있었다.

본래 유강은 심지가 굳은 자였다. 그렇기 때문에 자신의 입으로 절대 비밀을 털어놓을 자가 아니었다. 그러나 그것이 그의 명을 단축시켰다.

자신의 입으로 털어놓았다면 목숨을 건졌을지도 모른다. 그러나 천우진이 그의 두뇌에 직접 개입하면서 부하가 걸려 버렸다. 사고를 읽히는 과정에서 막대한 부하가 걸린 그의 두뇌는 조금씩 말라 가고 있었다.

푸들푸들!

유강의 몸이 발작했다. 그러나 천우진은 악마처럼 그를 붙잡고 놔주지 않았다. 그는 유강의 눈을 통해 생각을 읽어 내고 있었다. 지금 유강이 생각하는 내용은 고스란히 천우진의 두

뇌로 옮겨 오고 있었다.

공포와 분노, 그리고 가장 소중한 사람들의 기억까지 천우진은 빼앗아 오고 있었다. 점차 유강의 머릿속이 하얗게 지워져 가고 있었다. 좋았던 기억, 소중했던 기억, 그리고 행복했던 기억까지 모두 다 말이다.

'아, 안 돼!'

유강이 절규했다. 그러나 그의 목소리는 입 안에서만 맴돌았다. 그 역시 느끼고 있었다. 지금 자신이 생각하는 바를 빼앗기고 있다는 것을.

'이, 이자는 아, 악마다. 악……마. 아……아!'

유강의 입술이 뻐끔거렸다. 그의 눈은 이미 흰색으로 탈색되어 있었다.

모든 것을 빼앗긴 그는 이미 자신의 힘으로 서 있을 기력마저 존재하지 않았다.

털썩!

곧이어 숨이 끊어진 채 무너지는 유강의 몸, 그의 얼굴에는 죽는 그 순간까지도 처절한 공포의 빛이 떠올라 있었다.

스스!

그제야 천우진이 귀안을 거둬들였다.

"이자는 아무것도 모른다. 그저 하늘 높은 줄 모르고 날뛰는 애송이의 종복에 불과할 뿐."

그의 미간이 찌푸려졌다.

지독한 악취가 풍겨 오고 있었다. 그 근원이 구주천가라는 사실을 모를 그가 아니었다.

"나를 건들지 말거라. 나의 자비에는 한계가 존재할지니."

그가 스산한 음성과 함께 안개 속으로 사라졌다.

그가 사라진 자리에는 목내이처럼 말라 버린 수많은 시신이 나뒹굴고 있었다.

자신의 거처로 돌아온 천우경은 걸레가 되다시피 찢겨 나간 옷을 갈아입었다. 그가 늘 즐겨 입는 순백의 경장이었다.

좀 전보다 한결 숨 쉬는 것이 편안해졌다.

천우진에 의해 그토록 중한 상처를 입었건만 그의 몸은 어느새 착실히 회복을 하고 있었다. 그러나 천우경의 표정은 결코 밝지 못했다.

만일 예전의 그였다면 벌써 몸이 회복했을 것이다. 그러나 완벽하던 그의 신체는 이미 균형이 무너진 지 오래였고, 독에 중독된 내부는 조금씩 녹아내리고 있었다. 당연히 완벽한 신체로의 회복은 꿈도 꾸지 못할 일이었다. 그나마 천우진이 손속을 봐주지 않았다면 그는 이미 이 세상 사람이 아니었을 것이다.

"형님!"

천우경이 한숨을 내쉬었다.

같은 얼굴을 가진 그의 형제, 그러나 너무나 다른 길을 걸어 이제는 정반대의 삶을 살고 있는 그의 형이 떠올랐다.

비록 천우진이 어떠한 경로를 통해 환영의 탑에서 살고 있는지 이유는 알지 못하지만, 그의 삶이 결코 평범한 것이 아니란 사실 정도는 충분히 짐작할 수 있었다.

"아버지, 당신은 너무나 많은 업보를 만드셨습니다. 당신이 만든 업보는 너무나 가혹하군요."

천우경이 자신의 두 손을 바라봤다.

예전의 그는 자신감이 넘쳤다. 하늘이라도 받칠 수 있을 거라 생각했었다. 그러나 지금 너무나 버거운 삶의 무게에 힘이 겨웠다.

짝!

천우경은 소리 나게 자신의 뺨을 때렸다.

그제야 정신이 번쩍 드는 것 같았다.

"힘을 내자, 천우경. 결코 약해져서는 안 된다."

그때 밖에서 낯익은 무인의 목소리가 들려왔다.

"원주님, 이제 천중전(天中殿)에 드실 시간입니다. 장로님들이 기다리고 계십니다."

"알겠다. 금방 가겠다 전하도록."

"알겠습니다."

목소리 주인의 기척이 사라지는 것을 확인한 천우경이 자리에서 일어났다.

이제 또다시 힘겨운 시간이 그를 기다리고 있었다.

제3장

누구를 위해
눈물을 흘려야 하는가?

천우경은 흰색의 장포를 입고 천중전(天中殿)을 향해 걸음을 옮겼다.

천중전은 구주천가 최고의 의결기관이었다. 일천, 이전, 삼부, 사원의 모든 수장들과 장로원들의 장로들이 모두 모여 구주천가의 미래를 결정하는 최고의 권력 기관이 바로 천중전인 것이다.

구주천가의 가주라 할지라도 천중전에서 결정된 사항을 무시할 수 없었다. 천중전의 도움 없이 거대한 구주천가를 꾸려나가는 것은 불가능한 일이기에 대대로 구주천가의 가주들은 천중전과 긴밀한 협력 관계를 구축해 왔다.

천중전의 전주 추혼신창(追魂神槍) 구진서는 여든 살 고령의 무인이었지만, 한 자루 창만 들면 천하에 적이 없다는 소리를 들을 정도로 아직도 정정했다. 또한 그가 장로원에서 차지하는 비중은 가히 절대적이라 할 만큼 엄청난 영향력을 가지고 있었다.

그런 구진서가 천우경을 천중전으로 불러들였다.

천중전으로 향하는 천우경의 걸음은 무겁기 그지없었다. 그의 뒤를 따라 흑무원의 젊은 고수들 몇 명이 함께하고 있었지만, 왠지 그들의 어깨가 늘어져 있는 느낌이었다.

수많은 검문을 거쳐 그는 천중전의 입구에 섰다.

천중전을 지키는 수많은 무인들이 눈에 들어왔다. 각 조직에서 차출된 정예 무인들이었다. 일선에서 한참 뛰어야 할 정예 무인들이 이따위 전각을 지키는 임무에 동원되다니.

천우경이 입술을 질끈 깨물었다.

무언가 잘못 돌아가고 있었다. 예전에는 있을 수 없던 일이 일어나고 있었다.

천우경이 앞에 서자 경계를 서던 무인들의 우두머리로 보이는 장년인이 그에게 다가왔다.

"소가주님."

"남 조장."

온화한 얼굴과 달리 칼날처럼 날카로운 눈매를 가지고 있는 사내. 그가 천중전을 지키는 이들을 이끄는 남조익이었다. 그는 쾌검과 보법의 달인으로 근접전에서 특히 위력을 발휘한다고 알려져 있었다.

"죄송합니다만 호위들은 안으로 들어가실 수 없습니다."

"알고 있네."

"그리고 형식적이나마 소가주님의 몸을 검색해야 합니다."

"그······것도 알고 있네."

천우경이 묵묵히 고개를 끄덕였다. 남조익은 그런 천우경을 조금은 안쓰러운 눈으로 바라봤다.

역대 구주천가의 소가주 중에 이토록 무시를 당한 인물이 있었던가? 구주천가는 대대로 천씨의 것이었다. 그리고 천씨는 훌륭히 구주천가를 이끌어 왔다. 그것은 누구나 인정하는 사실이었다. 그러나 철옹성 같던 천가의 위상이 최근 흔들리고 있었다. 예전 같으면 감히 소가주의 몸을 검색한다는 것은 상상도 하지 못할 일이었다. 남조익 역시 소가주를 검색하는 일 따위는 하고 싶지 않았다. 그러나 그는 명령을 거역할 수 없는 위치에 있었다. 그에게 명령을 내린 이는 하늘 위의 존재들이었다.

결국 남조익은 형식적으로나마 천우경을 검색했다. 그 모습을 뒤에 선 호위 무인들이 분노 어린 눈으로 바라보았다. 그들의 꽉 쥔 주먹이 파르르 떨리고 있었다.

그들은 분노 어린 시선으로 괴물처럼 버티고 서 있는 천중전을 바라보았다. 그러나 그들과 달리 천우경은 그 모든 수모를 담담히 견뎌 냈다.

"이제 안으로 들어가도 되겠는가?"

"물론입니다, 소가주님."

남조익이 황송하다는 듯이 고개를 숙여 보였다. 그러자 천우경이 그를 지나쳐 천중전의 입구로 들어갔다. 남조익은 그린 천우경의 등을 보며 탄식을 터트렸다.

"광명정대한 분, 저런 분이 가주위에 오르면 천가의 미래는 더욱 탄탄해질 텐데."

그의 나직한 말에 주위의 무인들이 조용히 고개를 끄덕였다. 그들의 얼굴에는 남조익과 마찬가지의 빛이 떠올라 있었다.

끼이익!

거대한 대전의 문을 열자 화려한 내부 전경이 모습을 드러냈다. 수백 명의 무인이 군무를 펼쳐도 좋을 만큼 넓은 내부에는 온갖 화려한 장식이 치장되어 있었다. 당대 최고의 화가가 그렸다는 그림부터 저 멀리 이국에서 들여온 은은한 빛이 감도는 청자, 그리고 온갖 금장 장식까지. 마치 황궁에 들어온 듯한 착각이 들 정도로 화려한 대전이었다.

그곳에 그들이 있었다.

거대한 자단목 탁자를 중심으로 좌우로 앉아 있는 노인들. 그들이야말로 구주천가의 주요 정책을 결정하고 가주에게 자신의 의견을 말할 권한을 가진 장로들이었다.

"소가주, 어서 오시오. 조금 늦으셨구려."

"일이 조금 있었습니다."

가장 상석에 앉은 온화한 인상의 노인의 말에 천우경이 아무렇지 않다는 듯이 대답했다.

얼굴 가득 온화한 인상을 하고 있는 중늙은이, 그가 바로 여든 살의 추혼신창 구진서였다. 그리고 그가 바로 천중전의 전주였다.

그가 여전히 웃는 얼굴로 말했다.

"그래도 다음부터는 시간을 준수해 주셨으면 좋겠소. 소가주께서도 아시겠지만, 이 많은 장로 분들이 한자리에 모이는 것은 그리 쉬운 일이 아니라오."

그의 말에 다른 장로들이 그렇다는 듯이 고개를 끄덕였다.

천우경이 포권을 취하며 그들에게 사죄했다.

"죄송합니다. 불초 소생이 여러 어른들을 기다리게 한 죄, 차후에 용서를 빌겠습니다."

"흘흘! 그럴 수도 있지. 뭐, 그런 거 가지고 사죄까지나."

"허허! 역시 소가주는 전대 가주와 여러모로 다르시구려. 전대 가주라면 절대 사죄를 하지 않았을 텐데. 사람이 됐어요."

곳곳에서 늙은 무인들의 목소리가 흘러나왔다.

뿌득!

천우경이 보이지 않게 이빨을 갈았다.

그의 아버지가 생존해 있을 때는 숨조차 제대로 쉬지 못하던 이들이다. 그런 이들이 이제는 자신을 내려다보고 있었다. 그러나 천우경은 그런 심정을 전혀 내색하지 않고 묵묵히 자신의 자리에 앉았다.

많은 자리가 비어 있었다. 자리를 채우고 있는 대부분의 이들은 장로원의 장로들이었고, 삼대봉신가는 물론 각 조직의 수뇌부는 참석조차 하지 않았다.

'어쩌다 천가가 이 지경에 이른 것인가?'

천우경은 주먹이 으스러져라 꽉 쥐었다.

이제까지 구주천가를 이끌어 왔던 가주 천북패가 주화입마로 목숨을 잃은 것이 불과 두 달 전이었다.

압도적인 존재감과 거칠 것 없는 과단성으로 구주천가를 이끌어 온 천북패가 건재했을 때는 누구도 그의 앞에서 감히 크게 숨조차 쉬지 못했다.

광포한 지배자, 그가 바로 천북패였다.

그의 손에 멸문당한 가문의 수만 십여 개가 넘었고, 수많은 무가들과 문파들이 그에게 절대충성을 맹세했었다. 그렇게 천북패는 천가와 천하를 지배했다.

그런 천북패가 죽었다.

공식적인 사인은 주화입마(走火入魔)였다. 그러나 그 말을 믿는 사람은 거의 없었다.

천북패는 절대고수였다. 강호를 지배하는 절대고수들 중에서도 최상위에 존재하는 자였다. 그러한 절대고수가 겨우 주화입마 따위에 목숨을 잃다니. 그것은 쉽게 믿기 힘든 말이었다.

만일 천북패가 정식으로 천우경에게 후계자위를 인정했으면, 정당한 수순을 밟아 천우경이 가주가 되었을 것이다. 그러나 천북패의 죽음은 너무나 갑작스럽게 다가왔고, 그 어떤 유훈도 남기지 못했다. 결국 구주천가의 율법에 의해 후계자를 결정하는 것은 장로원의 손으로 넘어갔다.

가주의 유고 시 적절한 절차를 거쳐 장로원이 후계자를 선출한다는 율법에 의해 장로원이 무소불위의 권력을 가지게 된 것이다.

그들은 마치 기다렸다는 듯이 후계자를 선출하는 것을 미루고, 내부를 정비한다는 미명 아래 무소불위의 권력을 휘두르고 있었다. 그에 구주천가의 조직들이 숨을 죽였다.

'허나 그것이 다는 아닐 터. 보다 큰 무언가가 존재하고 있다. 제아무리 아버지에게 불만을 가진 자가 존재하더라도, 이렇게 시기적절하게 천가가 분열될 리 없다. 분명 모종의 힘이 작용하고 있다.'

천우경은 냉정한 눈으로 음소를 흘리고 있는 장로들을 한 명씩 바라보았다.

십기검영(十氣劍影) 관가량, 음양이괴(陰陽二怪) 문소치 형제, 그리고 수많은 노인들. 그들의 눈에는 숨길 수 없는 탐욕의 빛이 흐르고 있었다. 마지막으로 천우경의 시선이 다른 이들과 달리 무표정한 얼굴을 하고 있는 청수한 인상의 노인에게서 멈춰 섰다. 조용히 앉아 있지만, 그 어떤 노인들보다 부각되어 보이는 노인, 그는 장로원의 세 계파 중 하나를 이끄는 청학자(靑鶴子) 조검상이었다.

문득 천우경의 눈에 아픈 빛이 떠올랐다.

어린 시절 그토록 자신을 예뻐해 줬던 조검상이었다. 천우경은 조검상에게서 검의 기초를 배웠고, 조검상은 천우경의 후견인을 자처했었다. 그런 그가 이제는 자신의 시선을 외면하고 있었다.

'천가가 끝났다고 생각하는 건가? 진정으로 그런 건가? 그도 아니면······.'

천우경은 조검상에게서 시선을 거뒀다.

어차피 자신을 외면한 사람이었다. 그런 사람에게서 무언가를 기대하는 것만큼 어리석은 일은 없었다.

천우경은 자신이 혼자란 사실을 절감하고 있었다.

안정된 후계자위, 그리고 천북패라는 든든한 벽이 존재할 때 그는 누구보다 강력한 힘을 발휘할 수 있었지만, 그 모든 것들이 사라진 지금에는 무기력하기 그지없었다.

천우경은 자신의 그릇을 잘 알고 있었다.

평화 시에는 훌륭한 지도자가 될 수 있지만, 난세를 헤쳐 나가기에는 역량이 부족하다. 무력은 강하지만 음모와 모략 등 암중 술수에는 약하기 때문이다. 더구나 그는 외부에 환히 노출되어 있고, 그를 노리는 적들은 은밀히 모습을 숨기고 있었다. 아직 천우경은 그들이 누군지 짐작조차 하지 못하고 있었다.

'어쩌면 아버지의 갑작스런 죽음도 그들이 관여한 것인지 모른다. 어쩌면······.'

천우경은 그렇게 추리하고 있었다. 그러나 모든 것이 확신 없는 짐작에 불과할 뿐이었다.

그때 천우경의 미간이 찌푸려졌다.

또다시 상처가 통증을 불러일으키고 있었다. 그의 몸속에 침투한 각종 독들이 또다시 발작을 일으킨 것이다.

그러나 천우경은 초인적인 인내심으로 극심한 통증을 참아 냈다.

'나는 조금씩 죽어 가고 있어. 형의 도움이 필요해.'

극한의 고통 속에서도 그가 중얼거렸다.

유일하게 믿고 의지할 수 있는 단 한 사람.

그의 모습을 떠올리자 천우경은 겨우 웃음을 지을 수 있었다. 그 순간 그의 눈이 슬프게 빛나고 있었다.

그때 구진서의 목소리가 들려왔다.

"모두 모인 것 같으니, 회의를 진행합시다."

*   *   *

구진서의 눈은 어딘지 모르게 흐릿했다. 나이가 나이인지라 노안(老眼)이 시작된 것이다. 제아무리 가공할 무공을 익혔다고 할지라도 노화까지 막을 수는 없는 법이다. 그러나 구진서를 대면하는 사람들은 오히려 그 흐릿한 눈빛 때문에 불안해했다. 너무나 탁한 눈빛 때문에 속내를 읽을 수 없기 때문이다.

구진서는 예의 흐릿한 눈으로 천우경을 바라봤다. 그의 입가에는 흐릿한 눈빛만큼이나 보이지 않는 미소가 살짝 걸려 있었다.

천가의 유일한 적통이 그의 앞에 앉아 있었다. 그저 앉아 있는 것이지만 구진서의 눈에는 그가 무릎을 꿇고 있는 것처럼 보였다.

거대한 구주천가와 천하를 아우를 자격이 있는 남자였다. 하지만 자신 앞에선 조용히 처분을 기다리는 일개 무인에 불과했다.

'패도적인 천가의 핏줄, 그 핏줄을 무릎 꿇리다니. 전대 가주가 생존했을 때만 하더라도 감히 상상하지 못하던 일.'

부르르!

그가 갑자기 몸을 떨었다. 전대 가주인 천북패를 떠올리는 것만으로 온몸에 오한이 들었기 때문이다.

패도무쌍(覇道無雙)의 남자. 자신의 앞을 가로막는 모든 것을 파괴하던 그의 행보에 전 무림이 숨을 죽였었다. 그것은 구진서 역시 마찬가지였다. 장로원에 절대적인 영향력을 가진 그조차도 감히 천북패의 심기를 거슬러 본 적이 없을 정도였다.

'더 이상 천가의 핏줄이 구주천가를 지배하게 둘 수는 없다.'

이미 모두가 암묵적으로 동의한 사항이었다.

이곳에 있는 장로들 중 누구도 천우경이 가주가 되길 원하는 자는 없었다. 비록 천우경이 젊은 무인들의 열화와 같은 지지를 받고 있다는 사실 정도는 알고 있었지만, 그들은 또다시 예전과 같이 숨도 제대로 쉬지 못하는 그런 시대로 돌아가고 싶지 않았다.

이미 권력의 달콤함을 맛본 이들이었다.

천가의 독재가 무너지면서 갖은 이권에 개입하기 시작한 그들이었다. 그들은 자신들의 영향력을 조금이라도 확장하기 위해 혈안이 되어 있었다.

음습하고 답답한 기운이 장내를 가득 채우고 있었다.

먼저 입을 연 이는 구진서였다.

"가주직이 공석이 된 지 벌써 두 달째, 더 이상 가주직을 비워 놓을 수 없다는 것이 장로원의 생각이오. 그에 대해 소가주는 어떻게 생각하시오?"

"동의하는 바입니다."

천우경이 고개를 끄덕였다.

가주가 공석이 됨으로써 모든 혼란이 빚어졌다. 이 모든 혼란을 종식시키기 위해서는 강력한 힘을 가진 가주가 필요했다.

천우경의 동의에 구진서가 예의 알 수 없는 미소를 지었다.

"소가주도 동의하시는구려. 잘되었소. 때문에 본 천중전의 장로들은 다섯 달 후에 가주를 선출하는 데 목적을 두고, 현재 사원(四院)에서 기거하시는 네 분의 후계자들에게 공정한 경쟁의 기회를 드린 후 최후의 승자가 가주직을 차지하는 것으로 결정하였소. 언제나 가장 강한 자가 모든 것을 차지하는 것이 천가의 율법이니 소가주께서도 큰 반대가 없으실 거라 믿소."

꾸욱!

천우경이 주먹을 힘껏 쥐었다.

평상시의 그라면 이러한 제안 자체를 생각할 필요도 없이 허락했을 것이다. 비록 사원의 후계자들이 강력한 무위를 자랑한다고 하지만, 천우경은 그들을 아우를 자신이 있기 때문이다.

그러나 지금 그의 몸 상태는 최악일뿐더러 시간이 지날수록 악화되고 있었다. 다섯 달 후까지 살아 있을 거라는 보장조차 할 수 없는 상황이었다.

'나의 몸 상태를 알고 있는 것인가? 그도 아니면 우연의 일치인가?'

천우경의 예리한 시선이 장로들을 훑고 지나갔다.

마치 굶주린 승냥이의 눈빛처럼 그렇게 바라보는 노인들의 눈빛에 천우경이 입술을 질근 깨물었다.

'이들 모두가 이번 일에 연관이 있다고는 생각할 수 없다. 그렇다면 주도적으로 나서는 이가 있을 것이고, 암중에서 조종하는 이가 분명 있을 것이다. 문제는 그들이 누구냐이다. 누구냐? 이 모든 사태를 암중 주재하는 자가.'

그때 이제까지 침묵을 지키고 있던 십기검영 관가량이 입을 열었다.

"본인은 장로원의 결정을 존중하오. 허나 그전에 선행되어야 할 일이 하나 있지 않나 싶소."

"그게 무슨 말이오?"

"후계자들의 자질 검증이 이뤄져야 하지 않겠소? 지난 몇 년 동안 우리는 후계자들의 소식을 들었을 뿐, 단 한 번도 그들의 무력이나 자질에 대해서 확인한 바가 없소. 그래서 본인은 이번 기회에 그들의 자질에 대한 검증이 이루어져야 한다고 생각하고 있소."

"그것도 일리가 있는 말이구려."

구진서가 고개를 끄덕였다. 뿐만 아니라 많은 이들이 그의 의견에 동조하고 있었다.

사상 최고의 기재들이 모여 있다는 사원이었다. 천우경이 주인으로 있는 흑무원(黑霧院)과 서문진기가 수장인 백운원(白雲院), 그리고 무공광으로 소문난 반무상이 기거하고 있는 적화원(赤花院), 유일한 여자 기재인 혁련청화의 자미원(紫薇院)까지. 그들에 대해서 수많은 소문이 나돌았지만, 막상 그들의 무력을 직접 접한 이들은 존재하지 않았다.

'자신들이 선을 대고 있는 자들을 가늠할 기회란 말인가?'

천우경은 금세 그들의 속셈을 눈치 챘다.

분명 저들 중 대부분이 나머지 기재들과 연관이 있을 것이다. 그것은 바보라도 금방 짐작할 수 있는 사실이었다.

네 명의 기재 중에 철저하게 홀로 고립된 이는 천우경뿐이었다. 그만이 오직 고립무원(孤立無援)의 처지에 서 있었다. 가장 불리한 이가 천우경임을 모를 리 없었다. 그런데도 저리 말한다는 것은 아예 대놓고 천우경을 핍박하겠다는 말과 다름없었다.

번쩍!

순간적으로 천우경의 눈가에 은은한 살기가 감돌았다.

이제까지 참고 참아 왔다. 그러나 이들의 작태는 그의 인내심을 바닥까지 보이게 하고 있었다.

쿠쿠쿠!

그의 살기에 천중전의 바닥이 은은한 진동을 일으켰다. 그러자 장로들의 얼굴에 긴장의 빛이 떠올랐다.

비록 그들이 우월적인 지위를 이용해 천우경을 궁지에 몰아넣는 데 성공했다고 하나, 천우경은 그들이 그토록 두려워하는 천가의 적통이었다. 그의 진실된 무력 수준이 어느 정도인지 아는 사람은 존재하지 않았다.

천우경이 곱씹듯 한 자 한 자 내뱉었다.

"검증이라 함은 무엇을 의미합니까? 설마 여러분들 앞에서 무공이라도 펼쳐 보이라는 뜻입니까?"

"그, 그럴 리가 있겠소? 다, 단지 이 몸은 후계자들 간에도 우열이 있을 터, 그 부분을 명확히 하자는 뜻이오."

관가량은 천우경의 강경한 반응을 예상하지 못했는지 말을 더듬으면서도 자신의 뜻을 철회하지는 않았다.

"구체적으로 어떤 뜻입니까? 어떻게 우열을 가늠하겠다는 것입니까?"

천우경은 기세를 더욱 돋웠다.

그렇지 않아도 발군의 기세를 가진 그였다. 그런 그가 마음 먹고 기세를 피워 올리자, 근처에 있는 장로들의 안색이 싹 변했다.

'이것은 예상보다 더하지 않은가? 역시 천가의 피…….'

'지금이 아니면 우리에게 기회는 없다. 반드시 그를 밀어내야 한다.'

장로들이 눈빛을 교환하더니 연이어 자리에서 일어섰다.

"소가주께서는 진정하시오. 우리가 지금 이야기하는 것은 지극히 온당한 이치에 부합되는 것이니 화를 낼 이유가 없소."

"그렇소이다. 우리 장로원은 천가의 미래를 위해 이런 결정을 내린 것이오. 소가주가 그런 우리의 고심을 이해하지 못한다면 정말 실망이외다."

"천가의 미래를 위한 일. 소가주께서는 이해해 주시길."

그들은 마치 아무런 생각이 없는 앵무새와 같았다. 정해진 말밖에 할 줄 모르는 종자들, 그것이 그 순간 천우경의 머릿속에 든 생각이었다.

'아버지는 이런 자들을 데리고 천가를 이끌어 왔던가? 이제야 그분의 고충을 어느 정도 이해할 수 있을 것 같구나.'

오히려 허탈해졌다.

물이 고이면 썩는다 했다. 현재 구주천가가 그랬다. 이제까지 자신들은 천하제일가라는 미명에 안주하고 있었던 것은 아니었을까?

'썩은 싹은 모조리 잘라 내야 한다. 허나 과연 내가 그럴 수 있을까?'

천우경의 눈빛이 어두워졌다.

그의 눈앞에 있는 수많은 장로들. 그들은 구주천가보다 자신의 앞날을 더욱 걱정하고 있었다.

결국 천우경이 기세를 풀며 말했다.

"그래서 원하는 것이 뭡니까? 어떤 방식으로 검증을 하겠다는 겁니까?"

"석 달 후에 멸혼관(滅魂關)을 열겠소이다. 모든 후계자 분들은 석 달의 폐관수련 후에 멸혼관을 통과해야 하오. 그런 후에야 구주천가의 가주에 도전할 자격이 주어지오."

"……."

관가량의 말에 천우경의 눈가가 떨렸다.

그 순간 장로들은 웃고 있었다.

수많은 사람들 속에서 미소를 짓는 이가 있었다.

구주천가의 수많은 장로 중 한 명. 모두가 천우경을 핍박할 때 그만이 여유롭게 그 광경을 즐기고 있는 것이다.

'무언가 이상하게 돌아간다고 느끼겠지. 허나 알아차려도 이미 늦은 일. 소가주가 빠져나갈 구멍은 존재하지 않으니까.'

모두가 바둑판 위의 돌일 뿐이다.

모든 것이 그들이 원하는 대로 돌아가고 있었다.

오래전부터 계획되어 온 이 일은 한 치의 어긋남 없이 돌아가고 있었다. 이제 구주천가가 자신들의 손으로 넘어올 날이

머지않았다.

'후후! 소가주에게 구원의 손길을 내밀 이는 존재하지 않는다. 천하의 그 누구도 그들의 눈에서 벗어날 수 없으니까. 일반적인 무인들로는 결코 그들을 상대할 수 없다. 그들은 정말로 무서운 자들이니까. 설령 신이라 할지라도 그들을 막을 수는 없다. 혹시 모르지. 악마가 진실로 존재한다면 그들을 상대할 수 있을지…….'

그러나 악마가 존재할 리 만무하지 않은가? 결국 천우경은 홀로 죽을 운명이었다.

그의 은밀한 미소가 더욱 짙어졌다.

*   *   *

천우진은 환영의 탑 내부를 거닐었다.

그가 걸음을 옮길 때마다 희미한 불빛들이 불길하게 흔들렸다. 그를 따라 걸음을 옮기는 그림자가 마치 악령의 그림자처럼 흔들리고 있었다.

환영의 탑이 어떻게 생겨났는지, 그 연원을 기억하는 이는 존재하지 않았다. 구주천가 내에서도 금지 안에 환영의 탑이 존재한다는 사실을 아는 이 역시 거의 없었다. 그만큼 환영의 탑은 잊혀진 곳이었고, 또한 모든 것이 비밀에 싸여 있었다.

천우진이 걸음을 멈춘 곳은 역대 탑주들의 위패가 모셔진 조그만 방이었다.

그의 눈가에 그늘이 드리워졌다.

평생을 이곳에서 살아온 사람들이었다. 자신의 의지와 상관없이 탑에 선택되어 이곳에서 뼈를 묻은 이들이었다. 새장 안에 갇힌 새처럼 그들은 그렇게 이곳에서 평생을 살아왔고, 죽어 갔다. 그리고 천우진의 운명 또한 마찬가지였다. 이변이 없는 한 천우진도 그렇게 살아가고, 죽어 갈 것이다.

천우진은 그들의 위패에 향을 피운 후 조용히 방을 빠져나왔다. 이어 그가 향한 곳은 사십여 만 권의 책이 가득 꽂혀 있는 서고였다.

벽을 가득 채운 엄청난 수의 서책들을 바라보던 천우진이 허공중으로 손을 뻗었다. 그러자 두꺼운 책들 사이에 꽂혀 있던 허름한 책 한 권이 그의 손으로 빨려 들어왔다.

십야마경(十夜魔經) 제삼권, 환야의 장[幻夜之章].

섬뜩한 제목의 책자를 보는 천우진의 입가에 은밀한 미소가 걸렸다.

역대 탑주들의 피와 땀이 어려 있는 책자였다. 환영의 탑 내부에는 이러한 책들이 아홉 권이 더 있었다. 어둠의 힘을 간직한 열 권의 마경. 이 책을 만들기 위해 칠백 년 동안 환영의 탑주들은 세상과 격리된 채 금지에서만 살아야 했다.

인간을 더 이상 인간이 아니게 만드는 천고의 마공들. 역대 그 어떤 환영의 탑주도 십야마경을 대성하지 못했다. 그들은 단지 이론상으로 체계만 확립시켜 두었을 뿐이다.

십야마경을 익히기 위해서는 천성적으로 강력한 마기(魔氣)를 타고나야 했다. 순수한 사람은 결코 익힐 수 없는 무공이 바로 십야마경인 것이다. 그리고 천우진은 그 어느 누구보다 강력한 어둠의 기운을 품고 있었다. 어찌 보면 십야마경은 그를 위해 존재하는 기보나 마찬가지였다.

그래서 십야마경을 익혔다. 그는 이미 열 권의 마경을 대성의 경지로 익혔다. 하나 그는 아직 부족하다고 생각했다. 아직그는 열 개의 다른 어둠을 완벽하게 조화를 시키지 못했기 때문이다.

"허나 굳이 조화를 시킬 필요는 없을 터."

그의 눈빛이 더욱 우울해졌다.

열 개의 어둠을 조화시키면, 그는 마음껏 바깥세상을 활보할 수도 있을 것이고, 더 이상 햇볕에 통증을 느끼지 않아도 될 것이다. 그러나……

천우진은 고개를 저어 상념을 지웠다. 쓸데없는 고민이라 느껴졌기 때문이다.

"어차피 악마에게는 필요 없는 고민이지. 악마는 결코 남을 위해 살지 않으니까."

열 개의 어둠을 익힌 그는 근원부터가 검은색이었다. 남을 배려할 줄 아는 밝은 색이 아닌 것이다. 자신을 위해 살아가고, 자신의 목적을 위해 살아간다. 그것이 현재 천우진의 삶이었다.

순간 천우진의 입가에 기이한 미소가 어린다 싶더니 갑자기 십야마경이 환한 불꽃과 함께 순식간에 재가 되어 사라졌다.

"후후! 이로써 마지막 십야마경마저 세상에서 사라졌다. 이제 그 누구도 십야마경을 볼 수도, 익힐 수도 없다."

그는 이기적인 성격을 가지고 있었다. 그는 자신의 소유물을 남들이 넘보는 것을 용납하지 못했다. 때문에 십야마경을 한 권씩 익힐 때마다 모두 삼매진화로 태웠다. 이제 세상에서 그 아닌 다른 누가 십야마경을 훔쳐볼 기회는 완벽하게 사라졌다.

"어차피 나의 대 이후 누군가 십야마경을 익힐 일은 없을 테니까."

그가 섬뜩한 눈빛을 했다.

스스로 원해서 악마가 되고자 했다. 어설픈 마음가짐이나 무공으로는 결코 환영의 탑이 짊어지고 있는 숙명을 이겨 낼 수 없었다. 그런 점에서 보자면 천우진은 탑의 뜻에 부합하는 가장 이상적인 인간이었다. 그는 자비도 없을뿐더러 집요하고 편협하며 오직 자신만 생각하는 이기적인 인간이었으니까.

문득 천우진의 미간이 찌푸려졌다.

멀리서 미약한 기의 파동이 느껴지고 있었다. 그리고 그는 기의 주인이 누군지 이미 알고 있었다.

천우경은 환영의 탑 밖에 서 있었다.

그는 대지에 굳건하게 발을 디딘 채 환영의 탑을 바라보고 있었다.

회색의 안개에 갇혀 있는 회색의 감옥, 그것이 천우경이 생각하는 환영의 탑의 느낌이었다.

저 회색의 감옥에서 자신의 형은 평생을 살아왔다. 그에게 허락된 공간은 오직 이 안개와 환영의 탑뿐. 그에게 전해진 사명이 무엇인지 모르지만, 사명을 완수하기 전까지 그는 세상에 나올 수 없을 것이다.

"어쩌면 내 욕심일지도 모르지. 형은 지금이 오히려 행복할 수도 있으니까."

천우경의 입가에 자조적인 미소가 떠올랐다.

석 달 뒤면 그는 멸혼관에 들어야 했다.

멸혼관은 이름 그대로 혼마저 소멸시킬 정도로 가공할 위력을 가진 관문이었다. 열두 가지 죽음의 관문을 통과한 후에는 서른두 명의 절정고수들이 펼치는 진법을 중인들의 관전 하에 깨트려야 했다. 본래 구주천가의 도전자들을 상대하기 위해 만들어진 이 죽음의 관문은 지난 백여 년 동안 단 세 번만 발동되었고, 도전자들은 모두 예외 없이 처절한 죽음을 맞았다.

천우경은 지금 자신의 몸 상태를 점검해 봤다.

"상처가 내 예상보다 빨리 악화되고 있다. 제아무리 잘 버틴다고 할지라도 겨우 석 달. 처음부터 저들은 이런 상황을 유도한 것인가?"

이제야 알 것 같았다.

그들은 천우경의 죽음을 요구하고 있었다. 그것도 구주천가의 모든 구성원들이 지켜보는 앞에서 말이다. 그들의 눈앞에서 구주천가의 적통을 제거함으로써 천가의 정신마저 완벽하게 굴복시키려는 것이다.

"이 모든 것이 그들의 의도라면 정말 무섭구나. 그들은 자신들의 힘은 전혀 드러내지 않은 채 천가를 분열시키고 있다. 이 모든 상황을 주재하고 있는 자가 누군지 모르지만 정말 소름 끼칠 정도로 무섭다."

이제 천우경은 자신의 상황을 조금씩 받아들이고 있었다. 그러나 그는 미련을 버릴 수 없었다.

천하를 지배하던 천북패마저도 공포에 떨게 했던 형이 저곳에 있었다. 빛 한 점 들어오지 않는 저 어둠의 공간에 그가 있었다.

그만 도와준다면.

그만 움직인다면.

그러나 더 이상 강요할 수 없었다.

자신에게 남은 시간은 얼마 되지 않았다. 이제 며칠만 더 지나면 그는 멸혼관을 통과하기 위한 폐관에 들어가야 한다. 그것은 다른 후계자들 역시 마찬가지였다. 그들 역시 세상과 단절된 공간에서 멸혼관을 통과하기 위한 수련에 들어갈 것이다. 그것이 구주천가 내에서 멸혼관을 통과하기 위한 자들에게 주어지는 일종의 특혜였다.

"후후! 나 같은 경우는 무공 수련은 꿈도 꾸지 못할 일. 독의 발작을 억누르기 위해 혼신의 힘을 기울이는 것만으로도 벅찰 것이다. 그리고 나의 무공은 또 소실되겠지."

그가 자조적인 웃음을 흘렸다.

다른 후계자들에겐 도약하기 위한 발판이 되겠지만, 자신에게는 세상과의 마지막을 의미했다.

조금 더 살고 싶었다. 그래서 웅지(雄志)를 펼치고 싶었다. 그러나 그의 몸은 이미 한계점에 도달했다. 지금 그의 몸 상태는 깨지기 직전의 유리와도 같았다. 이미 실금이 전체를 뒤덮고 있어, 약간의 충격만으로도 산산이 부서질 운명이었다.

솔직히 죽음이 두려웠다.

아니, 약한 모습으로 모두가 보는 앞에서 죽는 것이 두려웠다. 죽더라도 결코 약한 모습 따위 보이고 싶지 않았다. 죽더라도 당당하게.

천우경은 그렇게 자신에게 용기를 북돋우며 환영의 탑을 바라보았다. 그는 더 이상 천우진에게 강요하지 않았다. 단지 자신만의 방식으로 천우진에게 작별을 고하고 있었다.

무심하게 흘러가는 시간 속에서 그는 하염없이 환영의 탑을 바라보았다.

시간이 흘러가는 것이 느껴졌다. 그러나 천우경은 그에 아랑곳하지 않고, 오직 환영의 탑만을 바라보았다. 그는 마치 석상이 된 것처럼 그렇게 정면만을 바라보았다.

빛 한 점 들어갈 곳이 존재하지 않는 환영의 탑. 일반적인 건물이라면 모두가 달려 있는 창문이 환영의 탑에는 존재하지 않았다. 외부와 철저히 격리되어 있는 공간, 천우진은 그 속에 웅크리고 있었다.

천우진이 왜 환영의 탑에 보내졌는지 천우경은 알지 못했다. 그가 천우진에 대해 알게 된 것도 불과 얼마 전이었다.

주화입마로 천북패가 죽기 얼마 전 지나가던 말로 흘리지 않았다면, 그는 형의 존재조차 알지 못하고 죽어 갔을 것이다.

"그래도 다행인가? 세상에 형이 존재한다는 사실은 알았으니까."

그의 입가에 슬픈 미소가 떠올랐다.

그래도 자신에겐 형이 남아 있지 않은가? 그래도 그는 자신을 기억해 주지 않을까? 그런 생각이 머릿속에 떠올랐다.

천우경은 그렇게 슬픈 눈으로 하염없이 환영의 탑을 바라보았다.

수많은 생명을 집어삼킨 안개조차 천우경의 주위에서 넘실거릴 뿐, 감히 다가오지 못했다. 마치 천우경의 감정에 동요된 듯 회색 안개마저 쓸쓸해 보였다.

누구를 위해 눈물을 흘려야 하는가?

죽음의 길을 걸어갈 자신을 위해서? 그도 아니면 마음의 벽을 꽁꽁 닫고 있는 형을 위해서?

주르륵!

그의 뺨을 타고 한 줄기 눈물이 흘러내렸다.

천우진은 벽에 등을 기댄 채 서 있었다.

두꺼운 벽 너머에 그가 서 있는 것이 느껴졌다. 마치 석상처럼 한 발짝도 움직이지 않고, 그가 자신을 바라보고 있다는 사실을 알 수 있었다.

이미 두 번이나 자신에 의해서 생사의 강을 건널 뻔한 동생, 그런데 또 찾아왔다.

무엇이 그를 이토록 절박하게 움직이게 하는가?

알량한 구주천가의 생존을 위해서인가? 그도 아니면 자신은 알지 못하는 다른 무엇 때문인가?

무엇이 그를 그토록 절박하게 만들었단 말인가?

자신도 모르는 사이에 천우진의 눈동자가 흔들리고 있었다. 단 두 번의 만남에 불과했지만 어느새 천우경이란 존재는 가슴에 스며들어 있었다.

그의 통곡이 느껴지고 있었다.

보이지 않는 그의 절규가 귓전을 울리고 있었다.

천우진이 입술을 깨물었다. 그의 입가를 따라 붉은 선혈이 흘러내렸다.

"어이해 이렇게 나를 괴롭히는 것이냐? 차라리 너도 그처럼 나를 악마라고 불렀으면 마음이 편했을 것을……."

그를 처음 만난 그날이 떠올랐다.

열일곱 살이 되던 해 그가 처음 금지에 들어왔다. 자신의 아버지라는 사람, 자신을 이곳 환영의 탑으로 들여보낸 이가 말이다. 그가 자신을 처음 본 순간 했던 말이 바로 악마라는 단어였다. 그 이후 천우진은 진정으로 악마가 되기로 결심했다.

그 이후 혈육에 대한 정 따위는 머릿속에서 지웠다. 그런 것은 존재하지 않는다고 규정한 것이다.

그런데…… 그런데 저 바보 같은 동생은, 자신의 얼굴과 똑같은 얼굴을 하고 있는 저 녀석은…….

'너무나 맹목적이다. 맹목적일 만큼 순종적이다. 조금은 더 이기적이어도 괜찮을 텐데.'

천우진은 조용히 눈을 감았다.

시간이 흘러갔다.

제아무리 시간을 가늠할 수 없는 환영의 탑이라지만, 이미 수일의 시간이 지났다는 것 정도는 충분히 짐작할 수 있었다.

형도, 동생도 말이 없었다.

그들은 두꺼운 벽을 사이에 두고 서로를 느끼고 있을 뿐이다.

하루, 이틀, 시간이 무심하게 지나갔다. 그리고 일곱 번째 날을 알리는 동이 터 올 무렵 동생은 사라졌다.

그는 더 이상 천우진을 찾아오지 않았다.

제4장

모든 것을 원한다

천우진은 세상의 모든 어둠을 집어삼킬 듯한 그런 눈빛을 한 채 걸음을 옮기고 있었다.

천우경의 기척이 사라진 지 벌써 열흘째, 그는 더 이상 자신을 찾아오지 않았다. 처음엔 잘되었다고도 생각했다. 그러나 시간이 흐르면서 그의 가슴속 한쪽이 불안해져 왔다. 불과 세 번밖에 만나지 못한 동생이 어느새 그의 가슴 한구석에 들어와 있었다는 사실을 깨달은 그 순간 그는 입술을 깨물 수밖에 없었다.

자신을 부정한 아버지.

자신을 애타게 그리워하는 동생.

"결국 네가 나의 마음에 심마(心魔)를 만들었구나."

이미 고요하던 가슴에 파문이 일어나고 있었다. 이 파문은 모든 일을 해결하기 전까지 결코 가라앉지 않을 것이다.

끼이익!

그의 손짓에 환영의 탑 지하로 통하는 거대한 철문이 기괴한 소리와 함께 열렸다.

철저한 암흑의 세계. 그 누구도 환영의 탑 지하에 이런 거대한 공간이 있다는 사실을 알 수 없었다. 그만큼 환영의 탑에서도 가장 은밀한 공간이 바로 이곳이었다.

마치 지옥의 무저갱인 듯 끝없이 지하로 이어진 통로. 천우진은 그 속을 걸었다.

횃불 하나 들지 않았지만, 그는 어둠 속의 모든 것을 꿰뚫어 보고 있었다. 어둠은 장애물이 아니었다. 오히려 어둠이 그를 위해서 스스로 길을 열어 주고 있었다.

얼마나 지하로 내려갔을까?

천우진의 눈에 몇 개의 조그만 철문이 들어왔다. 온통 녹이 슨 두꺼운 철문을 바라보는 천우진의 얼굴 표정은 냉정하기 그지없었다.

그는 몇 개의 문을 지나쳐 칠호라고 조그만 글자가 쓰여 있는 철문 앞에 멈춰 섰다.

"아직 살아 있는가?"

"크으으!"

순간 안에서 짐승의 울음소리가 흘러나왔다. 그러자 천우진의 입가에 섬뜩한 미소가 걸렸다.

그는 거침없이 철문을 열고 안으로 들어갔다. 그러자 온통 거미줄이 쳐져 있는 음습한 암동의 모습이 드러났다. 그리고 그 안에 두꺼운 쇠사슬로 꽁꽁 묶여 있는 한 노인의 모습이 나타났다.

삐쩍 마른 몰골에 다 찢어진 옷으로 겨우 국부만을 가린 노인은 천우진의 모습을 보자 노성을 터트렸다.

"이, 이노옴!"

그의 목소리에 암동이 쩌렁쩌렁 울렸다. 그러나 그를 바라보는 천우진의 얼굴에는 표정의 변화가 없었다. 무심한 얼굴의 천우진이 노인을 향해 다가갔다. 그러자 노성을 터트리던 노인의 얼굴에 급속한 표정의 변화가 일어났다.

막상 노성을 터트리긴 했지만 무심한 표정의 천우진이 다가올수록 그의 심장은 쿵쾅거리면서 거세게 뛰고 있었다.

"크으!"

그의 기억 속에 존재하는 천우진은 새파란 애송이였다. 그 애송이에게 제압당해 십 년의 세월을 이곳에 감금되었지만, 그렇다고 해서 그의 자존심까지 꺾인 것은 아니었다.

이를 바득바득 갈아 왔다.

암동에 기어 다니는 벌레와 가끔 멋모르고 다가오는 쥐새끼들을 잡아먹으며 언젠가 복수를 하리라 다짐했다. 그러나 막상 눈앞에서 천우진을 보자니 심장이 미친 듯이 요동치고 있었다. 정말 미친 듯이 두려운 것이다.

산발한 머리 때문에 늙어 보였지만, 기실 그의 나이는 이제

마흔 후반에 불과했다. 그의 본래 이름은 종제영으로, 강호에서 활동할 당시 무영신투(無影神偸)라는 별호를 얻었을 만큼 경공술과 신투술이 뛰어났다.

무영신투라는 별호로 강호를 종횡할 때의 그는 정말 대단했다. 무영신투란 별호처럼 그림자도 남기지 않고, 강호의 문파는 물론이고 황궁의 기보를 자신의 것처럼 마음껏 훔쳤다. 그런 그를 잡기 위해 수많은 강호인들이 추적에 나섰지만, 누구도 그의 얼굴조차 보지 못했다고 했다.

얼굴 없는 대도(大盜), 그가 바로 종제영이었다. 그러나 십 년 전에 신비하게 사라져 모두 그가 강호에서 은퇴했다고 생각했다. 그러나 그는 십 년 전부터 이곳에 갇혀 있었다.

천하의 모든 문파를 농락하던 그가 마지막으로 눈독을 들인 곳이 구주천가의 금지였다. 구주천가의 금지만 정복한다면 더 이상 자신이 가지 못할 곳은 존재하지 않을 것이라는 자부심이 그를 움직이게 한 것이다.

그래서 찾아온 구주천가의 금지. 구주천가의 엄중한 경계망을 모두 뚫고 그는 금지로 들어왔다. 그러나 금지로 들어온 그 순간부터 그는 후회했다. 구주천가의 금지는 인간이 감당하기에 너무나 무서운 곳이었다. 더구나 그가 만났던 열일곱 살의 소년은……

그날 그는 악마를 보았다고 생각했다.

부르르!

단지 그 당시 상황을 떠올리는 것만으로도 그의 전신에 오한이 올라왔다.

그에게 잡혀 암동에 갇힌 후 수많은 세월 동안 그를 저주해왔고, 복수를 다짐해 왔건만 막상 다시 그를 보게 되자 그날의 공포가 생생하게 떠올랐다. 더구나 십 년의 세월이 흐르면서 치기 어리던 소년은 더욱 깊은 어둠을 간직하고 있는 것처럼 보였다. 당시도 그렇게 공포스러웠는데 지금은 얼마나 더 무서워졌을 것인가?

잠시 종제영을 내려다보던 천우진이 마침내 입을 열었다.

"나를 위해 일을 해 줘야겠다."

"어, 어림없다. 내가 누구 때문에 이 꼴이 되었는데 네놈을 위해서 일을 할 거라 생각하느냐? 내 뼈가 가루가 되고, 심장이 재가 되어도 그런 일은 없을 거다. 헹!"

종제영이 코웃음을 쳤다.

비록 미칠 듯이 두려웠지만, 그렇다고 해서 순순히 그러마하고 대답하기에는 그의 자존심이 용납하지 않았다. 이미 십 년을 좁은 암동에 갇혀 있었는데 더 이상 두려운 것이 무에 있겠는가?

그러나 그 순간 종제영은 천우진의 입가에 떠오른 냉혹한 미소를 보아야 했다. 그리고 퍼뜩 뇌리를 스치는 한 줄기 불안감.

"무언가 잘못 생각하고 있군."

"뭐?"

"내가 부탁하러 왔다고 생각하는가? 나는 부탁 따윈 하지 않는다."

부탁? 그런 건 힘이 없는 약자들이나 하는 행동이다. 진정한 강자는 누구에게도 고개를 숙이지 않는다. 누군가에게 부탁도 하지 않는다.

"나는 단지 명령할 뿐이다."

"크으! 애송이, 너야말로 철저하게 미쳤구나. 자신의 손으로 십 년을 가둔 자에게 명령이라니. 내가 미치지 않은 이상 너, 소마귀의 명령을 들을 성싶으냐? 나는 뼈대 깊은 도둑 집안의 자손으로 남의 명령 따윈 듣지 않는다."

천우진의 광오한 말에 종제영이 버럭 소리를 질렀다. 지금 이 순간 그의 머릿속에는 천우진에 대한 두려움은 훌훌 날아가고 존재하지 않았다. 천우진의 말이 그의 이성을 멀리 날렸기 때문이다. 그러나 돌아온 것은 천우진의 냉혹한 대답뿐이었다.

"그럼 죽든지."

"뭐? 우읍!"

순간 종제영이 숨넘어가는 소리를 질렀다. 어느새 그의 입을 천우진의 손이 틀어막고 있었기 때문이다. 코와 입을 철저히 막는 천우진의 손길에 종제영이 입을 떡 벌렸다. 조금이라도 공기를 들이마시기 위해서였다. 그러나 천우진은 그의 입을 막은 손을 풀지 않았다.

"커헉!"

폐에 들어올 공기가 차단되면서 종제영의 머릿속이 하얗게 지워져 가기 시작했다.

말이 통하지 않는 상대란 것을 알고 있었지만, 설마 다짜고짜 이렇게 손을 쓸 줄이야. 그제야 종제영은 자신의 신중하지 못함을 후회했지만 이미 때늦은 뒤였다.

'아, 악마 같은 놈. 그냥 한번 튕겨 본 건데……'

그의 동공이 조금씩 풀려 갔다. 세상의 모든 것이 하얗게 지워지면서 이것이 마지막이구나, 하는 생각이 들었다. 그의 머릿속으로 주마등처럼 지난 인생이 스쳐 지나갔다.

부모의 얼굴 따윈 기억도 나지 않는 어린 시절, 우연히 사부의 눈에 띄어 도둑들의 문파인 무영문(無影門)의 후계자가 된 일, 그리고 신투술을 익히면서 중원을 종횡하며 겪었던 수많은 일들이 일순간에 그의 머릿속을 스쳐 지나갔다.

'썩을! 어쩌자고 내가 구주천가의 금역에 들어와서……'

무영문의 문주가 된 지 얼마 되지 않아 영웅심에 들떠 구주천가의 금역에 도전하겠다고 수많은 도둑들에게 호언장담했던 사실이 부끄러워졌다.

그의 얼굴이 하얗게 탈색됐다. 그야말로 숨이 끊어지기 일보 직전까지 몰린 것이다.

'제, 젠……장……할!'

그의 눈동자가 뒤집어졌다. 이제 한계에 달한 것이다.

그때였다. 천우진의 나직한 목소리가 들려온 것은.

"살고 싶은가?"

구천지옥에서 부처의 음성을 들었음인가? 종제영은 혼신의 힘을 다해 고개를 끄덕였다. 그러자 천우진의 손이 조금 느슨해졌다. 종제영은 그제야 한껏 숨을 들이쉬었다. 신선한 공기가 폐부에 공급되며 정신이 맑아지기 시작했다.

"후아아! 흡!"

다시 숨이 턱 막혀 왔다. 또다시 천우진의 손길이 공기의 주입을 막은 것이다. 다시금 종제영의 머릿속이 하얗게 비워져 갔다. 그런 그의 귀로 나직한 천우진의 목소리가 흘러들어 왔다.

"지금의 느낌, 잘 기억하도록. 언제고 당신이 느끼지 못하는 사이에 사신(死神)이 찾아올 수 있으니까."

"으으으!"

종제영이 정신없이 고개를 끄덕였다. 이미 그의 얼굴은 사색이 되어 있었다.

그제야 천우진이 입을 틀어막고 있던 손을 떼었다. 그런 천우진을 종제영이 공포스런 얼굴로 바라봤다.

십 년을 빛 한 줄기 들어오지 않는 암동에서 갈아 왔던 분노는 자신도 모르는 새 사그라지고 존재하지 않았다. 대신 그의 눈을 채우고 있는 것은 감히 대항하지 못할 존재에 대한 짙은 두려움뿐이었다.

천우진이 손을 내밀었다. 그러자 종제영이 다시 움찔했다. 또다시 천우진이 자신의 숨통을 막을지도 모른다는 본능 때문이었다. 그러나 다행히도 천우진은 그러지 않았다. 대신 그의 손바닥 위에는 어느새 검은색의 단환이 덩그러니 올려져 있었다.

"뭐…… 어쩌라고?"

"복용해."

"시, 싫다. 이런 칙칙한, 우읍……."

종제영은 다시금 숨넘어가는 신음성을 흘려야 했다. 다시 천우진의 손이 입을 틀어막았기 때문이다. 자연스럽게 그의 입이 벌어졌다. 그러자 입 안에 들어오는 단환.

"아, 안…… 꼴깍!"

종제영이 비명을 지를 사이도 없이 단환은 침에 녹아 식도를 타고 넘어갔다. 그야말로 어찌할 새도 없이 순식간에 녹은 것이다.

그제야 천우진이 그의 입을 틀어막았던 손을 내렸다.

"도, 도대체 나에게 뭘 먹인 거냐?"

"흑혈고(黑血蠱)."

"설마 그 흑혈고?"

종제영의 반문에 천우진이 무심히 고개를 끄덕였다. 그리고 종제영의 얼굴은 울상이 되었다.

흑혈고는 모고(母蠱)와 자고(子蠱)로 나뉜다. 모고는 자고 수십 마리를 거느리는데, 특이하게 모고와 자고는 일정 이상의 거리가 떨어지게 되면 자고가 피가 말라 죽는 습성이 있었다. 문제는 자고가 인간의 몸에 기생하고 있다면, 죽는 것은 자고뿐만이 아니란 것이다. 자고가 기생하고 있는 인간 역시 피가 말라 죽는 무서운 습성을 흑혈고는 가지고 있었다. 생혈이 모두 말라 죽기에 흑혈고에 의해 죽은 자는 피 역시 검은색이었다. 그래서 흑혈고였다. 오직 죽은피만 간직하는…….

이제 종제영은 흑혈고를 제거하기 전까지 절대로 천우진의 곁에서 멀리 떠날 수가 없게 되었다.

옛날부터 잔인한 인간이란 것을 알고 있었지만, 이 정도일 줄은 꿈에도 생각하지 못했다. 종제영은 금지에 뛰어든 것을 목 놓아 후회하고 싶었지만 이미 늦은 뒤였다. 흑혈고가 몸 안에 들어온 이상 천우진을 벗어난다는 것은 꿈도 꿀 수 없는 일이었다.

'썩을…….'

종제영이 고개를 떨궜다.

그는 저 악마 같은 인간이 펼쳐 놓은 거미줄에 걸린 나비와도 같은 신세였다. 그런 그의 귀에 천우진의 목소리가 들려오고 있었다.

"나는 구주천가의 모든 것을 알고 싶다."

그것은 이미 지상명령이나 다름없었다.

　　　　*　　　　*　　　　*

　　구주천가와 오랜 역사를 함께하는 가문들이 있다.

　　삼대봉신가(三大奉臣家)라고도 불리는 거대한 가문들. 비
록 구주천가의 봉신가로 있지만 그 하나의 힘으로도 능히 일
개 성을 좌우할 수 있는 거대한 가문들. 하지만 그들은 칠백여
년 전부터 구주천가를 보좌하면서 운명을 함께해 왔다.

　　그들의 결속력은 너무나 공고해 구주천가를 넘기 위해서는
삼대봉신가를 먼저 넘어야 한다는 말이 나올 정도였다. 그만
큼 그들은 구주천가의 오래된 맹우였다.

　　구주천가가 피를 흘리면 그들도 흘렸고, 그들이 피를 흘리
면 구주천가도 피를 흘렸다. 그렇게 신의로 뭉쳐졌던 가문, 그
러나 최근 들어 그들 사이에 이상한 기류가 감지되고 있었다.

　　그들 한가운데에 대붕모가가 존재하고 있었다.

　　전대 가주인 천북패의 정실부인인 모일여를 배출했을 뿐만
아니라 오랜 시간 끈끈한 동맹 관계를 유지해 왔던 그들이 어
느 날부터인가 구주천가와 소원해진 것이다.

　　모중광은 뒷짐을 진 채 자신의 거처에서 대붕모가의 전경을
내려다보고 있었다.

　　수많은 전각군과 장내를 거니는 수많은 무인들, 대붕모가의
전경은 거대한 성을 방불케 하고 있었다. 그것은 구주천가에

결코 뒤지는 것이 아니었다. 하지만 그 모습을 보는 모중광은 불만족스런 표정을 하고 있었다.

"천씨들의 가문에 가려 칠백 년이란 세월을 이인자로 만족해야 했다. 태어나면서부터 아무리 노력해도 결코 정상이 될 수 없는 그 아픔을 누가 이해할까."

가문의 기상이 대붕 같다 하여 대붕모가라는 이름을 얻었다. 그러나 모중광은 그 모든 것이 허울 좋은 감투라고 생각했다.

"제아무리 대붕(大鵬)이면 무엇 하리. 겨우 천가의 봉신가로 만족해야 하는 것을. 말이 좋아 봉신가지, 결국은 하인이나 마찬가지 아니던가."

패도적인 천가의 핏줄은 결코 도전을 용서하지 않는다. 그들과 척을 진다는 것은 둘 중 하나가 멸망할 때까지 싸워야 하는 것을 뜻했다. 그만큼 호전적인 가문이 바로 구주천가였다.

"허나 그 오만한 가문의 위세도 멀지 않았다."

그의 입가에 비릿한 미소가 떠올랐다.

구주천가는 흔들리고 있었다.

영원히 천하 위에 군림할 것만 같던 천북패가 갑작스럽게 죽음을 맞이한 이후 눈에 띄게 흔들리고 있었다. 비록 소가주 천우경은 걸출한 기재였지만, 지금의 난국을 수습할 능력은 없었다.

모든 음모가 천우경의 능력을 철저히 분석한 후에 그에 맞

취 진행되고 있었다. 제아무리 천우경이 천하를 뒤흔들 능력이 있어도 지금의 난국을 헤쳐 나가는 것은 불가능한 일이었다.

"미안하구나, 조카여. 허나 이인자의 가문으로만 만족하기에는 나의 야망이 너무나 크구나."

그가 애달픈 표정을 지었다.

그는 이미 천우경의 죽음을 기정사실화시키고 있었다.

문득 그의 눈이 예리하게 빛났다. 낯선 기척이 등 뒤에서 느껴졌기 때문이다.

"허락 없이 내 거처에 함부로 드나들지 말라고 했을 텐데."

"그분의 전언을 가지고 왔소."

순간 모중광의 등 뒤에서 들려오는 낯선 목소리.

뒤돌아서는 모중광의 전신에서 추상과도 같은 기운이 줄기줄기 뻗쳐 나왔다. 가히 일대종사의 기도가 풍겨 나오는 것이다. 그러나 낯선 침입자는 그런 모중광의 기도에 전혀 위축되지 않았다.

기척도 없이 모가의 가주 거처에 나타난 사내. 새하얀 백포로 전신을 가린 채 흔들리는 촛불 뒤에 서 있는 모습이 무척이나 괴기하게 느껴졌다.

"전언이라니?"

"그분께서는 가주께서 약조를 지키지 않는 것 때문에 무척이나 심기가 불편하십니다. 그분께서는 가주께서 하루라도 빨리 약조를 지켜 주시길 바라고 계십니다."

"내가 가만히 앉아 있는 것 같은가? 나도 약조를 지키기 위해서 움직이고 있다. 허나 천가에는 세인들이 모르는 많은 비밀들이 있다. 제아무리 모가의 가주인 나라 할지라도 그 모든 비밀을 파악할 수는 없는 법. 조금 더 기다리시라 전하게."

"그분께서는 더 이상 기다릴 수 없다 하셨습니다."

"뭣이라?"

모중광의 눈썹이 사납게 치켜 올라갔다. 그의 눈에는 은은한 노기가 서려 있었다. 그러나 모중광을 보는 백포인의 눈동자에는 흔들림이라고는 존재하지 않았다. 어쩌면 그는 감정이라곤 전혀 존재하지 않는 사람 같았다.

"그래서?"

"직접 사람을 움직이겠다고 하셨습니다."

"감히 나를 무시하겠다는 뜻인가!"

모중광의 노성이 터져 나오며 공기가 쩌렁쩌렁 울렸다. 그의 노성에 대기하고 있던 모가의 무인들이 숨을 죽였다. 그러나 백포인은 여전히 무심한 표정을 유지하고 있었다.

"나는 전언을 전할 뿐입니다."

"전언을 전할 뿐이라⋯⋯. 그렇다면 나의 뜻을 전하거라. 만약 모가를 제외한 채 일을 진행하겠다면 내가 결코 좌시하지 않을 거라고. 모가가 화륜담가와 맹룡청가를 견제하지 않았다면 그가 이 정도로 영향력을 키울 수 있었을 것 같은가?

명심하라. 모가의 협력 없이는 그의 영광도 존재할 수 없다는 사실을."

모중광은 진실로 화가 난 듯했다.

오직 모가의 영광을 위해 사는 이가 바로 그였다. 그와의 비열한 거래를 받아들인 것도 바로 모가의 영광을 위해서였다.

"저는 분명히 그분의 말씀을 전해 드렸습니다. 저의 임무는 여기까집니다."

"그래도!"

쉬악!

결국 모중광의 손이 허공을 가로지르며 위맹한 경력이 백포인을 휩쓸고 지나갔다.

콰앙!

그의 거처 일각이 위맹한 굉음과 함께 벼락을 맞은 듯이 터져 나갔다. 그러나 모중광은 잔뜩 찌푸린 얼굴로 자신의 손을 바라보았다.

분명 손에 감촉을 느꼈건만 백포인이 흔적도 없이 사라졌기 때문이다.

"이 정도였던가?"

전력을 다하진 않았지만, 그래도 막강한 위력이 실린 한 수였다. 그런데 백포인은 그런 모중광의 공격에 별다른 타격을 입지 않고 피했다.

"허나 다음번에는 결코 이렇게 쉽게 보내지 않을 것이다.

천엽."

"부르셨습니까."

그의 부름에 심복인 천엽이 모습을 드러내며 대답했다.

"화륜담가와 맹룡청가의 가주들을 만날 것이다. 그들에게
내 뜻을 전하거라."

"기한은 언제가 좋겠습니까?"

"최대한 빨리, 그리고 최대한 은밀하게 잡거라."

"알겠습니다."

천엽이 고개를 숙이고 물러났다.

그에겐 모중광의 말이 곧 법이었다. 모중광이 그리 말한 이
상 그는 무슨 수를 써서라도 나머지 삼대봉신가 가주들과의
만남을 성사시킬 것이다.

모중광의 눈이 예리하게 빛나고 있었다.

"그들은 오래전부터 천가에서 암약해 오고 있었다. 마치 기
생충처럼 그렇게 자신의 존재를 철저히 숨긴 채 말이다. 그리
고 내부에서부터 야금야금 천가를 좀먹어 갔지. 아주 조금씩,
누구도 눈치 채지 못하게……. 그는 단지 그들의 하수인일 뿐
이다."

모중광조차 그들의 존재를 눈치 챈 것이 최근의 일이었다.
천북패의 갑작스런 죽음과 함께 그들은 찾아왔다. 그 순간 모
중광은 깨달았다. 천북패의 갑작스런 죽음에 그들이 관여했다
는 사실을. 그때부터였다. 그들과 불편한 밀월 관계를 유지해

온 것은.

그들은 모중광이 필요했고, 모중광은 그들을 이용하고 싶었다. 서로의 필요성에 의해 맺은 협력은 아슬아슬하지만 최근까지 그런대로 유지되어 오고 있었다.

"아직 그들의 진정한 정체나 목적은 알아내지 못했다. 그러나 구주천가를 집어삼킨 뒤의 목표가 우리 삼대봉신가가 될 거란 것쯤은 충분히 짐작할 수 있지."

그의 얼굴에 비정한 미소가 피어났다.

자신이 목적하는 바를 위해서라면 부모를 죽인 원수와도 손을 잡을 수 있는 것이 강호다. 이제까지 모가를 제외한 담가와 청가와 반목을 하고 있었지만, 그들을 견제하기 위해서라면 언제든 손을 잡을 수 있었다.

문득 그의 얼굴에 의혹이 떠올랐다.

"그토록 가공할 힘을 가지고 있으면서 그들은 왜 그렇게 조심스러울까? 그들이 찾는 것이 정말 그토록 거대한 가치가 있을까? 정말 알 수가 없구나."

그들은 한 가지를 찾고 있었다.

그것이 물건인지, 아니면 사람인지, 아니면 다른 어떤 것인지 모중광은 알지 못했다. 하나 그것이 그들의 행보에 커다란 영향을 끼칠 것이란 사실은 너무나 자명했다.

"천가의 모든 곳을 샅샅이 뒤졌다. 허나 그 어디서도 그들이 원하는 것은 나타나지 않았다. 이제 남은 곳은 금지를 비롯한 몇몇 은밀한 곳뿐."

문득 그가 금지를 떠올렸다.

오직 천가의 직계 혈통에게만 개방되는 죽음의 대지. 그곳에 들어간 무인들 중 자신의 두 발로 걸어 나온 이는 단 한 명도 존재하지 않는다. 금지 안에 무엇이 존재하는지 그조차 알지 못한다. 예전 모가의 초대 가주는 그 사실을 알았을지도 모른다. 그러나 너무나 오랜 세월이 흐르면서 모든 것이 망각의 강에 휩쓸려 사라졌다.

"얼마 전 서문진기가 보낸 이들 역시 결국 금지에서 나오지 못했다. 도대체 금지에 무엇이 존재하기에 산 자를 용납하지 않는단 말인가?"

모중광은 그들이 결국 금지에 사람을 보낼 거라 생각했다. 현재로써 가장 가능성이 있는 곳은 금지였기 때문에.

"그들이 그것을 찾든, 금지에서 죽어 나가든 상관없는 일이지. 나로선 시간을 벌 수 있으니까."

그의 입가에 떠오른 비릿한 미소가 더욱 짙어졌다.

이제 두어 달 뒤면 천하에서 가장 고귀한 혈통의 장례식이 치러질 것이다. 모두가 지켜보는 앞에서 그렇게 화려하게 말이다. 그리고 모중광이 미는 후계자가 천가의 가주가 될 것이다.

그 후에는······.

"모가는 독립할 것이다. 천가의 삼대봉신가가 아니라 천하제일 가문으로……. 그 후에 모가가 그들을 처리하고, 진정한 천하의 지배자가 될 것이다. 으하하핫!"

그의 웃음소리가 모가를 쩌렁쩌렁 울렸다.

걷잡을 수 없는 야망의 불길이 일어나고 있었다.

서문진기는 자신의 거처인 백운원에서 손님을 맞이하고 있었다. 그의 앞에는 평소 즐겨 마시는 은침차(銀針茶)가 은은한 향을 내뿜고 있었다.

서문진기는 은침차를 한 모금 마신 후 정면을 바라봤다.

그곳에 눈부신 미모의 여인이 다소곳한 자태로 앉아 있었다. 마치 설원에 내린 하얀 눈처럼 눈부시고 깨끗한 피부, 마늘쪽을 쪼개 놓은 것처럼 오똑한 코와 깊고 그윽한 눈동자, 그리고 피처럼 붉디붉은 입술까지. 그녀는 미인이 갖춰야 할 모든 덕목을 갖춘 완벽한 여인이었다.

구주천가에 존재하는 모든 무인들의 선망의 대상인 여인. 무릇 검을 든 무인이라면 누구나 그녀를 보길 원하고 품길 원했다. 그러나 그녀는 환상의 여인이었다. 볼 수는 있지만 누구도 품을 수는 없었다. 그녀는 다름 아닌 구주천가의 소가주 천우경의 여인이었기 때문이다.

우담화(優曇華) 서문화영, 그것이 그녀의 이름이었다. 그리고 그녀는 불패검 서문진기의 하나뿐인 동생이기도 했다.

"모든 것이 네가 원하는 대로 돌아가고 있다. 이제 만족하느냐?"

"오라버니도 아시잖아요. 이제 겨우 시작이라는 것을. 소매
는 결코 이 정도로 만족할 수 없어요."

서문진기의 말에 서문화영이 차가운 목소리로 대답했다. 옥
구슬이 은쟁반을 구르는 듯한 아름다운 목소리였지만, 그녀의
음성에는 감히 범접 못할 한기가 서려 있었다. 때문에 누구나
그녀와 대화를 하게 되면 자신도 모르게 위축되었다.

"오늘 이 자리에 오르기까지 우리 남매는 갖은 고초를 다
겪었어요. 이제 정상이 멀지 않았어요. 설마 오라버니께서는
마음이 약해진 것은 아니겠지요?"

"설마 그럴 리가 있겠느냐. 나는 항상 정상에 서기를 꿈꿔
왔다. 그리고 반드시 그렇게 될 것이다."

"그래요. 저 역시 오라버니가 그렇게 되길 바라요. 그것이
우리 서문세가의 영화를 이어 나가는 유일한 방도니까요."

서문화영이 고개를 끄덕였다.

그녀의 눈앞에 있는 오라비는 서문세가 역사상 최고의 기재
였다. 그에게 불가능이란 존재하지 않았다. 그 어떤 난해한 무
공도 단시간에 익혀 버리는 그의 가공할 오성에 서문세가는
환호했다. 그러나 그런 서문진기에게도 넘기 힘든 벽이 존재
했다.

서문화영은 천우경을 떠올렸다.

'우⋯⋯경, 미안하지만 당신은 나의 배필이 되기에 부족해.

나의 남자는 천하제일이어야 해.'

서문진기를 능가하는 성취와 재능, 그리고 천하제일가의 소가주라는 지고한 위치를 가진 남자. 세상의 모든 여인들이 선망하는 남자였지만 그녀의 눈높이를 충족시켜 주기에는 어딘가 모자랐다.

만일 천우경이 천하를 아우를 인재였다면 그녀는 결코 천우경을 배신하지 않았을 것이다. 하나 서문화영의 눈에 비친 천우경은 난세를 아우를 재목이 아니라, 단지 오라버니 서문진기의 앞을 가로막고 있는 거대한 바위에 불과했다. 그래서 자신의 아름다운 육체를 무기로 그를 중독시켰다.

그 이후 천우경은 급속도로 흔들리고 있었다. 다른 이들은 모르지만 서문화영에게는 그런 천우경의 붕괴 조짐이 또렷하게 보이고 있었다.

'만일 당신이 나 때문에 중독된 것을 알아차리고 난 후 바로 처단하러 왔다면, 난 오히려 기쁘게 죽음을 받아들였을 거야. 천하를 지배할 패웅에게 그 정도의 과단성은 당연한 거니까. 그러나 당신은 나를 너무 실망시켰어.'

서문화영의 눈에 서늘한 빛이 떠올랐다.

그녀의 눈앞에 있는 서문진기도 그녀의 눈높이를 채워 주기에는 많이 부족했다. 하나 그는 그녀의 혈육이었다. 피 한 방울 섞이지 않은 타인보다 혈육이 더 소중한 법이었다. 그래서 그녀는 서문진기를 구주천가의 주인으로 만들 생각이었다.

문득 서문진기가 입을 열었다.

"화영아, 너도 이곳 천가에 암류가 흐르고 있다는 사실 정도는 알고 있겠지?"

"물론이에요. 최근에야 깨달은 거지만 천가에는 보이지 않는 은밀한 기운이 흐르고 있어요. 소매가 그를 중독시켰을 때, 이미 그는 내부의 조화가 깨진 상태였어요. 누군가 이미 그렇게 만든 거죠."

"너는 그들의 정체를 알고 있느냐?"

"아직 소매도 그들의 정체를 알진 못해요. 단지 그들이 매우 오래전부터 치밀하게 준비해 왔단 것 정도는 짐작하고 있어요. 그리고 천가의 누군가 그들에게 협력을 하고 있겠죠. 그렇지 않고는 현재의 상황이 설명이 되지 않아요. 그토록 단단하고 영원히 무너질 것 같지 않은 천가가 일시에 흔들리는 것은 누군가 그렇게 되게끔 의도적으로 조장하지 않고는 불가능해요."

"누굴까?"

서문진기가 중얼거렸다.

거대한 철옹성과 같던 구주천가를 근간에서부터 뒤흔들고 있는 자들. 그들이 새삼 두려워졌다.

"오라버니가 군이 나설 필요는 없어요. 제 짐작대로 그들이 다른 세력들에게 손을 뻗쳤다면, 조만간 우리에게도 손길을 뻗어 올 거예요. 문제는 우리가 얼마나 균형 있게 그들과 다른 이들의 힘을 이용하느냐예요."

"너는 이미 그에 대한 대비책이 있는 것 같구나."

서문진기의 말에 서문화영이 살포시 미소를 지었다. 그러자 수천 송이의 장미가 일시에 피어나는 듯 아찔한 염기가 폭발적으로 풍겨 나왔다.

서문진기의 미간이 찌푸려졌다.

'내 동생이지만 저 아이의 염기(艷氣)는 그야말로 가공하다. 나조차도 친혈육이 아니었다면 부동심(不動心)이 흔들릴 뻔했을 정도니.'

염정성(艷淨星)의 정기를 받은 아이였다. 오히려 이 정도의 염기는 당연한 것인지 몰랐다. 문제는 그녀의 재능이 아직 만개하지 않았다는 것이다. 그녀의 재능이 온전히 만개한다면 천하의 남자들 중 그녀의 말을 거역할 수 있는 이는 존재하지 않을 것이다.

서문화영의 미소가 더욱 짙어졌다.

'남자라면 누구도 나를 거역할 수 없다. 암중의 주재자가 누구든 그 역시 사내라면 결코 나의 치마폭에서 벗어날 수 없을 터.'

그녀는 조만간 그들이 자신들에게도 접근해 올 거라 생각했다. 그리고 어쩌면 이미 사원의 다른 후계자들에게도 접근을 했을지도 몰랐다.

'결국 사원의 후계자 중 누가 천가의 지배자가 되느냐에 따라 대세가 판가름 나겠지. 그리고 영도전(影道殿)의 주인인 영왕(影王)을 자신의 편으로 만드는 자가 가장 유리한 고지에 설 것이다.'

그녀는 서문진기가 천가의 주인이 될 거라 자신했다. 자신이 그리되도록 만들 테니까.

*　　　*　　　*

금지를 바라보는 이들이 있었다.

모두가 구주천가의 복장을 한 이들이었다. 대부분이 육대(六隊)와 칠군(七軍) 소속임을 의미하는 복장들. 그러나 육대와 칠군에 속한 이들은 원칙적으로 금지에 접근하는 것 자체가 불가능했다. 오직 소수의 몇 명만이 금지에 접근할 자격이 있었고, 그중에서도 천가의 직계 혈족만이 금지에 들어갈 수 있었다.

일반 무인들이 금지에 접근했다는 사실만으로도 능히 참수를 당할 수 있는 일이었다. 그러나 금지를 바라보는 이들의 눈에 그런 두려움 따위는 전혀 존재하지 않았다.

스스슥!

그들이 갑자기 걸치고 있던 옷을 벗기 시작했다. 그러자 옷속에 받쳐 입은 백포가 드러났다. 백포를 전신에 걸친 자들, 그들은 목 주위의 백포를 끌어올려 얼굴을 가렸다.

그들 중 선두에 있는 자가 입을 열었다.

"우리의 임무는 지보(至寶)를 탈취하는 것. 지난 십여 년 동안 구주천가의 모든 곳을 뒤졌다. 이제 남은 곳은 이곳뿐이다. 이곳에서도 지보를 찾지 못한다면 이제까지 우리의 모든 노력이 수포로 돌아갈 것이다."

"……."

백포인들은 대답 대신 눈을 빛냈다.

매우 오래전부터 그들은 하나 둘 구주천가에 스며들었다. 마치 솜 사이로 물이 스며들듯 그렇게 말이다. 그들은 구주천가의 일원이 되어 일상의 생활을 영위해 왔다. 그들은 철저하게 구주천가의 일원이 되었다. 구주천가를 위해 싸우고, 구주천가를 위해 피를 흘렸다. 하나 그렇다고 해서 그들의 본질이 변한 것은 아니었다. 그들은 자신들의 근본을 결코 잊지 않았다.

그 어떤 상황에 있든, 그 어떤 모습으로 있든 그들은 결코 변하지 않았다. 그리고 앞으로도 계속 그럴 것이다.

그들은 이제까지 구주천가의 모든 곳을 샅샅이 뒤져 왔다. 비록 삼엄함 경계망이 펼쳐져 있었지만, 오랜 시간 공을 들여 왔기에 그들은 원하는 것을 대부분 볼 수 있었다.

금지는 그들이 최후까지 미뤄 두었던 곳이었다. 십여 년 전에도 대규모의 파견대를 들여보냈지만, 단 한 명도 돌아온 이가 없었다. 그 후로도 그들은 계속해서 사람들을 들여보냈지만, 언제나 결과는 마찬가지였다. 그들이 내린 결론은 금지 주위에 무서운 진법이 쳐져 있다는 것이었다.

결국 그들은 대책을 마련할 때까지 금지로 사람을 투입시키는 일을 금할 수밖에 없었다. 그렇게 보낸 시간이 무려 십여 년이었다. 그동안 그들은 천하 각지를 뒤져 천가의 금지에 들어갈 방법을 연구하고 찾았다. 그리고 오늘 그들은 다시 금지에 나타났다.

우두머리 남자가 품에서 주먹만 한 구슬을 하나 꺼내 들었다.

은회색으로 빛나는 구슬에서는 은은한 서광이 뿜어져 나오고 있었다.

"용천신주(龍天神珠). 천하의 영기가 모두 모인다는 곤륜산의 지저에서 수천 년의 세월이 흐른 후에야 겨우 주먹만 한 크기로 만들어진다는 전설상의 기물(奇物). 용천신주에 공력을 집중한다면 천하의 그 어떤 진법도 무력화시킬 수 있다."

용천신주를 구하기 위해 어마어마한 인력과 금액이 투입됐다. 용천신주는 능히 그럴 만한 가치가 있는 물건이었다. 용천신주는 자연의 조화에서 어긋난 규칙을 무력화시키는 효능이 있었다. 진법이 비록 자연의 조화를 최대한 자연스럽게 이용한다지만, 그 역시 따지고 보면 조화에서 어긋난 힘에 불과했다. 자연 용천신주는 조화롭지 못한 기운을 본래의 모습으로 돌리고, 그 결과 진법이 붕괴되는 것이다.

우두머리 남자의 등 뒤에 있던 남자들 중 한 명이 그를 채근했다.

"십령(十令), 이제 들어갈 시간입니다."

"좋아! 내가 앞장서겠다. 모두 내 주위 삼 장에서 벗어나지 않도록. 용천신주의 영향력이 미치는 범위는 단 삼 장뿐이니까."

십령이라 불린 우두머리 남자가 용천신주를 든 채 금지를 감싸고 있는 안개 속으로 걸음을 옮겼다.

스스스!

용천신주의 빛이 닿자 금지를 감싸고 있던 안개가 살아 있는 생명체처럼 꿈틀거리며 뒤로 물러났다. 용천신주의 빛에 안개가 사그라졌다. 하나 그만큼 용천신주의 표면이 조금씩 녹아내렸다.

용천신주는 오직 한 번밖에 사용할 수 없었다. 일단 한 번 공력이 주입된 용천신주는 서서히 녹아내려 결국엔 흔적조차 남기지 않고 사라지고 만다. 그래서 용천신주가 귀한 것이다.

"공력이 주입된 용천신주가 완전히 녹아내리는 데 걸리는 시간은 불과 세 시진. 그 시간 안에 금지를 모두 뒤져야 한다."

십령의 눈에 조급한 빛이 떠올랐다.

용천신주가 금지를 둘러싼 진법을 무력화시키는 그 짧은 시간 안에 모든 것을 해결해야 했다.

온몸에 달라붙는 진득한 습기와 기분 나쁜 느낌이 그들의 모골을 송연케 했다. 용천신주에서 흘러나오는 빛 때문에 안개는 감히 다가오지 못했으나 마치 먹이를 노리는 뱀처럼 그렇게 기회를 호시탐탐 노리는 듯 보였다.

스스스!

안개의 바다가 갈라지고 있었다.

백포 속에 가려진 십령의 입이 미소를 짓고 있었다. 그들의 생각이 적중했기 때문이다. 마치 살아 있는 생명체처럼 기분 나쁜 안개는 분명 진법의 조화였다. 그리고 용천신주는 그런 진법을 무력화시키고 있었다.

'이제야 금지의 칠백 년 비밀이 우리에 의해 밝혀지겠구나. 그것 또한 의미 있는 일이 될 것이다.'

한 번도 개방된 적이 없는 처녀지를 탐험하는 것은 사내들이라면 누구나 공통적으로 갖는 욕망이었다. 그리고 십령 역시 그런 욕망을 가지고 있었다.

그들의 눈앞에 칠백 년의 비밀을 가지고 있는 금지가 서서히 속살을 드러내고 있었다.

스스스!

진법의 중심에 다가갈수록 용천신주가 녹는 속도 역시 빨라졌다. 그만큼 진법의 위력이 가공하다는 뜻이기도 했다.

용천신주가 사분지 일가량 녹았을 무렵 그들은 마침내 진법의 중심에 도달할 수 있었다. 그리고 그들을 기다리고 있는 것은 마치 환상처럼 서 있는 거대한 석탑이었다.

회색의 안개에 둘러싸인 채 사막의 환영처럼 서 있는 거대한 석탑의 모습에 십령과 수하들은 벌린 입을 다물지 못했다. 오랜 세월이 흘렀음이 분명함에도 하늘을 찌를 듯한 기세로 서 있는 석탑의 엄청난 위용에 압도당한 것이다.

한동안 넋을 잃고 석탑을 바라보던 십령이 잠시 후 자신의 실태를 깨닫고 소리쳤다.

"무엇 하고 있느냐, 어서 금지를 뒤지지 않고!"

"예!"

수하들이 일제히 대답과 함께 석탑으로 들어갈 입구를 찾기 시작했다.

'과연 저 안에는 무엇이 존재하고 있을 것인가? 단지 진법의 위력만으로 죽음의 대지라는 호칭을 얻지는 못했을 터.'

십령은 손바닥 안이 땀으로 흥건히 젖은 것을 느꼈다.

이곳에 들어오기 위하여 그들은 수많은 준비를 했다. 용천신주는 그들이 준비한 일부분에 불과했다.

십령이 이끄는 이들은 그들의 조직에서도 가장 동작이 민첩하고 영활한 자들로만 이루어져 있었다. 그들은 매우 오랫동안 고된 죽음의 수련을 받았을 뿐 아니라 수많은 도구를 이용하는 데 익숙했다. 때문에 이런 종류의 일을 하는 데 매우 익숙했다.

잠시 후 수하 중 누군가 소리쳤다.

"여기에 입구가 있습니다."

"좋아! 입구를 열도록."

"예!"

십령의 수하들이 입구로 몰려들었다. 그들은 한동안 문을 열기 위해 갖은 방법을 동원했지만, 결국 방법을 찾아내지 못했다. 석탑의 문은 한 치의 틈도 없이 완벽하게 맞물려 있을 뿐만 아니라 무게를 짐작할 수 없을 만큼 두꺼운 강철로 만들어져 있었기 때문이다. 결국 십령은 극단적인 방법을 동원할 수밖에 없음을 깨달았다.

"준비해 온 천붕뢰(天崩雷)를 사용하라. 수천 근 폭약의 위력에 필적하는 천붕뢰라면 이따위 문 정도는 금세 무너트릴 수 있을 것이다."

"예!"

그들은 석탑의 문에 주먹만 한 천붕뢰를 장착한 후 급히 뒤로 물러났다. 그리고 잠시 후…….

콰—앙!

천지를 뒤흔드는 거대한 폭음과 함께 두꺼운 강철 문이 산산조각이 나 사방으로 비산했다.

"됐다. 용천신주가 완전히 녹기까지 앞으로 두 시진, 그동안 모든 목적을 달성해야 한다. 서둘러라."

"예!"

그들은 수면을 스치듯 나는 제비처럼 그렇게 석탑 안으로 침투해 들어갔다.

그들의 눈에 칠흑같이 어두운 석탑의 내부가 들어왔다. 그러자 그들은 품에서 일제히 야명주를 하나씩 꺼내 들었다. 그러자 은은한 빛이 뿜어져 나오며 석탑의 내부를 밝혔다. 그러자 석탑 안에 존재하는 엄청난 양의 책자가 보이기 시작했다.

그 엄청난 위용에 그들은 기가 질리는 것을 느꼈다. 하나 그것도 잠시, 이내 십령은 명령을 내렸다.

"이조는 석탑의 위를, 일조는 나를 따른다."

"존명!"

그들은 순식간에 두 패로 나뉘었다.

한 패는 엄청난 속도로 석탑 내부의 책자를 뒤지면서 위로 올라가기 시작했고, 잠시 주위를 수색하던 십령 일행은 곧 지하로 향하는 입구를 발견하고 들어갔다.

"도대체…… 이런 곳이라니."

지하로 내려가면 내려갈수록 십령은 금지에 압도되는 것을 느꼈다. 한도 끝도 없이 지하로 이어지는 기다란 동혈이 마치 지옥으로 향하는 길처럼 그들의 심령을 압박하고 있었다.

그것은 수하들도 마찬가지였다. 그들의 얼굴에도 두려운 빛이 떠올라 있었다. 하나 그들은 자신들의 두려움을 최대한 제어하는 고된 수련을 받았다. 그들은 곧 자신의 감정을 제어하며 현재의 상황에 몰두하기 시작했다.

"모두 준비한 것들을 꺼내도록."

십령의 명에 그들이 품에서 준비해 온 기묘한 모양의 원통을 꺼냈다. 표면을 따라 여러 개의 홈이 나 있는 원통의 입구에는 셀 수도 없을 만큼 수많은 미세한 구멍이 뚫려 있었다.

그들은 이것을 혈룡아(血龍牙)라고 불렀다. 피로 물든 용의 이빨이라는 무시무시한 이름을 가진 원통은 본래 천하삼대금용암기(天下三大禁用暗器) 중 하나였다. 혈룡아가 출현하면 세상이 피로 물든다고 해서 모두가 경원시하고 두려워했다. 그렇기에 혈룡아를 소유한 자는 무림공적이 되었다.

정교한 기관에 의해 작동되는 혈룡아는 일단 격쇠를 작동시키는 것만으로 수천 개에 달하는 미세한 은침을 일거에 발사해 냈다. 수천 개에 달하는 은침에는 무형지독이 발라져 있어 일단 격중되거나 살짝 스치더라도 죽음을 피할 수 없었다. 더구나 혈룡아에서 발사되는 은침은 깃털보다 가벼워 기류의 변화를 감지하고 움직이기에 피한다는 것은 거의 불가능에 가까웠다.

그들은 매우 오래전에 혈룡아를 입수하여 수십 년의 철저한 연구 끝에 수십 개의 복제품을 만들어 냈다. 그리고 금지로 향하는 임무를 부여받은 십령 일행에게 복제된 혈룡아를 건네주었다.

하나의 혈룡아라면 모르지만, 수십 개의 혈룡아가 동시에 발사되면 살아남을 자가 존재하지 않았다. 그것이 그들이 감히 금지로 용감하게 들어올 수 있었던 자신감의 원천이기도

했다. 만일 십령도 혈룡아가 주어지지 않았다면 결코 금지에 들어오지 않았을 것이다. 그만큼 금지는 두려운 곳으로 천하에 각인되어 있었다.

그들은 한 손에 야명주를, 다른 한 손에 혈룡아를 든 채 끝없이 이어진 지하로 내려갔다. 그리고 마침내 수많은 철문이 늘어서 있는 암동에 도착할 수 있었다.

흐으으~!

마치 귀신의 곡성인 양 스산한 바람소리가 흘러나오고 있었다.

"뒤져라."

십령의 명에 수하들이 철문을 하나씩 열기 시작했다.

"음!"

철문을 열던 수하들의 입에서 침음성이 조금씩 흘러나왔다. 석실 안에는 이미 오래전에 죽은 것으로 보이는 백골들이 나뒹굴고 있었기 때문이다.

놀라는 것도 잠시, 그들은 서둘러 다른 문들을 열기 시작했다. 그러나 다른 석실들도 마찬가지로 처참한 광경이 펼쳐져 있을 뿐, 그들이 기대하던 물건은 보이지 않았다.

실망감이 점차 커져 가던 그때, 수하 하나가 소리쳤다.

"여기에 생존자가 있습니다."

십령과 수하들은 서둘러 소리가 난 곳으로 모였다.

그곳에서 그들이 본 것은 얇디얇은 수많은 쇠사슬이 전신을 칭칭 동여매고 있는 괴인의 모습이었다. 몇몇 쇠사슬은 그의 비파혈을 비롯해 중요 혈도를 관통하고 있었다. 그런 채로 숨을 유지하고 있다는 사실 자체가 불가사의할 정도였다.

번쩍!

그 순간 괴인이 눈을 떴다. 그러자 엄청난 안광이 폭사되어 나왔다.

'어, 엄청난 고수.'

십령이 자신도 모르게 마른침을 삼켰다.

비록 쇠사슬에 전신이 제압되어 있었지만 그의 몸에서 풍겨 나오는 기도만으로도 그가 엄청난 고수라는 사실을 짐작할 수 있었다.

"웬…… 놈들이냐?"

거칠고 탁하게 갈라진 쉰 목소리였다.

"다, 당신은 누구요?"

"크크! 내가 누구냐고? 글쎄, 내가 누굴까? 이 빌어먹을 지옥에 하도 오래 갇혀 있었더니 내 이름도 잘 기억이 나지 않는군."

괴인의 음성에는 처절한 원한과 분노가 섞여 있었다. 그의 처절한 음성에 주위의 공기가 요동을 치고 있었다.

한동안 자신의 기억을 더듬던 그가 마침내 입을 열었다.

"그래, 내 이름은 원개세, 탁탑마도 원개세가 나의 이름이었다."

"다, 당신이 십여 년 전 천하십대고수로 이름을 날렸던 탁탑마도 원개세 선배란 말이오?"

"그렇다. 분명 십여 년 전 나는 그렇게 불렸다. 이 빌어먹을 저주의 대지에 들어오기 전까지 말이다."

원개세의 말에 십령은 숨이 넘어갈 정도로 놀랐다.

비록 말석이었지만 원개세는 분명 천하십대고수의 일인이었다. 한 자루 거대한 도를 들고 있을 때 그는 무적이었다. 그리고 구주천가의 아성에 도전하던 가장 강력한 무인 중 한 명이었다. 십 년 전 금지에서 실종된 것을 알고 있었지만, 설마 그가 이런 모습으로 석탑의 지하에 갇혀 있었을 줄이야.

십 년 전에도 천하십대고수의 일인이었던 원개세였다. 십 년 동안 갇혀 있었다지만 그의 몸에서 풍기는 기세는 오히려 예전의 소문을 능가하는 것 같았다.

"선배께서 어찌하다 이곳에 갇히시게 되었습니까?"

"흐흐! 네놈들처럼 멋모르고 들어왔다 그렇게 되었다. 그리고 네놈들도 곧 그렇게 될 것이다."

"우리가 원 선배를 꺼내 드리겠습니다. 그러니 원 선배께서도 저희에게 도움을……."

"크크큭! 너희들이 나를 꺼내 줘? 크하하하! 이거, 정말 쥐새끼들이 다 비웃겠군. 이 원개세를 너희들 따위가 꺼내 줘?"

"우리는 충분히 그럴 능력이 있습니다."

십령은 원개세를 포섭하기로 마음먹었다.

이미 십여 년 전에 천하십대고수에 이름을 올렸던 사람이다. 비록 십 년 동안 이름 모를 뇌옥에 갇혀 있었다지만, 그들의 능력이라면 충분히 본래의 무공을 회복시켜 줄 수 있을 것이다. 그렇다면 그들은 엄청난 전력을 힘 하나 들이지 않고 합류시킬 수 있게 될 것이다.

십령은 뜻하지 않은 소득을 하나 얻었다고 생각했다. 원개세를 합류시키는 것만으로도 그는 조직의 신임을 더욱 얻을 수 있을 것이다.

그러나 돌아온 것은 원개세의 철저한 비웃음뿐이었다.

"너희들이 나를 꺼내 줄 능력이 있단 말이냐? 크크크! 내가 십 년 동안 들어 본 말들 중 가장 웃기는구나. 크하하!"

"원 선배를 이곳에 가둔 자는 저희들이 처리하겠습니다. 이미 이곳은 저희들이 장악하고 있습니다."

십령의 말에 원개세의 입 꼬리가 뒤틀려 올라갔다.

"너희들은 내가 능력이 없어서 이곳을 빠져나가지 못하는 줄 아느냐?"

"그럼 무엇 때문입니까?"

"그놈 때문이다. 뼈를 갈아 마시고, 핏물을 모두 받아 먹어도 시원찮을 그놈 때문이다. 그가 존재하는 한 나는 영원히 이곳에서 나갈 수 없다."

"그렇지 않습니다. 본해의 능력이라면……."

"크크! 너희들은 무언가 착각하고 있구나. 어둠이 존재하는 한, 그 무엇으로도 그를 죽일 수 없다. 너희들은 이제 곧 그 사실을 뼈저리게 느끼게 될 것이다."

"음!"

십령은 원개세가 십 년 동안 빛 한 점 들지 않는 지하에 갇혀 있으면서 정신에 이상이 생겼다고 생각했다. 그래도 원개세에 대한 미련을 놓지 못했다. 그만큼 원개세는 탐이 나는 존재였기 때문이다.

그는 마지막으로 원개세를 설득시키고자 했다.

"원 선배께서 본해에 대해 조금이라도 아신다면 그런 말씀은 못하실 겁니다. 이미 본해는 구주천가를 암중에서 삼 할 이상 장악했습니다. 그리고 곧 구주천가의 모든 것이 저희들 손에 떨어질 것입니다. 저희는 이미 구주천가의 소가주마저도 죽음의 길에 들게 만들었습니다. 그는 곧 천하에서 가장 처참한 죽음을 맞이하게 될 겁니다. 그러니 저희를 믿고……."

"그 이야기, 자세히 듣고 싶군."

그 순간, 등 뒤에서 들려오는 나직한 속삭임에 야명주의 희미한 빛이 착각처럼 흔들렸다.

"뭐?"

십령과 수하들이 급히 뒤를 돌아봤다. 그곳에 그가 서 있었다.

"크크큭! 왔구나, 악마 같은 놈!"

원개세의 눈에서 원독 어린 광망이 폭사되어 나왔다. 어둠 속의 그를 바라보는 그의 전신에서 엄청난 기세가 폭사되어 나왔다. 그러나 어둠 속의 그는 나직한 목소리로 속삭일 뿐이었다.

"나는 모든 것을 원한다. 그러니까 모두 말해야 할 거야."

십령은 그가 웃고 있다고 생각했다. 그리고 그것은 사실이었다.

제5장

죽음을 향해 가는 자

"어, 어떻게?"

십령을 비롯한 수하들의 눈에 불신의 빛이 떠올랐다.

폐관수련에 들어갔다고 알려진 그가 눈앞에 있었다. 그와 똑같은 얼굴, 그와 똑같은 음성을 가진 이가 눈앞에 있었다. 하나 그것은 불가능한 일이었다.

'다, 다르다. 똑같지만 다르다. 저, 저 기질은⋯⋯.'

십령은 그만 침음성을 삼키고 말았다.

그가 알고 있는 천우경은 광명정대한 사람이었다. 그의 기질은 무척이나 밝아 보는 사람의 감정을 포근하게 만드는 장점이 있었다. 그러나 눈앞에 있는 자는 달랐다.

같은 얼굴을 하고, 같은 음성으로 말하고 있었지만, 그는 모든 것이 불길해 보였다. 마치 천우경의 보이지 않는 일면을 고스란히 옮겨 놓은 것처럼 말이다. 그의 어둠에 마치 감염이라도 된 것처럼 마음이 불안해져 왔다.

"다, 당신은 누구요?"

"질문은 내가 했을 텐데."

천우진의 입가에 냉혹한 미소가 걸렸다. 그러자 주위의 어둠이 기괴하게 일그러지기 시작했다.

누군가에게 질문 받는 것은 익숙하지 않은 일이었다. 더구나 자신에 대해서라면 더욱더 말이다.

자신은 존재하지 않는 자.

홀로 어둠을 간직해야 할 자.

그런데 누가 감히 자신에 대해 묻는단 말인가?

우두둑!

"크아악!"

갑자기 거대한 어둠이 들이닥치는 듯하더니 십령의 수하 한 명이 처절한 비명을 토해 냈다. 그의 비명이 고요한 어둠을 뒤흔들었다.

어느새 그의 목줄기는 천우진의 손에 잡혀 있었다. 그리고 천우진의 손을 타고 선혈이 흘러내리고 있었다.

바닥에 조그만 웅덩이를 만드는 핏물을 바라보며 사람들의 안색이 새하얗게 변했다.

"말도 안 돼. 어찌 허공섭물(虛空攝物)로……."

십령은 분명히 보았다. 천우진이 손을 뻗는 순간 수하가 반항 한 번 제대로 하지 못하고 순식간에 딸려 들어가는 모습을.

그의 수하 역시 무림에서 절정의 수준을 넘어섰다고 평가받던 이였다. 그런 이가 제대로 반항 한 번 하지 못하다니.

검은 어둠 속에서 유독 새하얗게 작렬하는 귀안(鬼眼)에 십령은 자신도 모르게 전신이 떨려 옴을 느꼈다.

"크큭! 애송이, 그새 실력이 더 늘었구나."

탁탑마도 원개세의 눈이 분노로 이글거렸다.

십령을 비롯한 애송이들은 모른다. 눈앞에 있는 자가 어떠한 자인지. 이미 십 년 전에 원개세에 육박하던 무위를 갖춘 자가 바로 눈앞의 남자였다. 십 년이 지난 지금 그의 무공 수위가 어느 정도나 발전되었는지 짐작조차 할 수 없을 정도였다.

"놈을 죽일 수 있을 거라 생각하나? 크크! 그렇다면 어둠이 가신 후에 덤비거라. 그렇다면 일말의 가능성이라도 존재할지 모르니."

그 빌어먹을 어둠 때문에 십 년을 이곳에 갇혀 있어야 했다.

와신상담의 세월이었다. 비록 온몸의 대혈이 제압되어 있었지만, 그의 머리는 수많은 가능성을 도출하고, 무공을 머릿속으로 그리면서 오히려 십 년 전에 비해 비약적으로 발전했다고 자부할 수 있었다. 당장 세상에 나간다 하더라도 천하에서 난다 긴다 하는 무인들 모두를 상대할 자신이 있었다.

그러나 저자만큼은…… 어둠 속에 있을 때의 그만큼은…….

"흐으! 노옴, 악마 같은 놈!"

원개세가 이빨을 뿌득 갈았다.

단지 눈빛만으로 사람을 죽일 수 있다면, 지금 그는 천우진을 천참만륙(千斬萬戮)을 하고, 온몸을 비틀어 피란 피는 모조리 쥐어 짜낼 것이다. 그만큼 원개세의 원한은 처절했다.

그러나 그를 바라보는 천우진의 눈빛은 무심하기 그지없었다. 마치 그따위는 관심도 없다는 듯이 말했다. 그런 그의 눈빛이 원개세의 패배감을 더욱 자극했다.

"이—노—옴!"

마침내 그의 음성이 폭풍처럼 암동을 휩쓸어 갈 때, 그의 목소리에 감염된 듯 십령과 수하들은 일제히 들고 있던 혈룡아를 천우진을 향해 발사했다.

퓨퓨퓨퓨퓨!

어두운 석실을 빼곡히 채운 채 밀려오는 은침의 물결은 천우진에게 피할 틈을 주지 않았다.

퍼버버벅!

천우진의 전신으로 수많은 은침이 꽂혔다. 마치 고슴도치처럼 수많은 은침이 천우진의 전신을 뒤덮고 있었다. 그 모습에 십령이 음소를 흘렸다.

"호호호! 제아무리 네놈이 대단하다 할지라도 혈룡아의 독침은 감당할 수 없을 터……."

그러나 십령은 말을 끝까지 이을 수 없었다. 그 순간 천우진의 몸에서 믿을 수 없는 일이 벌어지고 있었기 때문이다.

스스스!

천우진의 전신에 꽂혀 있던 은침이 무언가에 끌린 듯 그렇게 허공중으로 밀려나오고 있었기 때문이다.

그 순간 천우진은 하얀 이를 드러낸 채 웃고 있었다.

"재밌는 장난감이군."

"혀, 혈룡아가 장난감이라고? 너, 너는 누구냐? 천하에 너 같은 자가 있다는 말은 듣지 못했다."

"후후, 머리가 나쁜 녀석이군."

"뭐?"

쾅!

그 순간 천우진의 신형이 흐릿해지는가 싶더니 어느새 십령의 눈앞에 들이닥쳤다. 그리고 십령의 몸이 석벽에 거세게 틀어박혔다.

"커헉!"

십령이 피를 토해 냈다.

모중광의 공격마저도 피해 냈던 그였다. 하나 천우진의 공격은 그의 인식의 영역을 뛰어넘어 이뤄졌다. 그렇기에 당하고 난 뒤에야 자신이 당했단 사실을 인지할 수 있었다.

"분명히 말했을 텐데, 질문은 내가 한다고."

"십령!"

"영주?"

뒤늦게 사태를 파악한 수하들이 천우진을 향해 달려들었다. 그러나 천우진은 그들을 바라보지도 않고 손을 흔들었다. 그러자 석실의 어둠이 흔들리듯 요동치더니 그들을 집어삼켰다.

콰우우!

"끄으으!"

"으아아악!"

처절한 비명성이 어둠 속에서 터져 나왔다. 마치 폐부에 있는 모든 것을 토해 내듯 그들의 비명성은 처절하기 그지없었다. 이어 어둠이 그들의 몸을 토해 냈다.

투두둑!

마치 수천수만 근의 거대한 바위에 압사당한 듯 철저하게 짓이겨진 그들의 시신이 바닥에 나뒹굴었다.

"크으으! 어, 어떻게?"

십령의 눈에 짙은 불신의 빛이 떠올랐다.

그의 눈앞에서 있을 수 없는 일이 벌어지고 있었다. 혈룡아를 들고 있는 그들이라면 강호의 최고 수준의 고수라고 해도 두렵지 않다고 자부했다. 그러나 마치 어둠 그 자체인 듯한 이 남자는……

"아, 악마인가? 당신은 악마인가?"

"어지간히 멍청한 녀석이군. 이미 너에게 주어진 기회는 끝났다."

천우진의 눈이 새하얀 빛을 발했다. 예의 백야귀안이 발동된 것이다.

눈을 통해 기의 실이 침투하고, 기의 실을 통해 상대와 자신의 심령을 연결시킨다.

츠츠츠!

뇌리를 파고드는 천우진의 심령에 십령의 사고가 샅샅이 분해되기 시작했다. 머릿속에 존재하는 그의 기억이 천우진에게 강제로 갈취되고 있었다.

새하얗게 비워져 가는 십령의 머릿속. 그가 간직했던 기억들이 강제로 천우진에게 흘러가고 있었다. 그것은 기억의 전이(轉移)나 마찬가지였다.

그의 공포가 가감 없이 흘러들어 오고 있었다. 어쩌면 그 순간 천우진은 쾌감을 느끼고 있을지 몰랐다.

푸들푸들!

십령의 몸이 사정없이 떨리고 있었다.

천우진은 십령의 두뇌를 파괴하고 있었다. 파괴하는 만큼 그의 기억을 강제로 갈취하고 있었다.

지금 이 순간 그는 광포한 지배자이자 어둠의 화신이나 마찬가지였다. 그에게 인성을 기대하는 것은 어리석은 일이었다.

"안— 돼!"

십령은 온 힘을 쥐어짜 내어 천우진에 저항했다. 그러나 천우진은 그의 저항을 용서하지 않았다. 천우진의 귀안은 십령이 만들어 낸 저항을 거침없이 붕괴시키며 그의 심층 의식 깊은 곳까지 파고들었다.

점점 확연히 드러나는 그의 의식의 실체.

천우진의 입가에 승자의 미소가 어리는 그 순간.

"컥!"

십령이 처절한 비명을 토해 냈다. 이어 그가 검은 선혈을 한 줄기 뿜어내더니 이내 절명했다.

털썩!

그제야 천우진은 그의 목을 잡고 있던 손을 놔주었다. 그러자 십령의 몸이 다 탄 장작처럼 바닥에 나뒹굴었다. 그런 십령의 시신을 바라보는 천우진의 미간에는 골이 깊게 파여 있었다.

"의식의 깊은 곳에 접근하자, 그조차 모르고 있던 금제가 발동했다. 아쉽군."

십령의 죽음은 천우진의 탓이 아니었다. 십령은 자신도 모르는 사이 의식의 심층에 지독한 금제가 걸려 있었다. 때문에 천우진이 십령의 깊은 곳에 접근하자 금제가 발동해 스스로 목숨을 잃은 것이다.

"아마 이자는 자신이 금제에 걸린 사실조차 알지 못했을 것이다. 재밌군!"

천우진은 빙긋 웃었다.

비록 십령이 허무하게 죽었지만, 소득이 아주 없었던 것은 아니기 때문이다.

"드디어 움직이기 시작했는가?"

십령의 기억에서 섬뜩한 한 단어를 읽어 냈다. 그러나 천우진에게는 연인의 이름만큼이나 반가운 단어였다. 어쩌면 그가 세상을 살아가는 이유가 그 단어에 존재할지도 모르니까.

"그 아이가 걸린 함정이 이해되는군. 진실로 그들이 움직이기 시작했다면 그 아이뿐만 아니라 세상의 그 누구도 그들을 막을 수 없을 테니까."

이제야 모든 상황이 이해가 되었다.

현 구주천가의 상황도, 그가 겪어야 했던 수많은 죽음의 고초들도 말이다. 밝은 면만 보아 온 자들은 결코 상상치 못할 그런 존재들이 세상엔 존재한다. 그리고 그들은 세인들의 상상을 뛰어넘는 힘을 갖추고 있었다.

"후후후!"

천우진의 웃음이 석실을 울렸다.

짙은 어둠을 장포처럼 두른 채 웃음을 흘리는 천우진의 모습에 원개세가 노성을 터트렸다.

"놈, 그렇게 웃지 마라! 나도 소싯적에 수많은 사람들을 죽였다고 하나 네놈처럼 그렇게 인성도 자비도 없진 않았다. 네놈은 결코 세상에 존재해서는 안 되는 악마다!"

"후후, 그것도 재밌지 않겠는가? 세상에 나 같은 존재가 하나쯤 존재하는 것도 말이야."

어둠 속에서 천우진의 눈이 유독 새하얗게 빛을 발하고 있었다. 원개세는 그런 천우진을 잡아먹을 듯이 노려보고 있었다.

　　　　＊　　　　　＊　　　　　＊

　천우진은 환영의 탑에 존재하는 서책 중 하나를 꺼냈다.

　십천환영록(十天幻影錄).

　칠백 년 그 이전부터 갖은 수를 동원해 구한 귀한 서책이었
다. 다른 이들이 본다면 그 내용은커녕 읽을 수조차 없는 문자
로 적힌 책들이었다. 그러나 천우진은 그 안에 담긴 글을 읽을
수 있을뿐더러 내용을 분명히 이해하고 있었다.

　지금은 잊혀진 시대의 이야기를 기술하고 있는 서책이었다.

　지금보다 천문(天門)이 더욱 개방되었던 그 시기, 역천(逆
天)에 도전하는 무인들과 그런 이들과 맞서 싸우던 초인들의
이야기가 담긴 책이었다.

　당시 무인들은 현재 무인들보다 훨씬 강하다고 기술되어 있
었다. 하나 천우진으로서는 그 실체를 확인해 볼 길이 없었다.
그가 얻은 모든 지식은 책을 통해서 쌓은 것이다. 그러나 천우
진은 책에 기술되어 있는 내용이 사실일 거라 생각했다.

　당대는 천기가 혼탁해져 있었다. 그만큼 천문이 좁아져 있
었다. 천문은 하늘의 기운, 즉 기(氣)의 원천이다. 이승과 저
승을 연결하고, 하늘과 땅을 연결하는 매개체였다.

　인간의 악념이 하늘을 찌를수록 천문은 좁아진다. 인간이
악해지는 만큼 힘을 제어하기 위한 하늘의 뜻인 것이다. 인간
이 악해질수록 천문은 좁아질 것이고, 결국 하늘이 인간에게

선물한 힘은 사라지고 말 것이다. 그러나 그 시기가 언제 도래할지는 아무도 알 수 없었다.

"중요한 것은 당시가 지금보다 훨씬 천문이 넓게 열려 있었다는 것이지. 때문에 수많은 초인들이 세상에 나타났고, 그중에서 유독 강한 자가 나타나 수많은 군웅들을 아우르고, 역천에 도전했지."

천우진의 눈은 빠르게 서책의 내용을 훑고 있었다.

당시의 처절한 전투가, 당시의 역사가 그의 뇌리에 각인되고 있었다.

"일마(一魔)의 역천에 대한 집념, 그리고 일영(一影)이라 불렸던 환상의 존재, 또한 그들에 육박했던 십대초인의 이야기. 이 책은 그 시대를 가장 정확하게 그리고 있다. 그러나 이 책에조차 어떻게 해서 일마가 태어났는지, 환상의 존재란 자의 원류가 무엇인지 기술되어 있지 않다. 어찌 보면 허무맹랑한 시대의 이야기. 그러나 이 모든 것은 사실이다."

다른 이들에게 이 책을 보여 준다면 믿지 않을 것이다. 그러나 천우진은 이것이 사실이란 것을 너무나 잘 알고 있었다. 어찌 보면 당금 천하에서 그만큼 당시의 사실을 꿰뚫고 있는 자는 존재하지 않기에.

천우진의 시선이 십천환영록의 마지막 부분에서 멈췄다.

그곳에 조그만 글씨로 언급된 단 한 단어.

"세상이 혼탁해지고, 천문이 다시금 확장될 시기에 그들이 도래한다고 했다. 죽은 자가 영혼을 갈취해 일어나고, 자신을 잃어버린 자는 힘의 파편을 찾아 움직일 거라고 했다. 수많은 이들이 절규하고, 차라리 죽은 자를 부러워할 거라고 했다. 살아 있다는 것이 저주스러운 세상을 두려워하라고. 후후후!"

어느 순간부터인가 천우진의 눈동자가 새하얀 귀안으로 변해 있었다.

분노와 저주가 어우러진 무서운 눈빛. 백야귀안을 펼칠 때 천우진의 눈은 항상 이랬다. 그는 항상 누군가를 증오했고, 증오를 원천으로 힘을 키워 왔다.

어둠만이 유일한 그의 벗이었다.

그는 세상 그 누구도 믿지 않았다. 심지어는 자신에게 생명을 준 핏줄마저도. 그는 천성적으로 어둠에 가까운 존재였다.

"겁 없이 이곳으로 침입해 온 애송이. 그의 기억에 그들에 대한 언급이 있었다. 비록 공포로 점철되어 있었지만, 그는 분명히 그들을 떠올리고 있었다."

십령이 죽음의 순간에 떠올린 그 단어가 천우진의 가슴을 두근거리게 만들고 있었다.

"재밌군! 가장 증오해야 할 이들이 나를 의미 있게 만든다는 그 사실이. 하하하!"

석탑 안에 그의 메마른 웃음만이 울려 퍼졌다.

종제영은 마른침을 삼킨 채 전면을 바라보았다.

죽음의 안개가 넘실거리는 저주받은 그곳이 눈앞에 있었다. 그는 죽어도 저곳으로 돌아가고 싶지 않았다. 그러나 돌아가 야만 했다. 흑혈고를 통해 심령이 연결된 그가 돌아오길 명하 고 있었다.

"빌어먹을!"

종제영이 투덜거렸다.

그가 조용히 자신의 심장 부근을 어루만졌다. 그러자 심장 이 격렬하게 뛰는 것이 느껴졌다. 단지 금지를 바라보는 것만 으로도 그의 심장은 두려움에 미칠 듯이 요동치고 있었다.

종제영은 알고 있었다. 자신의 마음속 깊은 곳에 천우진이 라는 심마가 자리하고 있다는 사실을. 제아무리 떨쳐 내려고 해도 그를 떠올리는 것만으로도 등줄기가 식은땀으로 후줄근 하게 젖어 들었다. 그것은 종제영이 천우진에게 원초적인 두 려움을 간직하고 있다는 사실을 의미했다.

제아무리 떨쳐 내고 버리려 해도 그가 마음으로부터 굴복하 고 있는 이상 그를 완전히 지워 버리는 것은 불가능했다.

"뒤돌아 도망쳐서는 그에게서 완전히 벗어날 수 없다. 두려 움은 정면으로 맞설 때만 가능한 것. 결국 그에게서 벗어나려 면 내 스스로 그를 마주 볼 수 있어야 한다. 좋았어. 힘내자, 종제영."

종제영은 그렇게 자신을 세뇌했다.

그는 두려움을 극복하는 방법을 무척이나 잘 알고 있었다.

이제까지 강호를 종횡하면서 수많은 두려움을 마주했을 때 그는 그렇게 정면 돌파로 극복하고자 했다. 그러나 결과는 별로 신통치 않았던 걸로 기억했다. 그러나 그에겐 선택의 여지가 없었다.

"나는 두렵지 않다. 나는 두렵지 않다. 나는 저 악마가 두렵지 않다."

종제영은 그렇게 중얼거리며 금지의 안개 속으로 걸음을 옮겼다.

순간 스멀스멀 그의 몸을 잠식해 오는 회색의 안개. 전신에 끈적끈적하게 달라붙는 그 기분 나쁜 느낌에 종제영은 부르르 몸을 떨었다.

그는 주문처럼 되뇌었다.

"나는 두렵지 않다. 나는 두렵지 않아. 나는 그 악마가 두렵지 않다. 나는……."

그러나 안개는 그런 주문에 상관없이 그의 전신을 완전히 뒤덮었다. 팔을 덮고, 가슴을 보이지 않게 만들고, 악령의 손길처럼 그의 얼굴을 뒤덮어 오는 기분 나쁜 안개.

"나는 두렵지 않다. 빌어먹을, 두렵지 않다니까. 저리 안 가? 두렵지 않다고. 에구, 허억!"

순간 종제영이 두 눈을 크게 떴다. 빌어먹을 안개가 그의 얼굴을 뒤덮은 것도 모자라 코와 입을 꽉 틀어막았기 때문이다.

그가 공기를 들이마시기 위해 입을 크게 벌리고 손을 허우

적거렸다. 하나 그럴수록 죽음의 안개는 그의 숨통을 꽉 막은 채 더욱 많이 밀려들어 오고 있었다.

그의 눈이 새하얗게 뒤집히고 있었다.

점점 흐려지는 시야, 종제영은 이렇게 죽는가 싶었다.

그 순간 그의 머리를 스치고 지나가는 엉뚱한 생각 하나.

'이럴 줄 알았으면 밖에 나갔을 때 계집질이나 실컷 하고 오는 건데. 마흔여섯 동정(童貞)이 이렇게 가는구나. 여자 손 한번 못 잡아 봤는데. 꼬로록!'

불쑥!

그의 입이 게거품을 피워 내는 그 순간 안개 속에서 하얀 손이 나와 그를 밖으로 끌어냈다.

"크헉! 커, 컥!"

가공할 힘에 의해 밖으로 내동댕이쳐진 종제영이 한동안 꺽꺽대며 기침을 해 댔다. 그의 눈과 코와 입으로 누런 액체가 줄줄 흐르고 있었다.

그렇게 종제영은 눈물 콧물을 모두 흘렸다.

천우진은 팔짱을 낀 채 그런 종제영의 모습을 바라보았다. 금방이라도 죽을 것처럼 속에 있던 것들을 게워 내던 종제영이 어느 정도 정신이 돌아왔는지 천우진에게 분통을 터트렸다.

"야, 이 싸가지 없는 새끼야. 내가 진즉에 알아봤지만 네놈도 정말 상종 못할 종자로구나. 내 아무리 네놈에게 금제를 당한 몸이라지만, 그래도 존장인데 이런 수모를 겪게 하다니. 아이고, 내 팔자야. 정말 더러워서 못 살겠구나. 오냐, 나 살고 너 죽자. 내 이렇게는 더 이상은 못 살겠다."

그가 살기를 터트렸다.

그 순간 천우진의 미간이 꿈틀거렸다. 그러자 그의 주위에 넘실거리던 안개가 다시 종제영을 향해 스멀스멀 몰려오기 시작했다. 그러자 종제영의 표정이 급속도로 돌변했다.

"헤헤! 아니, 뭐 그렇다고 해서 이렇게까지……. 어이, 이봐! 어어……."

점점 더 당혹스러워지는 종제영의 목소리. 그가 손사래를 치며 주춤주춤 뒤로 물러났다.

턱!

그러나 몇 걸음 물러나지 못해 그의 등이 석벽에 닿았다. 등 뒤에 환영의 탑이 버티고 서 있는 것이다.

"하……하……하!"

종제영의 얼굴이 울상이 되었다.

*　　　　*　　　　*

결국 종제영은 다시 한 번 자신이 얼마나 눈물 콧물을 많이 흘릴 수 있는지 확인해야 했다. 그리고 나서야 그는 자신이 천우진에게 대드는 것이 얼마나 무모한 일인지 깨달았다.

종제영은 인간이 지을 수 있는 오만가지 인상을 모두 쓰며 천우진을 노려봤다. 그러나 그의 눈빛을 받는 천우진의 표정은 일말의 변화조차 없었다. 그는 마치 생명이 없는 석상처럼 무심하게 입을 열었다.

"알아내라고 한 것은?"

"구주천가의 분위기 말이냐?"

"그래."

"흥! 아주 개판이더구나. 이놈의 집구석 언젠가는 망할 줄 알고 있었지만, 아주 철저하게 망가진 것이 조만간 기둥 뿌리째 썩어 넘어갈 것 같더구나. 아주 천벌을 받는 거지. 정말 잘 됐어."

종제영이 이죽거렸다.

그는 구주천가의 현재를 자신의 두 눈으로 직접 확인했다. 비록 십 년 만에 무공을 되찾았지만, 그의 은신술만큼은 아직 녹슬지 않아서 무사히 구주천가를 살필 수 있었다. 물론 그가 살필 수 있었던 영역은 극히 제한되어 있었지만 말이다. 그러나 전반적으로 돌아가는 분위기만으로도 현재 구주천가가 어떠한 입장에 처해 있는지 충분히 알 수 있었다.

"수뇌부는 자신들의 야욕을 드러낸 채 사분오열되어 있고, 젊은 무인들은 철저히 권력에서 배제된 채 밖으로 내돌리고 있더구나. 얼마나 악취가 나는지 이 몸에도 배어 있는 것 같네. 에잉!"

종제영이 자신의 팔에서 냄새를 맡는 시늉을 했다. 구주천가를 비꼬고 있는 것이리라.

"그 정도였던가?"

"그 정도? 홍, 못 믿겠으면 네놈의 눈으로 직접 확인해 보든가. 그래도 천북패가 생존했을 때는 규율이 딱 잡혀 있었는데, 그가 죽자마자 이리 사분오열된 모습을 보니 사상누각(沙上樓閣)이란 말이 정말 어울리더구나. 개판, 개판 하지만 이렇게 난잡한 것은 정말 처음 봤다."

금지를 나간 종제영의 눈에 비친 구주천가는 그야말로 무너지기 일보 직전의 거대한 모래성이었다. 약간의 파도만으로도 무너질 존재, 제아무리 한데 모아도 결코 뭉치지 못하는 모래로 만든 성 말이다.

장로들은 장로들 나름대로 흉험한 속셈을 가지고 있고, 각 조직의 수장들은 자신들에게 조금이라도 유리한 곳에 선을 이리저리 대놓고 있었다.

이제까지 많은 문파들의 흥망성쇠를 지켜봐 왔던 종제영의 눈에 비친 구주천가는 마지막을 향해 달려가는 침몰선이나 마찬가지였다. 차라리 몸집이라도 작다면 일말의 회생 가능성이라도 있지, 너무나 커서 약간의 응급조치로는 회생이 불가능한 몰락한 거인이 바로 구주천가인 것이다.

"누가 배신한 것인가?"

"하도 많아서 어느 놈이 어느 놈인지 알 수가 없더구나. 어찌나 음흉한 놈들이 모였는지, 요놈이 조놈 같고, 조놈이 요놈

같더구나."

사실 그 이상 알아내는 것은 종제영의 능력으로도 역부족이었다. 그는 아직 완벽하게 자신을 회복하지 못했다. 그런 상태로 구주천가의 중지를 드나든다는 것은 커다란 모험이었다. 결국 그가 알아낼 수 있었던 사실은 극히 일부분에 불과했다.

종제영의 말투에서 천우진은 그 사실을 읽어 냈다. 그러나 천우진은 그를 탓하지 않았다. 어차피 그에게 기대한 것은 그리 많지 않았기 때문이다.

종제영은 대가 약한 사람이었다. 겉으로는 분노를 표출하지만 자신이 살 구석이 있다면 언제라도 등을 돌릴 사람인 것이다. 만일 흑혈고만 아니었다면 진즉에 이곳에서 나갔을 사람인 것이다. 그러나 천우진은 그를 탓하지 않았다. 어차피 자신과 그의 사이는 그 정도에 불과했기 때문이다.

못 본 척 자신의 시선을 외면하고 있는 종제영. 천우진은 마지막으로 물었다.

"그는 어찌 되었지?"

"그라니?"

"내 동…… 천우경 말이다."

"아, 구주천가의 소가주 말이냐?"

"그래."

"그는 얼굴도 보지 못했다."

종제영의 심드렁한 대답에 천우진의 눈썹이 꿈틀거렸다.

"그게 무슨 말인가?"

"말 그대로다. 나는 정말 그를 보지 못했다. 내가 그의 거처에 숨어들었을 때 이미 그는 그곳에 존재하지 않았다."

"자세히 말해 봐."

"왜, 왜 그래? 무섭게……."

천우진의 심상치 않은 분위기에 종제영의 목소리가 자신도 모르게 기어들어 갔다. 강자에 약하고, 약자에 강한 그의 성격이 드러난 것이다.

"그는 어찌 됐지?"

"그, 그는 폐관수련에 들어갔다. 소문으로 듣기로는 곧 있을 자격을 증명하는 관문을 통과하기 위해서라는데."

"무슨 자격? 무슨 관문을 말하는 것이냐?"

"제, 젠장! 그걸 내가 어떻게 다 아누. 내가 신도 아닌데. 아, 참! 내가 그의 거처에 몰래 숨어들었다가 이것을 훔쳐 나왔는데 한번 읽어 보든지. 일기 같은데 어찌나 깊고 은밀한 곳에 꽁꽁 숨겨 놓았는지, 나는 또 커다란 비밀이 숨겨져 있는 보물인 줄 알았다."

그가 품에서 내놓은 것은 곳곳이 색이 바랜 누런 책자였다. 어찌나 오래되었는지 다 뜯겨져 나간 겉장에는 제목조차 없었다.

천우진의 미간이 다시 꿈틀거렸다. 무언가 그리운 냄새가 책자에서 느껴졌기 때문이다. 종제영에게서 책자를 받아 드는 그의 손이 자신도 모르게 떨리고 있었다. 그러나 천우진은 그런 사실을 전혀 의식하지 못하고 있었다.

파라락!

천우진이 책자를 펼쳤다.

그는 말없이 책자를 읽어 내렸다.

무심을 유지하던 그의 눈동자가 흔들린 것은 그로부터 잠시 후였다. 언제까지나 냉정할 것만 같았던 그의 눈동자가 눈에 띄게 흔들리고 있었다.

종제영은 그런 천우진을 놀란 눈으로 바라보았다.

'도대체 저 안에 무슨 내용이 적혀 있기에?'

그저 대충 훑어 내렸기에 그조차도 책자 안에 무슨 내용이 적혀 있는지 알지 못했다. 그저 천우경이 적은 일기라고 짐작할 뿐이다.

콰드득!

천우진의 손이 자신도 모르는 새 탁자를 파고들고 있었다.

*   *   *

언제나 두려웠던 아버지.

결코 흔들릴 것 같지 않던 그분이 힘겨워하고 있다. 철혈의 패도로 수많은 문파를 병탄하고, 가문을 반석 위에 올려놓은 분이 흔들리다니. 그러나 아버지는 나에게조차 자신의 속내를 털어놓지 않으신다.

도대체 무엇 때문인가?

무엇이 그분을 그토록 힘들게 하는가?

날짜조차 적혀 있지 않았다. 하나 책장의 색이 바랜 것으로
보아 꽤 오래전에 쓰였다는 것을 알 수 있었다.

천우진은 다시 책장을 넘겼다.

'악마'를 보았다고 하셨다.

자신이 버린 아이가 악마가 되어 돌아왔다고 하셨다.

그때 그분의 얼굴 표정을 어떻게 표현해야 할까? 자책과 분노
가 범벅이 된 그 표정을 어찌 말로 표현해야 할까?

철혈의 군주라고까지 불리던 분이 흔들리고 있었다. 도대체
무엇을 보았기에…….

그러나 끝내 그분은 말씀해 주지 않으셨고, 나는 가문의 무공
을 익히기 위해 다시 폐관에 들어야 했다.

그 후로는 천우경의 소소한 하루하루가 빼곡히 담겨 있었
다. 새벽에 일어나고, 수련을 하고, 소가주로서 익혀야 할 가
법과 지도자로서 쌓아야 할 역량을 공부하는 과정이 담담히
적혀 있었다.

파르르!

천우진의 손이 자신도 모르게 떨리고 있었다.

파락!

그가 다음 장을 넘겼다.

어머니께서 기어이 천가를 나섰다.

모든 것이 싫다고 하셨다. 인간미라고는 전혀 느껴지지 않는 이 비정한 대지가 싫다고 하셨다.

하하! 그럼 나는 어떡해야 한단 말인가? 이 비정한 가문을 이어야 할 사람인데. 나 역시 아버지와 마찬가지 길을 가야 하는데.

출성을 하시는 어머니께서 무심결에 하신 말이 있다.

아들을 두 번 잃기 싫다고. 그러니까 나만은 부디 몸조심하라고.

천가의 아들은 나 혼자만이 아니었던가? 그러나 어머니는 의문을 풀 기회를 주지 않고 밖으로 나가셨다.

어디로 가시려는가?

처음으로 언급된 어머니란 존재. 그러나 그에 대한 기술은 너무나 짧았다.

천우진은 빠른 속도로 책장을 넘겼다.

그가 어떻게 살아왔는지, 그가 어떤 신념으로 살아왔는지 눈에 환히 보였다.

그의 일생이 이 조그마한 책자에 담겨 있는 것이다. 이 책자를 통해 천우진은 천우경의 일생을 읽고 있었다.

빠른 속도로 책자를 넘기던 어느 순간 그의 시선이 딱 멈췄다.

아버지가 주화입마에 빠지셨다.

말도 안 되는 소리다. 아버지와 같은 절대고수가 주화입마에 빠지다니? 개도 안 웃을 소리다. 그러나 장로들은 주화입마라고 주장한다.

내 눈으로 직접 확인해야 한다.

내 눈으로 보아야 했다.

아버지는 한순간에 초라한 노인의 모습으로 변해 있었다. 그토록 강하던 분이 어찌 이렇게 되었단 말인가?

분명 음모다. 내가 알지 못하는 그 어떤 음모가 분명 존재한다.

모두가 나가고 나 혼자 남았을 때 아버지가 남은 힘을 모두 모아 입술을 달싹였다.

미안하다고……

나마저 위험에 빠지게 해서 정말 미안하다고…….

한 줄기 눈물을 흘리던 아버지.

그분이 말했다.

혹시 일신이 위험하다고 느끼면 금지의 악마에게 도움을 청하라고.

도대체 무슨 말씀을 하는 건가?

"크큭!"

천우진은 자신의 머리를 쓸어 올렸다.

당시가 생각났다.

천우진이 열일곱이 되던 해 그가 처음으로 탑에 들어왔다. 맹약에 따라 새로이 탑주가 된 자를 만나기 위해 천가의 가주가 들어온 것이다.

당시 천우진은 십아마경을 절반쯤 익힌 상태였다. 설익은 상태라 오히려 살기가 고양되고, 세상에 대한 증오로 가슴이 불타오르던 그런 때였다. 그런 그를 보고 천북패는 소악마 같다고 하였다.

무공만 보자면 당시 천북패가 천우진을 압도하고 있었다. 그러나 천우진이 가진 불가사의한 기질은 무공을 뛰어넘어 천북패의 심령을 불길하게 자극하고 있었다. 그래서 무심코 한 것이 악마 같다는 말이었다.

그는 무심코 한 말이었겠지만 천우진에게는 씻을 수 없는 상처가 되었다.

"당신은 죽을 때까지 나를 인정하지 않았군. 차라리 잘 죽었어."

천우진이 싸늘하게 중얼거렸다.

파락!

그가 다음 장을 넘겼다.

그분이 돌아가셨다.

거대한 산악처럼 영원할 것 같던 그분이.

천가가 슬퍼하고 있었다. 아니, 웃고 있는 자들도 있었다. 그들은 기회라 생각하며 웃고 있겠지.

가슴이 아파서 숨도 제대로 쉬지 못할 것 같았다.

그러나 나는 천가의 소가주다. 추호도 흔들리는 모습을 보여서는 안 되었다.

허리를 꼿꼿이 세워라. 당당하게 가슴을 펴라.

천우경, 너는 천가를 이어야 할 남자다. 추호도 흔들리는 모습을 보여서는 안 된다.

힘내라, 천우경.

마지막 부분에 얼룩 자국이 존재했다. 천우진은 그것이 눈물 자국이라 생각했다. 기어이 참고 있던 눈물 한 방울을 흘린 것이리라.

그분이 돌아가셨어도 나의 일상에는 변함이 없었다. 어찌 보면 잔인하리만치 똑같은 하루가 쳇바퀴처럼 돌아가고 있었다.

어머니에 대한 소식이 왔다. 어느 외진 곳의 암자에서 하루 종일 기도를 하며 살아간다고 하셨다. 천가를 나간 수년 동안 그렇게 살아오셨다고 했다.

그녀가 명복을 비는 대상은 아버지가 아니었다. 놀랍게도 나의 형을 위해 명복을 빈다고 했다.

나에게 형이 있었던가?

가슴 한구석이 뻥 뚫린 듯 시려 왔다.

그날부터 나는 천가의 모든 자료를 다 뒤졌다. 그리고 나와 같은 날, 같은 시에 태어난 쌍둥이 형이 있다는 사실을 알아냈다.

하하하! 나에겐 형이 있는데. 남들처럼 나에게도 형이 있는데 나는 그 사실조차 모르고 이십칠 년을 살아왔다.

나에게도 형이 있는데…….

내가 믿고 의지할 형이 있는데, 나는 그 사실조차 모르고 살아왔다. 하하하! 정말 바보 같구나, 천우경.

천우경의 당시 감정이 천우진에게 고스란히 전해지고 있었다. 천우진이 나직이 한숨을 내쉬었다.

다음 장을 넘기자 내용이 급변하고 있었다. 천우경의 공식적인 일상이 시작된 것이다.

—업무 수행 첫 번째 날.

그분을 대신해 업무를 대행하기로 했다. 말이 좋아 업무 대행이지, 꼭두각시나 다름없다.

나를 어디까지 몰아가려는가?

좋아, 지켜보지.

―업무 수행 세 번째 날.

나의 권한이 대폭 축소됐다.

저들은 나를 살아 있는 꼭두각시로 대하고 있다. 그들은 자신들이 공정하다는 사실을 보이기 위해 나를 이 자리에 세웠을 뿐, 실질적인 권한은 단 하나도 주지 않았다.

살아 있는 꼭두각시, 그것이 바로 나다.

―업무 수행 일곱 번째 날.

오장이 찢어지는 듯한 지독한 통증, 단장독(斷腸毒)인가?

재밌군! 이미 만독불침지신(萬毒不侵之身)에 이른 이 몸에게 단장독이라니. 이따위 단장독이야 한 번의 운기만으로 모두 날려 버릴 수 있는 나이거늘. 아직도 헛된 망상을 꿈꾸는 이들이 존재하는가 보군. 하긴 그것도 괜찮겠지. 약간의 긴장은 일상에 조그만 활력이 되어 줄 테니까.

―업무 수행 여덟 번째 날.

서른두 명의 암살 시도, 그중 한 명이 나의 왼팔에 상처를 냈다. 금강불괴지신에 가까운 이 몸에 상처를 내다니. 서역에서만 난다는 금장혈괴(金仗血塊)로 만든 무기란 말인가? 그냥 웃음으로 넘길 일이 아니다. 금장혈괴는 전설상의 금속으로 절대고수들을 사냥하기 위해 신이 내렸다는 마물(魔物)이기에.

—업무 수행 열 번째……

천우경이 어떻게 함정에 빠지고 고립되었는지 담담히 적혀
있었다. 천우경은 마치 남의 일인 양 그 모든 고통을 담담히
소화하고 있었다.

"이렇게 살아왔던가? 이것이 네가 살아온 인생이던가? 내
동……생아."

처음으로 천우진은 천우경을 동생이라고 불렀다.

믿었던 심복이 바뀌고, 가장 믿었던 여인에게까지 처절한 배
신을 당한 그 모든 과정이 천우진의 피를 끓게 만들고 있었다.

어느새 천우진의 손은 책의 마지막 장을 향해 넘어가고 있
었다.

형을 보러 간다.

면목 없는 일이지만, 그래도 내가 믿을 수 있는 사람은 형밖에
없다. 이십칠 년 동안 헤어져 있던 형.

어떻게 변했을까?

어떤 모습으로 있을까?

나를 반겨 줄까?

반겨 주지 않으면 어떠한가? 홀로 어둠 속에서 수많은 세월을
살아왔을 형이다. 그나마 나는 호사를 누리고 살아오지 않았는

가? 어떻게 그를 위로해야 하는가?

아니다. 내가 형을 찾는 것은 지극히 공적인 일. 천가를 부탁해야 한다. 이십칠 년 만에 처음 만나는 형에게 나는 그렇게 잔인한 부탁을 해야 한다.

미안해, 형. 정말 미안해!

나는 고지식하고 융통성이 없어 보고 싶단 말도, 사랑한단 말도 못할 것 같아.

나 역시 비정한 천가의 핏줄을 타고 태어났거든, 형을 버린 그 비정한 핏줄을.

"바보 같은……."

하하! 형을 봤다.

마치 마신(魔神)인 양 어둠에 물들어 있던 형을 봤다. 형은 정말 강하다. 내가 이제껏 보아 왔던 그 누구보다 강하다.

예상대로였다.

형은 천가를 부정하고 있었다. 허나 형을 원망하지 않는다. 나도 형처럼 살아왔으면 그 이상으로 잔인해졌을 것이다.

형에게 잔인한 부탁을 했다.

천가를 지켜 달라고. 당신을 버린 비정한 가문을 지켜 달라고.

미안해, 형!

처음 만난 형에게 이렇게밖에 말할 수 없어서.

정말 미안해. 하지만 나는 나의 죽음 이후를 대비해야 해. 나의 죽음 이후 혼란에 빠지게 될 천하를 걱정해야 해. 그게 천가의 업보야.

미안해, 정말 미안해!

이 죄, 죽어서도 사죄할게.

책장 곳곳에 눈물이 얼룩져 있었다.

이 글을 쓰면서 수없이 눈물을 흘렸을 그 모습이 떠올랐다.

"나에게 그런 모진 냉대를 받으면서도 너는……."

어느새 천우진의 눈가가 붉게 물들어 있었다.

자신의 손에 피를 흩뿌리면서도 천가를 부탁하던 천우경의 모습이 떠올랐다.

"천가의 핏줄은 너무나 고지식하다. 차라리, 차라리……."

부러질지언정 휘지 않는 그 핏줄이 자신의 속내마저 마음 편히 드러내지 못하도록 만들었다.

그 때문에 천가의 핏줄들은 너무나 많은 아픔을 숨기고 살아간다.

천우진은 마지막 장을 넘겼다.

이제까지와는 전혀 다른 문체로 쓰여 있는 종이 한 장. 천우진은 그것이 동생이 자신에게 보낸 마지막 편지라는 사실을 한눈에 알아봤다.

미안해, 형.

난 이제 홀로 죽음의 길을 가야 해.

너무 내 생각만 했던 것 같아.

그래, 어쩌면 형의 말대로 여기서 천가의 업보를 끝내는 것이 오히려 좋을 수도 있어. 형은 영원히 이런 내 마음을 알 수 없겠지.

형을 사랑해. 형이 나를 부정하더라도 나마저 형을 부정할 수는 없잖아. 형은 누가 뭐래도 나의 유일한 혈육이니까.

나는 형이 조금은 더 행복해졌으면 좋겠어. 그렇게 어둠 속에서 홀로 사는 게 아니라 다른 사람들과 어울리면서 그렇게 평범한 행복을 영위했으면 좋겠어.

괴롭혀서 미안해, 형. 이제 나는 죽음의 길을 가야 해. 그래서 상념이 많아졌어.

폐관수련…… 그것은 사형을 기다리는 죄수의 마지막 의식과 다를 바가 아니야.

아마 폐관수련이 끝나 갈 때쯤이면 나의 육신 역시 거의 회복 불능의 상태에 있을 거야. 다른 경쟁자들이 멸혼관을 통과하더라도, 나는 그러지 못할 거야. 구주천가의 수많은 이들이 지켜보는 앞에서 나는 후계자로서 나의 능력을 증명해 보여야 하지.

허나 내 몸을 갉아먹어 가고 있는 수많은 독들은 나의 무공을 거의 빼앗을 것이고, 나는 그야말로 혼자 힘으로 서 있을 기력도 없겠지. 그리고 수많은 이들이 보는 앞에서 화려하게 죽겠지.

내가 죽는 것은 두렵지 않아.

하지만 그로 인해 천가가 욕을 얻어먹을 생각을 하면 죽어서도 눈을 감을 수 있을 것 같지 않아.

아니, 두려워.

홀로 죽음의 길을 향해 걸어가야 한단 사실이 두려워. 아무도 내 죽음을 슬퍼해 주지 않을 거란 생각에 가슴이 아파.

누가 나를 기억해 줄까?

누가 나 천우경이 세상을 살다 갔다는 사실을 기억해 줄까?

혼자란 것은 이렇게 두려운 것이구나.

형은 그렇게 수많은 세월을 혼자인 채 살아왔구나.

얼마나 두려웠을까? 얼마나 무서웠을까?

미안해, 형.

형을 정말 귀찮게 해서.

이제 폐관수련을 위해 암동에 들어갈 시간이야.

형에게 작별 인사조차 제대로 하지 못하고 가는 나를 용서해.

이 글을 과연 훗날 형이 읽을 수 있을까?

하하! 부질없는 욕심, 모두가 나의 욕심에 불과해.

나는 마지막까지도 한 가닥 희망의 끈을 놓고 싶지 않은 것인가? 정말 이기적이구나, 천우경.

콰드득!

천우진의 손이 탁자를 파고들고 있었다.

"너는 정말 바보 같구나. 정말 바보 같아."

어느새 그의 눈은 실핏줄이 터져 붉게 번들거리고 있었다.

천우경의 일기가 그의 가슴을 울리고 있었다. 차갑게 식었다고 생각했던 그의 가슴이 어느새 뜨겁게 뛰고 있었다.

"죽으러 간다고? 홀로 죽으러 간다고? 그럼 사과는 해야 할 것 아니더냐? 죽지 못한다. 나에게 사과를 하기 전까지 너는 죽지 못한다. 누가 네 삶을 그리 멋대로 포기하게 내버려 둘 것 같으냐?"

책장 곳곳이 눈물에 젖어 있었다.

자신이 죽을 줄 알고 쓰는 일기다.

얼마나 외로웠을 것인가? 누구도 그에게 도움의 손길을 내민 적이 없다. 심지어 형이라던 자신조차 그를 부정했다.

그 얼마나 외로웠을 것인가?

눈물을 흘리면서 얼마나 가슴 아팠을 것인가?

정말 바보다. 천가의 핏줄은 정말 바보다.

"내 허락 없이 네 마음대로 죽을 수 있을 것 같으냐?"

천우진이 몸을 일으켰다.

제6장

……내가 살겠다

"크윽!"

천우경의 미간이 고통으로 찌푸려졌다.

흐릿한 횃불만이 은은한 빛을 발하는 암동에서 그는 고통에 신음하고 있었다. 벽면을 따라 수많은 무공기서들이 존재하고 있었다. 평범한 삼재검(三才劍)에서부터 오래전부터 강호에서 명멸해 갔던 수많은 무공들이 암동에 존재했다.

암동은 오래전부터 천가의 후계자들에게만 개방되어 왔던 무고(武庫)로, 몽혼벽(夢魂壁)이라는 석벽 안에 존재했다. 이 곳에서 후계자들은 자신에게 맞는 무공을 찾아 익히고 고된 수련을 해 왔다.

수없이 많은 무공 비급이 존재하지만, 안에 머물 수 있는 시간에는 한계가 존재하기에 익힐 수 있는 무공 비급 역시 한계가 존재했다. 그렇기에 암동에 들어온 후계자들은 자신에게 주어진 시간을 최대한 활용해 무공 수련에만 몰두했다.

아마 지금쯤 천우경과 똑같은 시기에 암동에 들어온 다른 후계자들은 각자에 맞는 무공을 찾아 익히고 있을 것이다. 그들은 자신들에게 찾아온 구주천가의 가주 자리를 결코 놓치려 하지 않았기에.

그러나 천우경은 달랐다.

그는 하루하루 죽어 갔다. 그의 몸 안에 잠복하고 있는 수많은 독들은 그의 생명을 하루하루 갉아먹어 가고 있었고, 그가 입은 외상은 그에게 지독한 고통을 안겨 주고 있었다. 천우경은 혼신의 힘을 다해 그 모든 통증을 인내했지만, 입을 타고 흘러나오는 신음성마저 억누르지는 못했다.

"으음!"

이미 그의 전신은 식은땀으로 후줄근하게 젖어 있었다.

무공 수련은 엄두도 낼 수 없었다. 억지로라도 공력을 운용하지 않으면 독이 활동한다.

만독불침을 자부하던 그의 신체는 수많은 독들의 공격에 이미 만신창이가 되어 있었다. 만독불침의 신체조차 무너트린 가공할 용독술(用毒術). 극한의 고통 속에서도 천우경은 누가 이렇듯 가공할 독술을 사용했는지 궁금했다.

"후후, 아마도 독의 조종이라고 불러야겠지. 그가 누구든 간에 나를 중독시켰다면 그 어떤 이도 그의 죽음의 손길을 피할 수 없을 것이다."

천우경의 얼굴에 우울한 웃음이 어렸다. 고통으로 일그러진 웃음이었다.

부르르!

갑자기 손이 떨려 왔다.

"또?"

천우경의 동공이 급속도로 확장되었다.

단장(斷腸)의 고통이 예고도 없이 찾아왔다. 이제까지 간헐적으로 느껴지던 고통과는 차원이 다른 아픔이 그의 얼굴을 한껏 일그러지게 만들었다.

"끄으!"

악다문 이빨 사이로 고통의 신음성이 새어 나왔다. 그의 목에 굵은 핏줄이 서더니 기어이 눈의 실핏줄이 터지며 붉게 충혈됐다.

내장을 하나하나 끊어 내는 것만 같은 지독한 고통. 머릿속이 하얗게 지워지는 것 같았다.

천우경은 혼신의 힘을 다해 공력을 운용하려 했다. 공력을 운용해 발작한 독을 제어하려 했다. 그러나 제어하려 하면 할수록 더욱 지독한 고통이 찾아왔다.

'끄으! 차, 차라리 이대로 죽었으면……'

너무나 지독한 고통에 이대로 모든 것을 포기하고 싶다는 생각이 들었다.

그냥 공력만 해제하면 됐다. 공력이 해제되는 순간 독은 그의 심장과 뇌를 공격할 것이고, 그러면 이 지긋지긋한 고통에서 손쉽게 해방될 수도 있을 것이다. 너무나도 쉬운 일이었다. 그러나 고통에 몸부림치면서도 천우경은 그러지 못했다.

'이 고통의 끝에 허무한 죽……음이 기다린다고 해도 나는 결코 생의 끈을 스스로 놓을 수 없다. 크윽!'

이 폐관수련이 끝나면 자신을 기다리는 것은 허무한 죽음뿐이라는 사실을 잘 알고 있었다.

그들은 자신을 구경거리 삼아 화려한 죽음을 내릴 것이다. 구주천가의 시대에 종말을 고하는 제물로 말이다. 천우경의 죽음은 내내 회자될 것이다. 구주천가의 마지막 후계자로.

그 사실을 알기에 천우경은 더더욱 마지막 끈을 놓을 수 없었다.

이 끝에 죽음밖에 없다고 하더라도 싸울 것이다. 그는 그렇게 태어났고, 그렇게 교육받았다.

부들부들!

발작이 막바지에 다다르면서 그의 몸이 활처럼 휘어지며 경련을 일으켰다. 온몸의 혈관이란 혈관이 모조리 일어서서 금방이라도 밖으로 튀어나올 듯했다.

"끄으으!"

천우경의 잇몸 사이로 붉은 선혈이 흘러내렸다.

그의 전신에서 악취가 풍겨 나왔다. 모공 사이로 독기가 흘러나오는 것이다. 그가 뒹군 자리가 미세하게 녹아내리고 있었다. 이미 그의 몸에 흐르는 피는 가공할 독혈이라고 해도 과언이 아니었다.

찌직!

고통과 가려움에 못 이긴 천우경이 몸을 긁자 피부가 벗겨져 나갔다.

"크으! 제, 젠장! 차라리, 차라리 이대로 죽었으면……. 으아아!"

그의 처절한 외침이 암동을 울렸다.

그의 뺨을 따라 굵은 눈물이 흘러내리고 있었다. 세상에서 가장 외로운 길을 걷고 있는 남자가 고통에 울고 있었다. 그러나 누구도 그의 울음을 듣지 못하고 있었다.

아무도 없는 공간, 누구도 관심을 가져 주지 않는 공간에서 천우경은 그렇게 고통에 몸부림치고 있었다.

"혀, 혀엉!"

혀가 꼬여 발음이 불분명한 소리로 그는 누군가를 애타게 부르고 있었다.

시간이 얼마나 흘렀을까?

천우경이 눈을 떴다.

흔들리는 횃불이 그의 눈을 아프게 했다. 그의 눈에서는 어느새 진물이 흐르고 있었다.

머칠이 흘렀는지 알 수 없었다. 지금 천우경이 확실히 알고 있는 사실은 자신의 온몸에 힘이 하나도 없다는 것뿐이었다. 단지 느낌만 있을 뿐, 몸을 움직일 힘이 그에겐 존재하지 않았다.

"크크! 또다시 무공이 소실된 것인가?"

천우경이 키득거렸다.

한 번씩 발작할 때마다 그의 무공은 소실되고 있었다. 발작을 제어하는 데 사용된 공력은 마치 밑 빠진 독에 빠진 듯 두 번 다시 돌아오지 않았다.

무인의 생명이랄 수 있는 무공이 소실되고 있는데도 천우경은 허탈하게 웃을 수밖에 없었다.

"정말 최악이군. 이런 상태로 밖에 나가야 한단 말이지? 시간이 얼마나 지났을까? 한 달, 두 달? 어쩌면 석 달이 모두 지났을지도 모르지."

발작의 여운인가?

천우경은 유난히 몸이 가볍다고 생각했다.

어쩌면 회광반조(回光返照)의 현상일지도 모른다. 그런 생각이 들었다. 죽음을 눈앞에 두고 마지막으로 거세게 일어나는 생명의 불길.

단 한 번의 불길을 피우고 사그라져 갈 운명.

천우경은 쓸쓸한 미소를 지으며 몸을 일으켰다. 볼품없이 삐쩍 마른 자신의 육신이 보였다. 그새 근육으로 덮여 있던 그의 몸은 앙상한 뼈마디를 보이고 있었다. 또한 그의 피부는 은은한 검은색으로 변질되어 있었다.

언제 죽어도 이상하지 않은 상태였다. 그런데도 아직까지 살아 있다는 것은 한 가지 사실을 의미했다.

"구주천가의 시대에 종지부를 찍기 위해 나의 공개적인 죽음이 필요할 터. 그렇기에 아직까지 살려 둔 거겠지."

분했다.

모든 것이 자신을 노린 함정이란 사실을 알고 있는데, 이렇게 속수무책으로 당해야 한다는 사실이 그를 무기력하게 만들고 있었다.

"이럴 때 그가 도와준다면, 형만 움직여 준다면……. 하하!"

그의 입술을 뚫고 뒤틀린 웃음소리가 흘러나왔다.

그것이 실현 불가능한 소원이란 것 정도는 그 자신도 알고 있었다. 그래도 일말의 가능성에 희망을 거는 것이 인간이란 존재였다. 그것은 천우경 역시 마찬가지였다. 그래서 아직까지 모진 목숨을 이어 가는 것이다.

천우경은 자신이 비겁하다고 생각했다.

그가 존재한다는 사실을 알았을 때도 그는 곧바로 움직이지 않았다. 자신이 위험에 처하고 나서야 그를 찾았다. 마치 구원을 바라는 인생의 낙오자처럼 말이다. 그런 자신이 혐오스럽게 느껴졌다. 그러나 지금 그는 너무나 무기력했다.

"크크큭!"

그의 메마른 웃음소리가 암동 안에 울려 퍼졌다.

*   *   *

수많은 사람들의 기대 속에서 멸혼관의 일정이 가까워졌다. 폐관수련을 하고 있던 후계자들이 속속 폐관을 깨고 나오기 시작했고, 구주천가는 멸혼관을 준비하는 일로 갑자기 바빠졌다.

구주천가 내에 멸혼관에 관한 수많은 이야기가 나돌기 시작한 것도 바로 이때였다.

적화원의 반무상이 가장 강하다느니, 자미원의 혁련청화가 두각을 나타낼 것이라든지, 혹은 백운원의 서문진기가 발군의 실력을 발휘할 것이라든지 등의 수많은 이야기가 떠돌아다녔다. 그러나 흑무원의 천우경을 이야기할 때면 많은 사람들이 우울한 얼굴로 입을 다물었다.

비록 고급 정보에서 소외된 자들이지만, 그들 역시 천가 내부의 분위기가 심상치 않게 돌아간다는 사실 정도는 충분히 알고 있었다. 그리고 천우경이 얼마나 철저하게 소외되어 있는지도 말이다.

구주천가의 무인들을 이끄는 수뇌부들은 멸혼관을 주시하고 있었다. 멸혼관에서 발군의 성적을 거둔 자가 차후에 가주위를 승계할 가능성이 커지기 때문이다. 그들은 자신들이 선을 댈 후계자들을 이번 멸혼관을 통해 가늠하려 하고 있었다.

"어쩌다······."

"누가 아니라는가. 위대한 구주천가가 어쩌다 이 모양이 되었는지."

식사를 하는 자리에서 사람들의 웅성거림이 흘러나왔다. 그들 대부분은 구주천가의 하급 무사들이었다.

예전의 그들은 구주천가 소속이라는 강한 자부심을 가지고 있었다. 단지 구주천가에 속해 있다는 이유만으로도 밖에 나가면 한없이 당당해질 수 있었다.

천하제일의 세가, 천하를 지배하는 거대문파 소속이라는 자부심이 그들의 정신을 강하게 만드는 측면도 있었다. 그러나 최근에 구주천가의 수뇌들이 보이는 작태는 그들의 그런 자부심을 흔들리게 만들고 있었다. 때문에 삼삼오오 모이는 자리에서 흘러나오는 목소리에는 탄식이 섞여 있을 수밖에 없었다.

하급 무사들 사이에 유난히 눈에 띄는 사람이 있었다.

파르르 깎은 민대머리와 장대한 거구가 인상적인 삼십 대 초반의 남자였다. 회색의 승복을 입은 것으로 보아 중이 분명한데 그가 먹고 있는 것은 고깃덩어리가 둥둥 떠 있는 국밥이었다.

후루룩!

게걸스럽게 국밥을 마시며 틈틈이 옆에 있는 술병을 들이켜는 승려의 모습에도 사람들은 개의치 않았다. 이미 오래전부터 승려는 이곳에 있었고, 그가 고기와 술을 먹는 모습 또한 일상적인 모습이었기 때문이다. 언제부터인지 모르지만 그는 이곳의 풍경과 동화되었고, 누구도 그에게 의문을 품지 않았다. 그만큼 이곳에 잘 어울리는 사람도 드물었다.

반승(半僧), 사람들은 그를 두고 반승이라 불렀다. 반만 승려라는 뜻이었다. 그리고 반승은 그런 자신의 호칭을 무척 마음에 들어 했다. 자신에게 무척 잘 어울린다면서 말이다.

술과 고기를 마시면서 사람들의 이야기에 귀를 기울이는 반승. 그의 눈이 빛나고 있었다.

'영원히 흔들릴 것 같지 않던 천가의 철옹성에 균열이 가고 있다. 정말 대단하구나. 이토록 엄청난 천가의 근원을 뒤흔들다니.'

그의 얼굴은 어둡기 그지없었다.

본래 그는 구주천가의 구성원이 아니었다. 그의 근원은 구주천가 밖에 존재하고 있었다.

그의 사문(師門)은 그에게 구주천가의 견제를 원했다. 그러나 그가 구주천가에 들어와서 본 것은 세상을 지배하는 오만한 모습이 아니라 수많은 암투와 모략에 힘들어 하는 거인의 모습이었다. 수많은 상처에 힘들고 지쳐 금방이라도 쓰러질 것만 같은 거인, 그것이 그가 보는 구주천가였다.

'과연 천가가 회생할 가능성이 있을까? 천가의 소가주 천우

경은 분명 대단한 인재지만, 그의 역량으로 현재의 난국을 헤쳐 나가기엔 부족하다.'

그는 오랫동안 천우경을 관찰해 왔다.

천우경은 광명정대한 심성의 소유자였다. 평화 시에는 누구보다 가문을 잘 이끌어 갈 수 있는 능력을 가진 남자지만, 지금과 같은 수라장을 헤쳐 나가기에는 역부족이었다.

'자신의 친혈육이라도 아무렇지 않게 숙청할 수 있는 독심과 한번 적이라고 인식한 자를 끝까지 처단하는 집요함, 그리고 어떤 모략에도 대항할 수 있는 귀계를 가진 자만이 현재의 난국을 헤쳐 나갈 수 있을 터. 허나 그런 자가 과연 당금 강호에 존재할까? 그리고 그런 자가 존재했다면 과연 천가가 지금 이렇게 몰락했을까? 나는 그런 자가 나오지 않길 바란다. 하지만 한편으로는 보고 싶기도 하다.'

그것은 호랑이 새끼를 바라보는 자의 심정이기도 했다. 훗날 야수로 자라날 것을 뻔히 알면서도 당장 자신이 제어할 수 있다는 자신감에 방치를 하는.

그러나 길들일 수 있다면 그것은 야수가 아니었다. 야수는 결코 길들여지지도, 제어되지도 않기에.

'어쨌거나 그런 자가 존재할 리 없을 터. 이제 슬슬 천가를 떠나야 할 시기가 도래한 것인가?'

천가가 더 이상 천하에 위협이 될 수 없다는 판단이 들었다. 천가는 더 이상 예전의 천가가 아니었다. 이빨 빠진 호랑이를 관찰하는 데 더 이상 시간을 소요할 수 없었다.

'천가를 분열시키는 힘이 있다. 차라리 그 근원을 추적하는 것이 오히려 천하를 위해 나을 듯하구나. 안타깝구나, 천가여······.'

그의 눈빛엔 천가에 대한 애증이 교차하고 있었다.

비록 독재에 가까웠지만, 그래도 천하를 지탱하던 큰 힘 중 하나가 구주천가라는 사실은 부인할 수 없었다. 그런 천가가 무너지길 바랐지만, 이렇게는 아니었다. 천가를 무너트린 암운이 어디로 향할지는 불 보듯 뻔했다.

'멸혼관을 마지막으로 본 후 천가를 떠나야겠구나.'

벌컥벌컥.

그가 술병을 거칠게 들이켰다.

천우경은 담담한 얼굴을 하고 있었다.

예전의 그는 매우 탄탄한 근육을 가지고 있었지만, 지금의 그는 무척이나 초췌한 모습에 근육이 모두 빠져 볼품없는 몸을 하고 있었다. 얼굴의 살 또한 홀쭉하게 빠져 광대뼈가 도드라져 나온 그의 모습에서 예전의 그를 떠올린다는 것은 거의 불가능한 일이나 마찬가지였다.

그러나 지금 이 순간 그의 눈은 그 어느 때보다 담담하게 가라앉아 있었다.

더 이상 고통도, 마음의 갈등도 느껴지지 않았다.

죽음을 받아들이는 그 순간부터 그의 마음은 명경지수처럼 맑아졌고, 자신의 육신을 관조할 수 있었다. 전서를 통해 멸혼관의 일정이 앞당겨졌다는 사실을 들었을 때도 그는 웃을 수 있었다. 어차피 죽어 가는 육신이었다. 단지 일정이 조금 앞당겨졌을 뿐이다.

그래도 조금은 서글프다는 생각이 들었다.

자신의 나이 이제 스물일곱, 젊다면 너무 젊은 나이였다.

'그래도 형이 살아갈 테니까. 나와 같은 피를 나눈 그가 내가 바라본 세상을 살아갈 테니까.'

그의 입가에 처음으로 푸근한 미소가 걸렸다.

생각해 보면 신기한 일이었다.

처음 그를 봤을 때는 정말로 두려웠다. 자신과 같은 얼굴을 하고 있는 이가 그렇게 무서울 줄은 정말 상상도 하지 못했다.

그 냉혹함, 그 압도적인 존재감에 살이 떨려 왔다. 그런 그를 향해 자신의 생각을 말했다는 것이 정말 용할 정도였다. 그 후로도 천우진은 상상하지 못할 냉혹함으로 그를 대했다. 아마 생전 처음 보는 남이라 할지라도 그렇게 냉혹하게 대할 수는 없을 것이다.

그런데…… 그렇게 두려운데 이상하게도 그를 생각할 때면 입가에 미소가 어렸다. 그것이 혈육의 힘인가 싶기도 했다.

천우진을 생각하며 천우경은 웃었다.

그렇게 한참 웃고 있을 때 갑자기 머리 위의 야명주 하나가

빛을 발했다.

"출관할 시간인가?"

출관을 알리는 야명주였다. 보통은 수련자 스스로 폐관을 깨고 나서지만, 간혹 안에서 시간의 흐름을 망각하는 자들이 존재한다. 그런 자들을 위해서 야명주는 세 차례에 걸쳐 빛난다. 폐관수련에 든 자는 자신의 성취가 미약하다 생각되면, 두 번까지 출관을 미룰 수 있었다. 하지만 세 번째 야명주가 빛나면 반드시 밖으로 나가야 했다. 세 번째 야명주가 빛을 발했는데도 나오지 않는다면 도전이 두려워서 스스로 포기한 것으로 간주한다. 그런 자들은 영원히 천가의 하늘 아래 얼굴을 들고 다닐 수 없을뿐더러, 엄중한 법도에 의해 처분 받는다. 그것이 천가의 법도였다.

"그토록 나의 최후를 원하는가? 후후후!"

천우경이 자조적인 미소를 지었다.

아직 그에겐 두 번의 기회가 남아 있었다. 그가 원한다면 나머지 야명주가 빛날 때까지 여기에 남아 있을 수 있었다. 그렇게 한다면 최소한 며칠은 더 살 수 있을 것이다. 그러나 천우경은 그러지 않았다.

어차피 죽어야 한다면 당당하게 죽고 싶었다. 구차하게 목숨을 연명하는 것은 결코 그가 원하는 바가 아니었다.

천우경은 힘겹게 자리에서 일어나 하나씩 옷을 벗기 시작했다. 그러자 볼품없이 마른 그의 몸이 어슴푸레한 불빛 아래 모

습을 보였다. 온갖 독에 중독된 그의 몸이 유난히도 검은빛을
내고 있었다.

천우경은 걸치고 있던 옷을 모두 벗은 다음 미리 준비해 둔
옷을 정성스럽게 걸치기 시작했다.

그가 좋아하는 순백의 옷이었다. 순백의 바지, 순백의 상의
를 걸치고, 마찬가지로 순백의 요대를 허리에 찬 후 마지막으
로 순백의 장포를 걸쳤다.

시커멓게 변색된 그의 얼굴과 유난히도 대비되는 복장이었
다.

천우경은 걸음을 옮겼다.

쿠쿠쿠!

그의 앞을 가로막은 무거운 석문이 둔중한 소리와 함께 움
직였다.

'이제 저 문을 나서면 나는 멸혼관으로 향해야 한다. 그곳
이 나의 무덤이 될 것이다.'

쿵!

마침내 문이 열렸다. 그러나 천우경은 걸음을 옮기지 못했
다. 문밖에 서 있는 자신의 모습을 보았기 때문이다.

"형?"

*　　　*　　　*

그는 천우진이었다.

마치 칠흑처럼 검은 장포를 걸치고 있는 그가 천우경을 바라보고 있었다. 어떻게 금지에서 나왔는지 모르지만, 그가 천우경이 있는 곳으로 나온 것이다.

"혀, 형……님이 어떻게?"

자신도 모르게 천우경이 물었다. 그러나 돌아온 것은 천우진의 냉혹한 대답뿐이었다.

"밖으로 걸음을 옮기면 너는 분명히 죽을 것이다. 밖에 있는 것들은 온통 너의 죽음을 고대하고 즐길 준비를 하고 있다. 그런데도 밖으로 나갈 것이냐?"

"알고 있습니다."

"알고 있는데도 간단 말이냐?"

"그래도 내가 가야 할 길이니까. 천가의 소가주로서 자신의 존재를 증명해야 하는 자리를 빠질 수는 없으니까. 내가 빠진다면 모두들 그럴 것 아닙니까? 천가의 이름에 먹칠을 한 겁쟁이가 나왔다고. 나로 인해 천가가 그런 이야기를 듣게 할 수는 없습니다."

"그게 중요한 것이냐? 너의 목숨이 더 중요한 것 아니더냐?"

천우진은 화를 내고 있었다.

스스로 죽음의 길을 향하는 어리석은 동생에게 화를 내고 있었다.

어찌 이다지도 어리석단 말인가? 어찌 이다지도 맹목적이란 말인가?

그러나 돌아온 천우경의 대답은 또 한 번 천우진의 예상을 벗어나고 있었다.

"나도 살고 싶어. 나도 꿈을 펼치고 싶고, 찬연한 햇빛을 조금 더 즐기고 싶어. 그러나 어쩔 수가 없잖아. 피할 수도 없잖아. 나의 생명은 이제 얼마 남지 않았는걸. 그 시간을 더 살고자 비겁해질 수는 없잖아."

천우경의 말은 어느새 반말로 변해 있었다. 그러나 듣는 쪽도 말하는 쪽도 전혀 개의치 않았다.

"그럼 치료 방법을 찾아야지."

"소용없어. 너무나 많은 독이 복합되고 뒤섞여 상승작용을 일으켰어. 나에게 시간이 더 있었다면 어찌 살아 볼 방법을 찾아볼 수도 있었을 거야. 하나 그러기에는 시간이 너무 촉박해."

죽음을 향해 달려가고 있는 자신의 육체. 그러나 어떤 의학 서적에도 자신을 살릴 수 있는 방도는 나와 있지 않았다.

"모르지, 서천환희궁(西天歡喜宮)에만 존재한다는 불사의 묘약이라도 있다면 살 수 있을지. 하지만 정말로 서천환희궁이 존재하는지도 모르는데, 그런 약이 실재할지 알 수도 없잖아. 결국 내가 선택할 수 있는 것은 무인으로서의 죽음뿐이야."

"왜 그렇게 고지식한 것이냐? 조금은 더 융통성을 발휘해도 될 것을."

"그렇게 살아왔으니까. 태어난 그 순간부터 그렇게 교육받고, 그렇게 살라고 배웠으니까. 그래서 어쩔 수 없어."

"천가, 천가, 그놈의 천가가 무엇이라고 너의 목숨을 그렇게 헛되이 버리려느냐?"

"형에겐 그까짓 천가겠지만 나에겐 모든 것이야. 내가 태어나고, 내가 자라나고, 내가 살아온 공간이야. 그리고 내가 지켜야 할 공간이야. 형에겐 개죽음으로밖에 보이지 않겠지만, 이것이 천가를 위한 일이라면, 그리고 천하를 위한 일이라면 기꺼이 죽음을 맞이할 거야."

당당한 외침이었다. 그 누구보다 대장부다운 모습이었다. 그러나 천우진의 귀에는 천우경의 울음으로 들리고 있었다. 그의 절규가 천우진의 마음을 온통 뒤흔들고 있었다.

"그래서 죽겠다는 말이냐? 죽을 줄 뻔히 알면서 그 길로 가겠다는 것이냐?"

"그럼 어떡해? 그 길밖에 없는데. 내가 선택할 길은 그것밖에 없는데. 아버지도 돌아가시고, 어머니도 계시지 않고, 형마저도 나를 쳐다봐 주지 않는데 내가 어떡해. 내 능력으론 여기까진걸. 아무리 발버둥 치고, 몸부림쳐도 끝이 없는 늪에 빠진 것처럼 나는 헤어 나올 수 없는 함정에 빠졌는데. 어떡하라고? 이 이상 나보고 어떡하라고?"

천우경이 울고 있었다. 그의 뺨 위로 어느새 굵은 눈물이 흘러내리고 있었다. 천하에서 가장 외로운 사내의 처절한 외침이었다.

그런 천우경을 바라보는 천우진의 얼굴이 벌겋게 달아오르고, 심장이 격렬하게 요동치고 있었다.

지금 천우경은 천우진에게 어리광을 부리고 있었다. 정말로 의지하고 싶었는데, 힘들다고 이야기했는데도 외면한 형에게 그는 투정을 부리고 있었다.

형이기에, 하나뿐인 형이기에 천우경은 어린 동생으로 돌아갈 수 있는 것이다.

천우경이 고개를 숙였다.

"나에겐 이 길밖에 없어. 내가 선택할 수 있는 길은 이것밖에 없어."

"아니다. 다른 길도 분명 존재할 것이다."

"찾아보면 그럴 수도 있겠지. 하지만 현재 나에게 주어진 길은 이것밖에 없어. 최대한 독을 억제하면…… 정말 혼신의 힘을 다하면 일 년은 더 살 수 있을지도 모르지. 목내이처럼 침상에 누운 채 아무것도 하지 못한 채 그렇게 살 수도 있을 거야. 깊은 망각의 늪에 빠진 채 간신히 숨을 이어 가는 삶. 하지만 그런 삶은 무인의 삶이 아니잖아. 그저 숨만 쉬는 것일 뿐, 살아 있는 게 아니잖아."

"너는 어찌 그리 맹목적인 것이냐?"

"천가니까. 천가의 고집스런 피를 이어받았으니까. 형……처럼."

그 순간 천우진은 처연한 천우경의 눈을 볼 수 있었다. 뿌옇게 습막이 어린 슬픈 눈동자가 그의 가슴을 아프게 했다.

"형에게 더 이상 부탁하지 않을게. 그러니까 형도 나를 더 이상 막지 마. 나는 어차피 더 이상 살 수 없어. 죽는다면…… 죽어야 한다면 무인으로 당당하게 죽고 싶어. 내 의지대로 살 수 없었지만, 죽음만큼은 무인으로서 당당하게 맞이하고 싶어."

"너는……."

천우진의 눈이 시뻘겋게 달아올랐다.

자신의 죽음 앞에서도 당당한 동생의 모습이 천우진의 가슴을 움직이고 있었다. 평생 이기적으로 살아온 그의 가슴에 무언가 울컥하고 올라오는 것이 있었다.

천우경이 미소를 지은 채 천우진을 지나쳐 가며 말했다.

"형, 내 삶은 여기까지야. 정말 미안하지만 뒤를 부탁할게. 형이 아닌 누구에게도 부탁할 수 없어."

"……."

"이제 그만 나가 봐야 해. 시간이 다 되었거든."

저벅저벅!

그의 발걸음 소리가 점점 멀어지고 있었다.

동생이 죽음을 향해 걸어가고 있었다. 그만큼 천우진의 얼굴이 일그러지고 있었다.

동생이 사지(死地)로 가고 있었다.

승냥이 같은 자들이 환호를 하며 기다리는 죽음의 연극 무대로 걸어가고 있었다. 그 속에서 그는 갈가리 찢기고 해져 죽어 갈 것이다.

자신의 동생이…….

꾸욱!

천우진의 주먹에 굵은 힘줄이 돋아 나왔다.

그의 입에서 거칠고 탁한 목소리가 흘러나왔다.

"너는 죽지 않을 것이다."

"……."

천우경이 뒤를 돌아봤다.

"일 년밖에 살 수 없다고? 목내이처럼 그렇게 숨을 쉴 수밖에 없다고? 그렇다면 충분해."

"형……."

"그렇게라도 살아라. 내가 반드시 살려 주마. 일 년 후에 반드시 살려 주마. 대신……."

천우진의 눈에 냉혹한 빛이 떠올랐다.

세상 모든 어둠을 짓누르는 죽음의 사신이 눈을 뜨고 있었다. 그가 천우경의 수혈을 짚었다.

'혀…… 형.'

천우경의 시야가 흐려졌다. 수마(睡魔)가 그를 덮쳐 오고 있었다. 그는 정신을 차리려 했지만 그의 육체는 주인의 의지를 배반했다.

마지막 순간에 그가 본 것은 천우진의 희미한 미소와 목소리뿐이었다.

"너의 일 년, 내가 살겠다."

*　　　*　　　*

천우진은 천우경을 안은 채 걷고 있었다.

이미 천우경의 몸은 골수까지 상한 상태였다. 이런 상태로
이제까지 움직였다는 사실이 경이롭게 느껴질 정도였다.

육체의 힘이 아니라 정신의 힘으로 이제까지 버텨 온 것이
다. 그 증거로 천우진이 나서겠다는 이야기를 듣자 그의 몸 상
태가 급속도로 악화되고 있었다. 긴장의 끈이 풀리자 육체가
급속도로 죽어 가는 것이다.

'너는 이런 몸으로 세상의 조롱을 견디려 했느냐? 네가 이
렇게 될 때까지 세상은 무얼 하고 있었단 말이냐? 천가와 세상
이 나를 너무나 많이 실망시키는구나.'

천우진의 눈에서는 검은빛이 일렁이고 있었다.

너무나 가벼운 동생의 몸에 가슴이 아파 왔다. 이런 만신창
이가 되어서도 그는 구주천가를 걱정하고, 자신의 사후 혼란
에 빠지게 될 천하를 위해 눈물을 흘렸다.

그토록 외면하려 했지만, 결국 천우경은 또 하나의 자신이
었다. 천우경을 외면하고 그 혼자 살 수 없었다. 그들은 둘이
었지만 하나나 마찬가지인 것이다.

어쩌면 천우진은 이렇게 될 것을 이미 알고 있었을지도 몰랐다. 그래서 그토록 모질게 천우경을 내쳤을지도 몰랐다. 그것은 천우진의 몸부림이나 마찬가지였다. 그러나 더 이상 그는 천우경을 외면할 수 없었다. 처음 그를 본 순간 직감했던 그대로 그는 움직이고 있었다.

천우진은 천우경을 안고 환영의 탑으로 돌아왔다.

그는 벽면을 따라 나선형으로 둥글게 나 있는 계단을 밟고 환영의 탑 정상으로 향했다. 수백, 수천 계단을 차례대로 밟고 난 후에야 그는 환영의 탑 정상에 설 수 있었다.

밖에서는 결코 금지 안을 볼 수 없었지만, 환영의 탑 정상에서는 금지 밖 구주천가의 전경을 볼 수 있었다. 그러나 천우진은 이제까지 거의 이곳에 올라오지 않았다. 굳이 구주천가를 바라볼 이유도 없었기 때문이다.

환영의 탑 정상에는 무색투명한 수정관이 존재했다.

단지 곁에 있는 것만으로도 지독한 한기가 느껴지는 수정관. 천하에서 이처럼 스스로 지독한 한기를 발산하는 지보는 오직 북해빙궁(北海氷宮)의 지보인 지극한음정(至極寒陰晶)밖에 없었다. 그리고 북해빙궁은 절대로 지극한음정을 외부로 유출시키지 않는다. 그런데 환영의 탑에는 지극한음정으로 만든 수정관이 존재했다.

어쩌면 북해빙궁 전체에 있는 양보다 더욱 많은 지극한음정이 이 수정관을 만드는 데 소요됐을지도 모르는 일이었다.

"이것을 사용하게 될 줄은 몰랐다."

환영의 탑에 존재했지만 신외지물(身外之物)이라고 생각했던 것이 바로 수정관이었다. 환영의 탑이 처음 이곳에 들어섰을 때부터 수정관은 존재했다. 그것이 어떤 경로를 통해 환영의 탑에 들어왔는지 모르지만, 이제까지 환영의 탑주 중 누구도 수정관을 이용한 자는 없었다. 천우진이야말로 칠백 년 내처음으로 수정관을 연 사람이었다.

극한의 빙기를 뿜어내는 수정관에 살아 있는 생명체가 들어가면 생명 활동이 멈추게 된다. 가사 상태에 빠지는 것이다.

하루하루 죽어 가는 천우경의 숨을 확실하게 붙들어 놓을 수 있는 방법은 오직 수정관에 넣는 것뿐이었다. 하지만 꺼내주는 이가 없다면 영원히 가사 상태로 지내야 했다. 그러나 수정관 안에 있는 동안만큼은 천우경의 상처는 더 이상 악화되지 않을 것이다.

천우진은 수정관 안에 조심스럽게 천우경을 눕혔다.

뼈를 엘 듯한 한기가 올라오고 있었다. 이제 이 안에서 그의 동생은 호흡하고 살아갈 것이다. 무의식 상태에서도 한기가 느껴지는지 천우경은 몸을 떨었다.

천우진은 누워 있는 천우경을 잠시 바라보다 그의 몸 안에 자신의 공력을 주입하기 시작했다.

누구보다 순수해야 할 천우경의 신체 내부를 채우고 있는 수많은 불순한 기운이 느껴졌다. 천우진의 기는 그런 기운들을 하나하나 읽어 내고 있었다.

"귀문(鬼門)의 혈해화(血海華), 당문(唐門)의 무형지독(無形之毒), 남만의 오독궁(五毒宮)에서만 사용한다는 산화혈독(散花血毒), 그리고……."

이루 헤아릴 수도 없을 정도로 수많은 독이 천우경의 몸 안에 잠복하고 있었다. 만일 한두 가지의 독이었다면 천우경이 이 지경에까지 이르지는 않았을 것이다. 그러나 천우경 자신도 느끼지 못하는 사이에 순차적으로 그의 몸에 침투한 독들은 절묘한 상승작용을 일으켜 전혀 새로운 독으로 탈바꿈했고, 그 결과 만독불침을 자랑하던 천우경의 신체가 무너지고 만 것이다.

"그것은 곧 귀문과 당문, 그리고 오독궁까지 관련되었단 뜻."

천우진의 눈에 섬뜩한 살기가 떠올랐다.

그는 천우경을 죽음의 함정에 빠트린 음모에 관계된 자들을 몸 안에 있는 독을 통해 유추해 내고 있었다. 천우경의 몸 안에는 수많은 독이 존재했지만 천우진은 그 대부분의 정체를 밝혀낼 수 있었다. 그리고 그 독들을 사용하는 문파들과 가문까지도 말이다. 그러나 한 가지 극독이 그를 혼란스럽게 하고 있었다.

"수많은 독들의 연결고리가 되는 하나가 있다. 그 자신은 우경의 몸에 별다른 해를 끼치지 않지만, 우경의 몸 안에 존재하는 수많은 독들이 이놈을 통해 독력이 더욱 중대되고, 전혀 새로운 극독으로 변모하고 있다. 그 때문에 우경의 만독불침지체가 무너진 것이다."

마치 시꺼먼 돌덩이처럼 천우경의 단전 근처에 자리를 잡은 채 꿈쩍도 하지 않는 불길한 기운은 마치 불가사리처럼 근처에 있는 모든 독들을 잡아먹고, 또다시 토해 내고 있었다. 그때마다 천우경의 몸은 걷잡을 수 없이 붕괴되고 있었다.

그것은 천우진의 지식으로도 알지 못하는 미지의 물질이었다. 칠백 년 역사의 환영의 탑에도 이런 독이 존재한다는 언급은 어디에도 없었다.

"어쩌면 과거부터 존재하던 독이 아닌 근래에 그들이 만들어 낸 독일지도 모르겠군."

천우진은 자신의 짐작이 틀림없을 거라 생각했다.

얼마 전에 겁도 없이 금지에 침입했던 십령의 머릿속에서 끄집어냈던 한 단어가 떠올랐다.

그 순간 천우진은 웃고 있었다.

그토록 증오하지만, 그들이 존재하기에 자신 역시 존재할 수 있다. 개가 웃을 일이었지만, 자신이란 존재는 그들이 존재하기에 존재의 의미가 부여되는 것이다.

"아무려면 어떤가. 이제야 내가 살아갈 의미가 생겼는데. 그것이 설령 단 일 년일지라도……."

끼기긱!

천우진이 천우경이 누워 있는 수정관을 닫았다.

이제 천우진이 깨워 주기 전까지 천우경은 영원한 잠에 빠져들 것이다.

천우진이 수정관을 한차례 쓰다듬은 후 자리에서 일어났다.

"너에게 약속하마."

이제부터 난 네가 될 것이다.

네 얼굴로 이 세상을 살아가고,

네 눈으로 너의 적을 노려보고,

네 목소리로 너의 적을 향해 노호를 터트릴 것이다.

이제부터 넌 내가 될 것이다.

내 얼굴을 빌려 너는 살아가고,

내 눈을 빌려 너는 세상을 보고,

내 목소리를 빌려 너는 세상을 향해 포효를 할 것이다.

너를 위해 싸우마.

그로 인해 세상 전체가 피로 물든다 해도.

제7장

안개의 바다를
벗어나……

천우진은 환영의 탑 지하에 있는 암동을 걷고 있었다.

그의 등 뒤로는 종제영이 숨을 죽인 채 따르고 있었다. 마치 종복처럼 천우진의 뒤를 따라야 하는 자신의 처지가 마음에 들지 않았지만, 너무나 무거운 기도를 풍기는 천우진을 보자니 이죽거릴 엄두조차 나지 않았다. 그만큼 천우진의 몸에서 풍기는 기도는 압도적이었다.

암동이 깊어질수록 종제영은 몸에 한기가 드는 것을 느꼈다.

그가 십 년 동안 갇혀 있었던 암동이었다. 단지 한순간의 잘못된 선택으로 인해 그는 십 년을 이 지옥 같은 곳에서 머물러야 했을 뿐 아니라 흑혈고를 복용해 천우진의 종복과도 같은 존재로 전락했다.

심연처럼 깊은 그의 침묵에 질식할 것만 같았다. 하지만 그는 감히 천우진의 침묵을 깨지 못했다. 아무리 간덩이가 부을 만큼 부은 그였지만, 지금 천우진을 건드렸다가는 결코 무사하지 못할 거란 사실을 본능적으로 느끼고 있는 것이다.

꿀꺽!

종제영은 자신도 모르게 마른침을 삼켰다.

'아무래도 이 인간 무슨 일을 크게 내려는 것 같구나. 괜히 애먼 데 끼어 날벼락 맞는 것이 아닌가 모르겠구나.'

종제영은 숨을 죽인 채 천우진의 행보를 지켜보았다.

끼익!

천우진이 철문 하나를 열었다.

후우웅!

순간 철문 뒤 석실에서 엄청난 기도가 흘러나왔다.

'크흑! 가, 가공할……. 도대체 이 안에 누가 있기에?'

종제영은 십 년을 이곳에 갇혀 있었지만, 자신 이외에 또 누가 이곳에 갇혀 있는지 전혀 알 수가 없었다. 그만큼 이곳은 철저하게 외부와 격리된 공간이었다.

"놈, 또 무슨 일이냐?"

그들이 석실 안에 들어가자마자 분노에 찬 음성이 흘러나왔다. 그러나 천우진은 말없이 석실 안으로 걸음을 옮겼다. 종제영은 숨을 죽인 채 천우진의 뒤를 따랐다.

석실 안에 들어서자 손가락만 한 쇠사슬에 전신이 칭칭 감겨 있는 괴인의 모습이 보였다. 비파혈을 비롯한 전신 주요 대혈이 쇠사슬에 관통당한 그의 모습은 단지 보는 것만으로도 등골을 오싹하게 만들기에 충분했다.

'도, 도대체 저자가 누구기에?'

종제영의 얼굴에 의혹의 빛이 떠올랐다. 자신 역시 십 년을 이곳에 감금되어 있었지만, 저 정도로 철저하게 금제를 받지는 않았기 때문이다.

그 순간 괴인의 대갈이 다시 한 번 석실을 뒤흔들었다.

"놈, 무슨 일이냐고 물었다!"

"크윽!"

종제영이 자신도 모르게 얼굴을 찌푸렸다. 괴인의 고함에 고막이 터질 듯 아파 왔기 때문이다. 그러나 종제영과 달리 천우진은 여전히 무심함을 유지하고 있었다.

잠시 괴인을 바라보던 천우진이 마침내 입을 열었다.

"당신에게 시킬 일이 있다."

"나에게 일을 시켜? 네놈, 소악마가 단단히 미쳤구나. 크큭! 나에게 감히 그따위 말이라니. 나를 풀어 준다면 당장에 네놈의 모가지를 잘라 그 피를 모조리 받아 마시고 말겠다! 어디, 풀어 줘 봐라!"

후우웅!

괴인의 대갈에 석실이 울렸다. 그에 종제영의 얼굴이 하얗게 질려 갔다. 그만큼 괴인의 기도는 가공하기 그지없었다.

"밖에 나가고 싶지 않은가?"

"나가고 싶다."

"밝은 햇빛을 보고 싶지 않은가?"

"미치도록 보고 싶다. 하지만 네놈을 내 손으로 죽이기 전까지 나 탁탑마도 원개세는 결코 제 발로 걸어 나가지 않을 것이다."

그의 분노가 대기를 울리고 있었다.

'워, 원개세? 그 탁탑마도 원개세?'

종제영의 얼굴이 더할 수 없이 새하얗게 질렸다.

탁탑마도 원개세가 누구던가? 십여 년 전에 이미 천하십대고수의 일인으로 인정을 받던 무인이 바로 그다. 뿐만 아니라 천하에서 가장 폭급하고, 거친 성정을 가진 것으로도 유명했다. 성질이 열화와 같아 화를 참지 못하고, 한번 폭발하면 주위의 모든 것을 완전히 초토화시킨 다음에야 멈추는 살육의 화신이 바로 그였다.

'그런 그가 이곳에 갇혀 있었다니? 도대체……'

종제영이 질렸다는 얼굴로 천우진을 바라봤다.

도대체 어떻게 된 괴물이기에 천하십대고수를 이곳에 감금시켜 둘 수가 있단 말인가? 당시 그의 나이라고 해 봐야 기껏 열일곱, 열여덟이었을 텐데.

종제영은 자신의 눈앞에 있는 사내가 자신의 예상보다 더욱 무서운 존재라는 사실을 뼛속 깊이 느껴야 했다.

'빌어먹을! 도대체 어떻게 된 세상이 이렇게 불공평한 거

야. 누구는 날 때부터 이렇게 강하고, 누구는 뭣 빠지게 수련해도 벽을 넘지 못하고.'

그러나 종제영이 어떻게 생각하든 두 사람의 대화는 이어지고 있었다.

"나를 죽이고 싶은가?"

"그걸 말이라고 하느냐? 내가 자유의 몸이 된다면 제일 먼저 할 일이 네놈의 모가지를 따는 것이다."

"무리다."

"뭐라고?"

"당신의 능력으론 역부족이다."

"크으!"

원개세의 얼굴이 보기 싫게 일그러졌다. 그가 금방이라도 천우진을 잡아먹을 듯 노려보았다. 그러나 천우진의 눈동자에는 흔들림이라곤 존재하지 않았다.

완벽하게 정지(靜止)된 상태.

천하의 그 무엇도 천우진의 정적을 깰 수는 없을 듯했다.

"그래도 언젠가는……."

"다시 한 번 말해 주지. 당신의 능력으로는 영원히 불가능하다."

"노옴! 어디까지 나를 비참하게 만들려고 하는 것이냐!"

"결코 이룰 수 없는 꿈은 꾸지 않는 게 좋을 것이다. 대신 기회를 주지."

"무슨 기회를 말이냐?"

"나의 곁에서 나를 죽일 수 있는 기회."

순간 원개세의 눈이 빛났다.

"그게 무슨 말이냐?"

"일 년 동안 당신을 쓰겠다."

"흐흐! 감히 이 원개세를 종복으로 부리겠다고?"

"대신 언제든 나를 노릴 수 있지. 언제든 좋아. 내가 잘 때도, 내가 일을 볼 때도, 내가 식사를 할 때도, 그 언제도 좋아. 암습해도 좋고, 정면으로 공격해도 좋아. 나는 당신을 죽이지 않지. 대신 당신의 능력이 된다면 나를 언제든 공격해도 좋아."

원개세의 눈동자가 흔들렸다.

광오할 정도로 터무니없는 자신감이었다. 비록 십 년을 감금 상태로 있었다지만 그래도 과거에 천하십대고수의 반열에 이름을 올렸던 원개세였다. 그런 원개세를 상대로 저런 오만함이라니.

"크크큭! 내가 그따위 거래에 응할 줄 아느냐? 정녕 그런 것이냐?"

"당신은 분명 응할 거야."

"놈! 그따위 말로 나를 현혹하지 마라. 나는 탁탑마도 원개세다."

"하지만 이곳에 감금되어 있지. 그것이 당신의 현실이다."

천우진은 냉정했다.

그는 원개세에게 부탁하지도, 그렇다고 고압적으로 명령하지도 않았다. 대신 냉철하게 기회를 줄 뿐이다.

그가 응한다면 거래가 성립된다. 거절한다면 다시 원래대로 돌아간다. 그렇게 간단한 일이었다.

"단 일 년뿐이다. 그 후엔 자유다. 선택하라. 일 년 동안 나를 위해 일을 할 것인지, 아니면 햇볕 한 점 들지 않는 이곳에 계속 있을 것인지."

"……."

"대답이 없군. 거절로 알겠다."

천우진이 냉정히 등을 돌렸다. 그에게는 일말의 미련조차 없는 듯 보였다. 미련조차 남기지 않고 뒤돌아서는 그의 모습에 원개세의 눈동자가 급속도로 흔들렸다.

꿈에서조차 증오해 마지않는 자다.

저 사내 때문에 그는 악몽과도 같은 십 년을 보내야 했다. 그렇기에 꿈에서조차 복수를 꿈꿔 왔다. 하나 복수는 요원한 일이었다. 특히 이곳처럼 어둠으로 덮여 있는 곳에서는 더더욱 그랬다. 어둠이 그를 감싸고 있는 한 절대로 죽일 수 없다는 사실을 그는 잘 알고 있었다.

자존심을 지킬 것인가?

거래를 할 것인가?

한순간에 그의 머릿속으로 수많은 상념이 스치고 지나갔다.

이제까지 살아오면서 단 한 번도 타협을 하지 않았던 그의 자존심이 흔들리고 있었다.

끼이이!

어느새 다시 문이 닫히고 있었다.

이제 잠시 후면 그는 다시 칠흑 같은 어둠 속에서 홀로 시간을 보내야 할 것이다.

그가 자신도 모르게 소리쳤다.

"일 년이라고 했느냐?"

"약속하지, 단 일 년뿐이라고."

"흐흐! 그 안에 네놈을 얼마든지 공격해도 좋다고?"

"나는 한 입으로 두말하는 성격이 아니야. 이미 약속했어."

천우진은 뒤도 돌아보지 않은 채 대답했다. 이미 그럴 줄 알았다는 태도였다.

"좋다! 네놈의 그 제안 받아들이겠다. 대신 그 약속 지켜라. 나는 언제라도 네놈의 목숨을 노릴 것이다."

"당신이 날 죽일 수 있다면…… 그럴 수만 있다면 언제든 환영하지."

*　　　*　　　*

쩌엉!

그동안 원개세를 금제하고 있었던 쇠사슬이 십 년 만에 풀렸다. 원개세는 멍하니 이제까지 자신을 금제해 왔던 쇠사슬을 바라봤다. 겨우 엄지손가락 굵기의 이 쇠사슬 때문에 이 지옥 같은 곳에 십 년 동안이나 감금되어 있어야 했다.

금제되었던 공력이 요동치는 것이 느껴졌다.

그의 몸 안에 활력이 돌아오고 있었다.

화학!

그의 눈에서 광망이 폭사되어 나왔다. 그 모습이 심상치 않게 느껴졌는지 종제영이 주춤주춤 뒤로 물러났다.

촤르릉!

원개세가 쇠사슬을 쥐었다. 쇠사슬을 쥔 그의 손등 위로 굵은 힘줄이 툭툭 튀어나왔다.

그가 어깨를 들썩이고 있었다.

"크크! 겨우 이따위 쇠사슬 때문에 이곳에서 십 년을 잡혀 있었다니."

원개세가 몸을 일으켰다. 그러자 마치 거대한 탑을 연상시키듯 그의 거구가 만천하에 드러났다.

비록 산발을 했지만, 다른 이들보다 족히 머리 두 개는 더 큰 그의 거구에 종제영은 숨을 죽여야 했다.

원개세가 천우진을 바라봤다.

"언제든 노려도 좋다고 했겠다?"

"물론!"

"크흐흐! 그렇다면……."

"그렇다면?"

천우진이 반문했다. 그런 그를 바라보는 원개세의 눈빛이 더욱 흉악해졌다. 그의 눈에 살기가 감돌고 있었다.

꿀꺽!

종제영이 자신도 모르게 마른침을 삼키는 그 순간.

촤르륵!

원개세의 손에 감겨 있던 은빛 쇠사슬이 마치 살아 있는 독사처럼 천우진을 노리고 휘둘러졌다.

패앵!

공기를 가르는 날카로운 소리에 석실이 찌르르 울렸다. 그리고 이제까지 천우진이 서 있던 자리를 쇠사슬이 훑고 지나갔다.

콰쾅!

벼락이라도 맞은 듯이 파여 나가는 바닥. 그러나 이미 천우진은 그곳에 존재하지 않았다. 그는 마치 유령처럼 어느새 원개세의 좌측으로 이동해 있었다. 그리고 원개세는 그 사실을 감지했다.

"오늘 네놈을 죽인다면 나는 자유라는 뜻이겠지?"

"말했잖아. 능력이 된다면 얼마든지 환영한다고."

천우진의 입가에 짙은 웃음이 걸렸다.

짙은 어둠에 동화되어 있는 그의 몸. 웃음을 짓고 있는 하얀 치아가 유독 빛을 발하고 있었다.

"흐흐흐! 지난 십 년 동안 이런 날이 오기만을 기다렸다."

부우웅!

이제까지 그를 금제해 왔던 은빛 쇠사슬은 훌륭한 무기가 되었다. 길이만 십 장에 이르는 쇠사슬은 원개세의 손에서 흉악하게 빛나고 있었다.

예전 그의 성명절기는 도(刀)였다. 그래서 탁탑마도라는 흉명을 얻었다. 그러나 십 년 전부터 그는 도를 놓았다. 비록 자의는 아니었지만, 도를 손에서 놓은 덕분에 새로운 무공에 눈을 뜰 수 있었다.

온몸이 금제된 그에게 자유로운 유일한 하나는 바로 사고(思考)를 마음대로 할 수 있다는 것이다. 육체는 금제할 수 있지만 정신까지는 금제할 수 없었다. 덕분에 원개세는 지난 십 년 동안 천우진을 죽일 무공을 만들기 위해 수없이 생각했다.

그의 머릿속에서 주적은 항상 천우진이었다. 자신이 기억하고 있는 천우진의 동작과 무공을 바탕으로 그는 새로운 무공을 창안해 갔다.

오직 천우진을 죽이기 위해 만들어진 무공, 그리고 이름조차 암파천왕공(暗破天王功)이었다.

어둠을 깨는 천왕의 무공. 그의 머릿속에서 수없이 펼쳐졌었지만, 실제로 펼치는 것은 이번이 처음이었다.

쉬익!

은빛 쇠사슬이 다시 어둠을 갈랐다.

인간의 인지 속도를 뛰어넘어 다가오는 쇠사슬의 모습이 마치 독이 잔뜩 오른 독사와도 같아 보였다. 그러나 천우진은 미동조차 없었다.

흑혈고를 이용해 제압할 자와 그렇지 않은 자가 있다. 종제영은 전자였고, 원개세는 후자에 속하는 자였다. 종제영은 금제를 당하더라도 호시탐탐 기회를 노릴 자였고, 원개세는 흑혈고에 의해 강제를 당할 바에는 차라리 죽음을 택할 자였다.

부러질지언정 휘지 않는 그의 성정은 어쩌면 천가의 그것과 기질이 가장 닮아 있을지도 몰랐다. 그렇기에 마음에 꼭 들었다. 그리고 천우진은 원하는 것은 모두 가져야 직성이 풀렸다.

콰앙!

바로 등 뒤에 있던 석벽이 원개세의 쇠사슬에 의해 산산이 부서져 나갔다. 석벽의 파편이 사방에 흩날리고 있었다. 흉신악살(凶神惡殺)과도 같은 모습으로 천우진을 향해 달려드는 원개세, 그리고 표표히 그의 공격을 흘려보내는 천우진의 모습이 묘하게 대조되었다.

차르륵!

석실 안을 가득 채우며 몰려오는 은빛 사슬의 물결. 하나가 두 개가 되고, 두 개가 어느새 네 개가 되어 천우진을 압박해 오고 있었다. 그리고 종내에는 열여덟 개의 사슬이 천우진을 교차해 지나갔다.

"챠핫! 폭렬참(爆裂斬)!"

콰앙!

원개세의 외침과 함께 천우진의 주위를 어지럽게 지나가고 있는 은빛 쇠사슬이 일제히 폭발을 일으켰다.

수백 수천 개의 고리가 천하에서 가장 극렬한 위력을 가진 암기가 되어 천우진을 덮쳐 왔다.

순간 원개세의 눈가에 환희의 빛이 떠올랐다. 순간적으로 천우진이 폭발을 피하지 못하고 휩쓸리는 것처럼 보였기 때문이다. 그러나 이내 원개세의 동공이 크게 확장되었다.

스스슥!

마치 환상인 양 천우진의 신형이 지워졌기 때문이다.

천우진이 사라지자 은빛 고리들은 헛되이 허공을 교차해 지나가고 말았다. 그리고 어느새 원개세의 앞에 천우진의 모습이 모여들고 있었다. 수많은 어둠이 모여들어 하나가 되는 그 모습에 원개세가 이를 악물었다.

환야마영(幻夜魔影).

천우진이 익힌 열 개의 어둠 가운데 하나인 환야의 보법이 펼쳐진 것이다.

어둠을 근간으로 하는 천우진의 가공할 능력에 원개세의 눈가가 파르르 떨렸다. 어둠 속에서는 결코 그를 죽일 수 없다는 사실을 알고 있었지만, 이 정도일 줄은 미처 예상하지 못했기 때문이다.

어둠을 타고 이동하는 환야마영의 보법은 그야말로 기괴무

쌍(奇怪無雙)함의 극치였다. 세상 누구도 이런 종류의 보법이 존재한다고는 상상조차 할 수 없을 것이다. 그러나 원개세는 십 년 전에 질릴 정도로 환야마영의 무서움을 겪었다. 결국 그가 제압되었던 것도 바로 어둠을 이용한 보법 때문이었으니까.

천우진이 다가오고 있었다.

위험해, 위험하다고.

원개세의 전신 감각이 그렇게 속삭이고 있었다.

"크윽!"

원개세는 피가 터져라 입술을 깨물며 남아 있는 쇠사슬로 전신을 보호했다. 이어 천우진의 손이 그의 몸을 덮고 있는 쇠사슬을 덮쳐 왔다. 마치 갈고리처럼 변한 천우진의 손가락이 그대로 쇠사슬을 거칠게 훑고 지나갔다.

콰르르!

순간 원개세의 몸을 엄밀히 보호하고 있던 쇠사슬들이 갈기갈기 찢어져 무너져 내렸다.

원개세는 급히 뒤로 물러나려 했지만, 십 년 동안 굳어 있던 몸은 그의 의지대로 움직이지 않았다. 그의 머리와 육체 사이에는 아직 괴리감이 존재하는 것이다. 그는 찰나 멈칫했다. 그리고 그들과 같은 절대고수들의 대결에서 찰나의 머뭇거림은 승부를 결정짓는 데 충분했다.

콰득!

무언가 그의 목을 잡았다.

드러나는 원개세의 얼굴에는 짙은 당혹감이 어려 있었다.

어둠 속에서 유난히도 섬뜩한 빛을 발하고 있는 천우진의 손톱.

광야마조(狂夜魔爪).

십야마경 상에 존재하는 최강의 조공이 바로 광야마조였다. 세상에 존재하는 모든 것을 발기발기 찢어 버릴 수 있는 광야마조의 또 다른 이름은 참룡조(斬龍爪)였다. 용이라도 찢어발길 수 있다는 의미인 것이다.

그런 광야마조가 원개세의 목줄을 잡고 있었다. 조금만 더 깊게 파고들면 목줄기가 송두리째 뜯겨 나갈 상황이었다.

원개세의 얼굴이 험상궂게 일그러졌다. 천우진이 손에 힘을 준다면 그대로 숨이 끊어질 것이다. 그런데도 천우진을 바라보는 그의 눈빛에 굴복의 빛은 존재하지 않았다. 단지 원통함만이 존재할 뿐이었다.

십 년을 와신상담했는데 또다시 이렇게 허무하게 제압되다니.

"역……시 어둠 속에서는 네놈을 이길 수 없단 말이더냐."

어둠 그 자체인 것을 이미 알고 있었건만, 그에게 남은 것은 또다시 절망뿐이었다. 하지만 원개세는 포기하지 않았다.

십 년 동안 금제되었던 몸이다. 비록 쇠사슬에서 풀려났다고 하지만, 십 년 동안 굳었던 몸이 벌써 정상을 찾을 리 없었다. 정상적인 상태를 찾으려면 앞으로도 족히 한 달은 정양해야 할 듯싶었다.

한 달 뒤라면 충분히 자웅을 결할 수 있을 것이다. 원개세는 그렇게 생각했다.

"다음에는, 다음번에는…… 반드시……."

"언제든 좋아."

"크흐흐! 오냐, 마음껏 조소해라. 나는 계속해서 네놈의 목숨을 노릴 테니까."

"그때까지는 내 명령을 따르도록."

"그래야지. 반드시 그럴 것이다. 약속은 약속이니까."

아직도 원개세의 피는 뜨겁게 달아올라 있었다. 그의 피는 천우진을 죽이기 전까지 결코 식지 않을 것이다.

천우진이 원개세의 목을 놓으며 말했다.

"그리고 앞으로는 주인이라고 부르도록……."

"크윽!"

굴욕이었다. 원개세가 겪은 인생 최악의 굴욕 말이다. 그러나 지금은 참을 수밖에 없었다. 어둠 속에 존재하는 천우진은 그의 능력으로는 상대할 수 없었다. 하지만 환한 대낮이라면…….

그가 천우진을 노려보며 힘들게 말을 내뱉었다.

"주……인, 됐나?"

"한결 듣기 좋군."

천우진이 고개를 끄덕였다.

원개세에게는 생애 최악의 굴욕적인 날로 기억되겠지만, 천우진에게는 뜻 깊은 날로 기억될 것이다.

'저 원개세가…… 십대고수 중의 일인이었던 원개세가 저리 허무하게 제압당하다니. 정말 어둠 속에서는 아무도 그를 이길 수 없단 말인가?'

멀리서 그들의 격전을 지켜보았던 종제영이 망연한 표정을 짓고 있었다.

그날 천우진은 지하 암동을 모두 돌았다. 그리고 그날 최후까지 살아남아 있던 다섯 명의 무인이 세상으로 나오게 됐다.

어떤 자는 무력으로, 또 어떤 자는 흑혈고로 굴복시켰다. 그렇게 천우진은 그들의 복종을 받아 낸 뒤 풀어 줬다.

세상에서 잊혀져 있던 자들이 그렇게 세상으로 나왔다. 그러나 그 사실을 아는 자는 존재하지 않았다.

제8장

같은 꿈을 꾸는 자들

이십여 명의 무인이 거대한 석벽 앞에 서 있었다. 그들 중 몇 명은 초조한 얼굴을 하고 있었고, 또 몇 명은 굉장히 느긋한 표정을 짓고 있었다.

초조한 표정을 짓고 있는 이들은 젊은 무인들이었고, 느긋한 표정을 짓고 있는 이들은 대체적으로 나이 든 무인들이었다. 그러나 그들에게도 한 가지 공통점은 존재했다. 바로 똑같은 곳을 바라보고 있다는 것이다.

천가 내에 존재하는 거대한 석벽. 작은 바위산이라고 해도 좋을 만큼 거대한 석벽 안에는 천가에서 이제까지 수집해 온 무공들이 산재해 있었다. 가히 꿈의 보고(寶庫)라고 해도 좋고, 젊은 무인들이라면 누구라도 들길 원하는 곳이 바로 석벽이었다. 천가의 사람들은 이 석벽을 가리켜 몽혼벽(夢魂壁)이라 불렀다. 그리고 몽혼벽에는 몇 개의 입구가 있었다.

천(天), 지(地), 인(人), 황(皇)이라 쓰인 네 개의 입구는 각각 동서남북으로 나 있었고, 각각의 공간은 철저하게 격리되어 있었다. 현재 지, 인, 황의 주인들은 모두 출관한 상태였다.

지금 무인들은 천의 주인이 나오길 기다리고 있었다. 다른 곳의 주인들이 이미 며칠 전에 나온 데 반해 천의 주인은 아직까지 나오지 않았고, 이제 최후의 시간이 다가오고 있었다. 만일 그가 정해진 시간까지 나오지 않는다면 후계자로서 그의 자격은 박탈당하고 말 것이다. 때문에 석벽을 바라보는 이들의 시선에는 염려와 조소의 빛이 은밀히 교차하고 있었다.

'제 시간 안에 원주님께서 나오셔야 할 텐데.'

지영정의 얼굴에는 근심의 빛이 어려 있었다.

이십 대 초반임에도 불구하고 겨우 십 대 후반으로 보일 만큼 동안(童顔)인 얼굴에 눈동자마저 커서 무척이나 순진무구해 보이는 얼굴의 소유자가 바로 지영정이었다.

부모 없는 고아 출신에 연고조차 없는 그는 천우경이 원주로 있는 흑무원에 배속 받았고, 바로 곁에서 천우경을 보필해 왔다. 어쩌면 천우경의 고뇌를 가장 많이 보아 온 자가 바로 그일지도 몰랐다. 그렇기에 누구보다 천우경의 무사 귀환을 간절히 기대하고 있었다.

그때 그의 등 뒤에서 누군가의 이죽거림이 들렸다.

"시간이 거의 다 되어 가는군. 만일 해가 중천에 걸릴 때까지도 그가 나오지 않는다면 후계자로서의 자격은 박탈되고 말

거야. 혹시 모르지, 나오는 것이 두려워 벌써 내뺐는지도, 하하! 사흘 후면 멸혼관이 열리는데 정말 꼴좋군."

부르르!

순간 지영정의 주먹에 굵은 힘줄이 돋아 나왔다.

언제부턴지 모르게 시작된 냉대였다. 천가를 이끌어 가야 할 천우경은 철저하게 고립되기 시작했으며, 그를 존경하던 젊은 무인들을 제외한 이들은 언제부턴가 그를 철저하게 무시하기 시작했다. 지금 천우경을 조소하고 있는 이 역시 마찬가지였다.

그는 사접검(死蝶劍)이라는 별호를 가진 단청우라는 자로, 총관부(總管部)에 소속된 자였다. 언제부터인가 총관부는 철저하게 천우경을 소외시키기 시작했고, 단청우 역시 그런 분위기에 편승해 공개적으로 천우경을 조소하고 있었다.

"후후!"

"시간이 거의 다 되었군."

곳곳에서 나직한 웃음이 흘러나왔다. 그들은 어쩌면 천우경이 나오지 않길 바라고 있는지도 몰랐다.

'소가주께서 출관하는 자리에 총관이 직접 나오지 않고, 겨우 총관부의 수하들을 보내다니. 이것은 그야말로 철저한 무시다.'

지영정이 몸을 팩 돌려 천우경을 은밀히 조소하던 남자를 바라봤다. 그러자 그들이 움찔하는 모습이 보였다. 하나 그것도 잠시, 그들이 '그렇게 노려보면 어쩔 건데?' 하는 눈빛으로 지영정을 바라봤다. 그들의 얼굴에 떠올라 있는 짙은 조소의 빛이 지영정의 가슴을 뛰게 했다.

생각 같아서는 저들의 면상에 주먹을 날려 주고 싶었지만, 지영정은 참았다. 지금 저들과 문제를 일으켜서 하등 좋을 게 하나도 없기 때문이다.

지금 흑무원은 철저하게 고립된 상태였다.

백운원, 적화원, 자미원과 더불어 사원이라 불리는 흑무원이었지만, 실상 하나의 세력이라고 보기 어려운 것이 바로 원주인 천우경의 고지식한 성정 때문이었다. 천우경은 다른 후계자들처럼 흑무원의 외향을 키우려고 하지 않았다. 다른 이들처럼 외부에서 무인들을 영입해 오지도 않았다. 처음부터 순수하게 자신과 함께할 무인들을 키우려 했다. 그러다 보니 시작에서부터 다른 후계자들보다 늦어지게 됐다.

그가 흑무원으로 받아들인 이들 대부분은 무공이 강하다기보다 열정이 강한 이들이었다. 실질적인 무력은 다른 사원의 세력보다 뒤떨어지는 것이다.

지영정은 그런 천우경의 결정이 잘못됐다 생각하지 않았다. 그가 꾸는 꿈이라면 자신 역시 꿀 수 있을 것이라 생각했다. 그것은 아직도 변함없는 그의 믿음이었다.

'제발 나오십시오. 그래야 합니다. 제발⋯⋯.'

지영정은 그야말로 간절하게 빌었다. 현재 그가 할 수 있는 일은 그 정도에 불과했다.

"시간이 다 됐다."

그때 누군가 외쳤다. 그에 사람들의 시선이 일제히 천문의 입구로 향했다. 그러나 시간이 흘러도 천문은 열리지 않았다. 그에 몇 명의 얼굴에 실망의 빛이 떠올랐다. 그들은 천우경이 멸혼관이 두려워 나오지 않는 것이라 생각하고 있었다.

"이제 천가도 갈 데까지 갔군."

"누가 가주가 될까? 백운원의 서문 공자? 그도 아니면 적화원의 반 공자?"

"자미원의 혁련 소저도 있다네. 아직 속단하기는 이르다네."

사람들이 웅성거리는 소리가 지영정과 흑무원 소속의 무인들을 참담하게 만들었다. 결국 참다못한 지영정이 그들을 향해 일갈을 터트리려는 찰나.

쿠쿠쿵!

이제까지 굳게 닫혀 있던 석문이 열리기 시작했다.

사람들의 시선이 자신도 모르게 석문으로 향했다.

저벅!

두꺼운 석문 뒤에서 나직한 발자국 소리가 흘러나왔다. 너무나 나직해서 귀를 기울이지 않으면 절대 듣지 못할 발자국 소리. 그러나 발자국 소리는 묘하게 사람들의 청각을 자극하고 있었다.

사람들의 웅성거림이 멎었다. 대신 그들의 시선이 암동에 고정됐다. 그것은 그들의 의지가 아니었다. 무언가 강력한 존재감이 그들도 느끼지 못하는 사이에 그들의 시선마저 묶어두고 있는 것이다.

암동 안에 존재하는 그 무언가 그들의 시선을 강요하고 있었다. 몇몇 이들은 시선을 돌리고 싶었지만 그럴 수가 없었다. 왠지 그랬다가는 전신이 터져 나갈 것 같은 기이한 느낌이 그들의 신경을 불안하게 자극하고 있었다.

저벅!

다시 발자국 소리가 울리고 그의 그림자가 석실 밖으로 길게 드리워졌다.

"원주님."

"오오!"

지영정이 외쳤다.

흑무원의 무인들이 격동하고 있었다. 드디어 그들의 주인이 다시 세상 밖으로 모습을 드러내려는 순간이었다. 그리고 그들의 기대에 부응해 그가 드디어 세상에 모습을 드러냈다.

칠흑처럼 검은 흑포를 걸치고, 바람에 검은 머리를 흩날리며 천천히 걸음을 옮기는 사내의 모습에 모두가 숨을 죽였다.

천우경이었다.

그들이 천우경이라 알고 있는 존재였다. 하나 어딘지 모르게 예전보다 더욱 창백한 얼굴을 갖고 있다고 생각했다. 마치 평생 햇볕을 쬐지 못한 사람처럼 말이다. 그러나 그는 이미 암동에서 석 달을 기거했다. 충분히 그럴 수 있는 일이었다.

그가 문득 걸음을 멈추고 하늘을 바라봤다.

작열하는 태양이 눈부신지 그의 미간이 잔뜩 찌푸려졌다. 마치 밝은 태양이 마음에 들지 않는 듯한 모습이었다.

"원주님을 뵙습니다."

"원주님!"

그 순간 지영정과 흑무원의 무인들이 천우경을 향해 일제히 외쳤다. 그들의 외침이 쩌렁쩌렁 울려 퍼졌다.

그들의 주인이 돌아왔다. 그들은 목소리를 높여 주인의 귀환을 환영하고 있었다.

"흥! 겨우 나타난 것만으로 저런 호들갑이라니, 정말 부끄럽구나."

그 모습에 단청우가 다시 한 번 이죽거렸다.

그는 구주천가의 총관 만자개의 심복이었다.

만자개는 그에게 천우경 측의 분위기를 파악해 오라는 명을 내렸다. 천우경의 상태와 기도까지도 말이다. 그래서 일부러 천우경의 심기를 건드리는 말을 툭 내뱉었다. 물론 그런 배경에는 만자개가 자신을 돌봐 줄 거란 자신감이 있기 때문이었다.

저벅!

천우경의 걸음이 문득 단청우 앞에서 멈춰 섰다.

단청우는 코웃음을 치려 했다. 그러나 천우경의 두 눈을 보는 순간.

파르르!

그의 눈가가 걷잡을 수 없이 떨려 오기 시작했다.

무심하기 그지없는 눈빛. 마치 지옥의 무저갱처럼 끝이 보이지 않는 지독한 어둠에 단청우는 빠져들고 있었다.

"왜, 왜 그러시오?"

단청우가 천우경의 시선을 외면하며 말했다. 이대로 천우경의 눈을 계속해서 보다가는 큰일이 생길 것 같다는 불길한 예감도 그의 행동에 일조를 했다.

그는 자신의 뒤를 봐주고 있는 총관 만자개를 철석같이 믿고 있었다. 그가 자신을 돌봐 주는 이상 천우경이 자신을 어찌할 수 없을 거란 사실을 잘 알고 있는 것이다. 그렇기에 일부러 용기를 북돋아 그렇게 퉁명스럽게 말한 것이다.

다시 천우경이 물었다.

"이름과 소속은?"

"제, 젠장! 총관부의 단청우요."

"버릇이 없군. 총관부에서 그리 배웠나?"

"제길~! 남이사 그렇게 배우든 말든 무슨 상관이오?"

단청우가 자신도 모르게 천우경을 무시하는 투로 말했다. 순간 천우경의 입가에 불길한 미소가 떠올랐다.

"항명하는 건가?"

"빌어먹을! 정말 못 듣겠군. 당신 마음대로 생각하슈. 항명이라 해도 좋고, 반항이라 해도 좋으니까. 불만 있으면 총관께 말하시오."

단청우가 될 대로 되라는 식으로 말했다.

그 순간 천우경의 불길한 미소가 더욱 짙어졌다.

"상관에 대한 항명의 대가는?"

너무나 나직해서 온 신경을 기울이지 않는다면 절대 들을 수 없는 목소리였다. 그러나 몽혼벽 앞에 모인 사람들 중 그의 목소리를 듣지 못한 사람은 단 한 명도 없었다.

마치 자신의 바로 옆에서 속삭이는 듯한 천우경의 목소리에 그들은 자신도 모르게 등골에 찬바람이 스치고 지나가는 듯한 느낌을 받았다.

이전의 그와는 확연히 다른 이질적인 느낌, 예전의 천우경이라면 결코 상상하지 못할 분위기가 물씬 풍기고 있었다.

아무도 대답을 하지 않자, 천우경이 다시 입을 열었다.

"하극상은 어떻게 다스리는가?"

"사, 상관의 권한으로 즉결처분할 수 있습니다."

그 나직한 목소리에 지영정이 허둥지둥 대답했다.

"역시 그렇군!"

천우경의 입 꼬리가 불길하게 말려 올라갔다.

바로 눈앞에서 미소 짓고 있는 그 모습이 더할 나위 없이 불길해 보였다. 그리고 단청우의 그런 느낌은 현실로 드러났다.

푸화학!

갑자기 그의 목에서 엄청난 양의 피분수가 허공으로 치솟아 올랐다.

"어, 어?"

분명 자신의 목에서 치솟는 피분수였지만, 마치 자신의 일이 아닌 것처럼 비현실적인 광경이었다.

세상 전체가 기울고 있었다. 그와 함께 단청우의 몸이 무너져 내리고 있었다. 하지만 아직 단청우는 자신의 죽음을 인지조차 하지 못하고 있었다.

"저, 저?"

"흡!"

누구도 예상하지 못한 일이었다.

수많은 이들의 눈앞에서 단청우가 참수되고 만 것이다. 그러나 누구도 천우경이 어떻게 손을 썼는지 알아채지 못했다.

바닥에 선혈이 홍건히 고여 내를 이루고 있었다. 그에 몇몇 고수가 뭐라 입을 열려는 순간, 천우경의 시선이 그들에게 향했다.

"하극상에 대한 대가는 오직 즉결참(卽決斬)이다. 불만 있는 자는 지금 나서도록."

"……."

갑자기 사위가 고요해졌다.

입을 열려던 자들은 입을 굳게 다물었고, 무기를 잡아 가던 자들은 움직임을 멈췄다. 그들의 시선은 모두 천우경에게 향해 있었다. 그 순간 그들의 등줄기에는 식은땀이 후줄근하게 흐르고 있었다.

마치 건조한 가을비처럼 감정이라고는 전혀 느껴지지 않는 이질적인 천우경의 시선을 외면하고 싶었지만, 그럴 수가 없었다. 마치 거미줄에 걸린 나비처럼 보이지 않는 무언가가 그들의 시선을 강요하고 있었다.

부르르!

천우경의 시선이 자신을 스쳐 지나갈 때마다 이제까지 그를 조소했던 자들이 몸을 떨었다.

'어, 어찌?'

'정말 천 공자가 맞는가? 그가 이렇게 잔혹한 손속을 지녔던가?'

사실 단청우가 항명을 크게 한 것도 아니었다. 그의 조그만 반발이 항명이라면, 그리고 항명에 대한 처벌이 즉결참이라면 세상에 그 어떤 조직이 유지되겠는가?

결코 이런 일이 일어나서는 안 된다. 그들은 그렇게 말하고 싶었다. 그러나 입을 여는 순간 천우경의 가공할 손속이 자신들에게 향할 것 같은 두려움이 그들의 입을 막고 있었다.

그런 그들을 바라보는 천우경의 입 꼬리가 더욱 뒤틀려 올라갔다.

"더 이상 이의 제기가 없다면, 이자에 대한 처분은 아무런 문제가 없는 것으로 알겠다."

"……."

누가 감히 이의 제기를 하겠는가?

펄럭!

천우경이 흑포를 휘날리며 걸음을 옮겼다. 그 뒤를 지영정을 비롯한 흑무원의 무인들이 따르고 있었다.

그야말로 파격적인 천우경의 행보에 그들은 당혹감과 더불어 알 수 없는 희열을 느끼고 있었다. 지금 천우경의 모습이야말로 그들이 그토록 원하던 지배자의 모습이었기에.

천우경과 흑무원 무인들의 뒷모습을 바라보는 이들의 얼굴에 검은 그림자가 드리워졌다. 천우경의 돌변한 모습이 마치거대한 폭풍이 휘몰아칠 전조처럼 보였기 때문이다.

그 순간 멀어져 가고 있는 천우경의 눈은 냉혹하게 빛나고 있었다.

'어디에 숨어 있든, 어떤 위치에 있든 상관없다. 그 아이를 그렇게 만든 자들과 연관된 자들이라면 씨 하나 남기지 않을 테니까.'

단청우의 죽음은 단지 그들을 향한 경고장에 불과했다. 이로써 그들은 격동할 것이다.

천우진은 이미 전쟁을 시작하고 있었다.

*　　　*　　　*

천우경의 파격적인 행보는 구주천가를 술렁이게 하기에 충분했다.

모두가 천우경을 이빨 빠진 종이호랑이 정도로 생각하고 있었다. 소가주로서 당연히 누려야 할 실권을 거의 잃었기에 많은 이들이 내심 그를 우습게 보던 것이 사실이었다.

그러나 천우경은 몽혼벽에서 나온 첫날에 자신을 향해 비웃음을 날리던 단청우를 즉결처분해서 자신의 존재감을 과시했다. 그것은 누구도 예상하지 못한 일이었다. 누구도 천우경이 그렇게 쉽게 살인할 수 있을 거라고는 예상하지 못했다.

만자개의 미간이 잔뜩 찌푸려져 있었다.

그는 구주천가의 전반적인 대소사를 관장하는 총관부(總管部)의 주인이자, 천가 전체에 막강한 영향력을 가지고 있었다. 다른 이들은 총관 따위가 힘이 있어 봐야 얼마나 있겠냐고 비웃을지도 모르지만, 그가 존재하지 않는다면 구주천가가 원활하게 돌아간다는 것은 꿈도 꾸지 못할 일이었다. 총관부는 구주천가의 자금을 관리하고, 각 조직이 원활하게 운용될 수 있도록 뒤를 봐준다.

총관부의 주인인 만자개, 그의 영향력은 천가 전체에 미치지 않는 곳이 거의 없을 지경이었다. 그런 막강한 영향력 때문에 구주천가의 총관들은 대대로 가주의 심복들이 맡았고, 만자개 역시 전대 가주인 천북패의 최고 심복 중 한 명이었다.

하지만 지금 그는 천북패의 아들인 천우경에게 은연중 반기를 들고 있었다. 그 이유는 오직 그만이 알 뿐이었다.

만자개는 방금 전에 있었던 일을 보고받았다. 그리고 천우경의 파격적인 행보를 알게 됐다.

"예전의 그라면 절대 있을 수 없는 일. 몽혼벽 안에서의 폐관이 그의 심성을 변하게 한 것인가? 그도 아니면 아무도 알지 못하는 그 어떤 내막이 존재하는 것인가?"

그가 알고 있는 천우경은 왕도(王道)를 걷는 남자였다. 광명정대한 심성 때문에 오직 앞만 보고 걸었다. 더구나 한 가지 일을 하더라도 무척이나 심사숙고를 하기 때문에 몽혼벽에서와 같은 파격적인 일을 벌일 수가 없었다.

그러나 그런 만자개의 고정관념을 깨부수며 천우경은 다시금 등장했다. 그러한 일련의 일들이 만자개의 머릿속을 어지럽게 만들고 있었다.

"이렇게 혼란스러운 것은 나뿐만이 아닐 터. 현재 멸혼관을 주시하고 있는 많은 무인들이 천 공자에게 뒤통수를 맞은 격이다. 그들 역시 천 공자의 돌출 행동에 어지럽게 수 계산을 하고 있을 것이다. 과연 이것이 호재로 작용할 것인가, 아니면 악재로 작용할 것인가. 그것이 문제구나."

보통 사람들보다 몸집이 큰 데다 살집마저 넉넉한 만자개였다. 그런 그가 고심을 하자 전신에서 땀이 비 오듯 흘렀다. 그는 손수건으로 이마에 흐르는 땀을 연신 닦아 내며 중얼거렸다.

"역시 천가의 핏줄이란 말인가? 그도 아니면 최후의 발악인가?"

그의 이마에 깊은 골이 파였다. 그만큼 고심하고 있다는 증거였다.

아마 삼대봉신가를 비롯한 다른 조직의 수뇌들도 천우경의 행동이 가지는 의미를 두고 만자개만큼이나 머리를 굴리고 있을 것이다.

만자개가 한쪽에 조용히 서 있던 심복 석청여에게 물었다.

"이 사실을 삼대봉신가도 알고 있겠지?"

"물론입니다. 현재 천 공자의 행보를 천가의 모든 이들이 주시하고 있습니다."

"약았군. 단 한 번의 파격으로 모든 시선을 자신에게 끌어 모으다니."

모든 이들이 그를 주시하고 있다면 이쪽은 오히려 움직이기 힘들어졌다.

"천 공자를 노리고 있는 이들은 한둘이 아니다. 천가의 주인이 될 자격을 갖춘 남자지만, 오히려 그래서 수많은 이들이 그를 노리고 있다. 그런 상황에서 이런 일이 벌어졌다면 어떻게 해석해야 하는가?"

"어쩌면 죽음을 앞두고 하는 마지막 발악일지도 모릅니다. 지금 그의 능력으로는 결코 사흘 앞으로 다가온 멸혼관을 통과할 수 없으니까요."

"그래야지. 그게 정상이니까. 하지만 무언가 불길해. 내가
아는 그는 결코 이런 파격을 저지를 사람이 아냐."

"장로원을 움직여 보는 것은 어떻겠습니까? 이유야 어쨌건
그는 함부로 천가의 무인을 죽인 것 아닙니까? 그가 제아무리
소가주라지만, 단청우는 총관부 소속의 무인. 그렇다면 그가
한 짓은 월권이 분명합니다. 월권을 문제 삼아 장로원을 움직
일 수 있을 것도 같은데요."

석청여의 말에 만자개의 귀가 쫑긋 움직였다.

만자개는 결코 자신이 먼저 앞서 움직이는 성정이 아니었
다. 그는 자신보다 남들을 움직이는 것을 더 좋아했다. 그래야
만일의 경우에도 자신에게 가장 피해가 적게 돌아오기 때문이
다.

"장로원을 움직인다? 그게 좋겠군. 오지랖 넓은 늙은이들이
라면 분명 그가 천가 내에서 함부로 사람을 죽인 것으로 문제
를 삼을 수 있을 테니까. 좋아, 그게 좋겠어."

만자개의 살집 있는 얼굴에 미소가 떠올랐다. 어찌 보면 동
자불(童子佛)의 미소와도 같이 푸근한 미소였다. 하지만 그가
이런 미소를 지을 때면 항상 커다란 일이 일어나곤 했다.

만자개의 시선이 석청여에게 향했다.

"그 일은 자네가 알아서 장로원에 흘려주게. 그러면 몇몇
늙은이들이 알아서 움직일 게야."

"알겠습니다."

"이제 사흘 후면 멸혼관이 열린다. 그리고 기재들은 그곳에서 자신의 능력을 만천하에 공개하게 되지. 다른 누가 가주가 되더라도 상관없지만, 천가의 핏줄만큼은 안 되지. 천가의 패도적인 핏줄만큼은 무슨 일이 있더라도 단맥시켜야 한다."

누구보다 구주천가를 위해 충성을 바쳐야 할 만자개였다. 하나 그의 입에서 흘러나오는 말은 도저히 충성스런 신하의 모습이라고 볼 수 없었다.

그의 눈가에 흘러나오는 빛은 분명 탐욕의 빛이었다. 오직 그의 심복인 석청여만이 알고 있는 눈빛이었다.

오늘이 지나면 그는 또다시 사람 좋은 총관 만자개로 돌아갈 것이다.

"내일이 정말 기대되는군."

만자개가 히죽 웃었다.

천우경은 자신의 거처에서 창밖을 무심히 바라보고 있었다. 지영정은 한쪽에 조용히 시립한 채 그런 천우경의 모습을 바라보았다.

천우경은 변했다.

지영정은 그런 사실을 확연히 느끼고 있었다. 오늘 그가 보여 준 단호하면서도 파괴적인 모습은 예전의 그라면 절대 할 수 없는 일들이었다. 그만큼 오늘 천우경의 행보는 파격적이기 그지없었다.

더구나 사람의 분위기 자체가 돌변했다.

'검은…… 옷을 입으셔서 그런가?'

예전의 천우경은 하얀 옷을 즐겨 입었다. 때문에 그가 검은 옷을 입는다는 사실은 전혀 상상조차 해 본 적이 없을 정도였다. 그러나 막상 흑포를 걸친 천우경의 모습을 보자니 검은색이 그만큼 어울리는 사람을 찾기도 힘들 것 같았다. 그만큼 천우경이 걸친 흑포는 잘 어울렸다.

한참 동안 무심히 흑무원을 바라보던 천우경이 마침내 입을 열었다.

"흑무원의 구성 인원은?"

"예? 예! 흑무원은 모두 서른두 명의 젊은 무인들로 이뤄져 있습니다. 개개인이 모두 명문가나 유력 문파의 자제가 아닌 순수하게 무공을 배우고자 하는 열망으로 가득 찬 젊은 무인들입니다."

"한마디로 애송이들의 집합소란 이야기군."

"예?"

"계속해."

문득 지영정의 얼굴에 의혹의 빛이 떠올랐다.

예전의 천우경은 제아무리 아랫사람이라 할지라도 이렇게 무뚝뚝하게 반말을 하는 사람이 아니었기 때문이다.

'몽혼벽에서 무언가 심경의 변화가 있으셨던 것인가?'

그렇게밖에 생각할 수 없었다. 분명 그의 앞에 있는 이는 천우경이 분명했기 때문이다. 그리고 왠지 모르지만, 그런 거친 말투가 무척이나 어울린다는 생각이 들었다.

"원주님께서 의도하신 대로 어느 세력에도 속하지 않고, 세속의 욕망에도 물들지 않은 순수한 젊은 무인들을 모아 고된 수련을 시키고 있습니다. 아직은 절정의 단계에도 이르지 못했으나 조만간 벽을 깨는 무인들이 나올 겁니다."

'너는 역시 고지식하구나. 그것이 네가 꿈꾸는 천가였더냐?'

그의 눈빛이 한층 더 우울해졌다. 그러나 지영정은 그런 그의 모습을 알아차리지 못하고, 계속해서 보고를 했다.

'너는 너무나 힘든 길을 택했구나. 그들을 키우고, 그들과 생사고락을 같이하고, 그렇게 성장하고 싶었겠지.'

그의 생각을 알 것 같았다.

오직 자신만의 힘을 가지고 싶었을 것이다. 철저하게 고립된 상황에서 기존의 세력에 손을 내미는 것보다는 자존심을 지키면서 자신과 함께 성장할 젊은 무인들을 택했다. 그것이 그가 택할 수 있는 유일한 방도였을 것이다.

'우경아…… 내 동생 우경아, 네가 뿌린 씨앗이 어떻게 성장할 것인지 이제부터 지켜보거라. 네가 뿌린 씨앗, 이 천우진이 키워 주마. 아무도 감히 넘볼 수 없는 거목들로. 그들이 네가 꿈꾸는 세상을 이끌 것이다.'

그는 천우진이었다.

천우경과 같은 얼굴, 같은 음성을 하고 있었지만 그는 천우진이었다.

그가 천우경의 모습으로 세상에 처음 등장한 것이다. 그러나 세상의 누구도 아직 그런 사실을 알지 못하고 있었다.

"그들을 만나겠다."

"그들이라 하심은?"

"흑무원 열여섯 명, 오늘 나의 출관식에 나오지 않은 자들을 보겠다."

*　　　　*　　　　*

천우진은 지영정을 앞세운 채 걸음을 옮겼다.

지영정이 향하는 곳은 흑무원의 뒤편에 있는 조그만 연무장이었다. 이곳은 오직 흑무원의 무인들에게만 허락된 공간이었다. 이곳에 머물면서 그들은 무공을 연마하고, 자신을 닦는다.

그러나 연무장을 바라보는 천우진의 시선은 결코 곱지 않았다. 수련을 해도 모자랄 판에 여기저기 나뒹구는 술병과 마찬가지로 나뒹구는 무인들의 모습이 보였기 때문이다.

지영정의 얼굴에 당혹한 빛이 떠올랐다. 천우경이 몽혼벽에 든 이후 몇몇 무인의 규율이 흐트러졌다는 사실을 알았지만, 설마 이 정도로 엉망이 되었을 줄은 그조차도 예상치 못한 일이었기 때문이다.

그가 자신도 모르게 천우진을 돌아보았다. 천우진의 반응이 두려웠기 때문이다. 그러나 그 순간 천우진은 내심을 알 수 없는 무표정함을 유지하고 있었다.

그래서 무서웠다. 예전의 천우경이 과묵하긴 했지만, 이 정도까지는 아니었다. 지영정은 그의 눈앞에 있는 사내가 천우경이 아니란 사실을 알지 못했다. 천우경과 같은 얼굴을 하고 있지만, 근본적으로 그는 천우경이 될 수 없는 남자였다.

그의 걸음이 연무장 한쪽에 있는 조그만 바위에 기댄 채 잠을 자고 있는 사내에게 향했다. 그는 천우진이 다가오는 줄도 모르고 세상모른 채 단잠을 자고 있었다.

동생은 이런 자들을 믿고 같은 꿈을 꾸려 했던가?

갑자기 화가 머리끝까지 치솟아 오르며 그의 눈에 살기가 떠올랐다.

"워, 원주님?"

그런 변화를 눈치 챈 지영정이 천우진을 급히 불렀지만 이미 때늦은 후였다.

퍽!

"컥!"

천우진의 발길질이 사내의 옆구리를 강타했다. 사내로서는 잘 자다가 봉변을 당한 격이었다.

"쓰벌! 어떤 개새가 겁도 없이 이 노고치 어르신의……."

노고치가 옆구리에서 느껴지는 격렬한 통증에 인상을 쓰며 일어났다. 그러다 자신에게 통증을 안겨 준 사내가 천우경과 같은 얼굴을 하고 있는 것을 보더니 언제 그랬냐는 듯이 얼굴 가득 헤픈 미소를 지었다.

"헤헤! 원주님, 나오셨군요. 언제 나오셨습니까? 미리 언질을 주셨으면 마중이라도 나갔을 텐데."

그의 입에서 기분 나쁜 술 냄새가 풀풀 풍겨 나오고 있었다.

쾅!

노고치의 얼굴이 돌아갔다. 천우진의 주먹이 어느새 그의 안면에 작렬한 것이다. 그의 입에서 피가 뿜어져 나왔다.

말 한마디조차 없이 주먹을 날리는 천우진의 모습에 노고치가 어이없다는 표정을 지었다. 오랜만에 만나서 한다는 짓이 겨우 사람을 패는 거라니.

또다시 천우진의 주먹이 날아왔다. 일체의 기교가 존재하지 않는 단순한 주먹질, 노고치는 자신의 특기인 경공술을 발휘해 그의 주먹질을 피하려고 했다. 그러나 불가사의하게도 천우진의 주먹은 그가 피하려는 곳에 미리 도달해 있었다. 결론적으로 노고치가 스스로 천우진의 주먹을 향해 달려든 꼴이 된 것이다.

쾅쾅쾅!

"컥! 우웩!"

천우진의 주먹이 거침없이 노고치의 전신에 작렬했다.

그의 주먹에 맞을 때마다 뼈가 울려왔다. 그 통증이 전신으로 파문을 일으키며 퍼져 갔다. 전신을 찌르르 울리는 엄청난 통증에 노고치는 비명조차 제대로 지르지 못했다. 처음에 대항하려던 몸짓과 달리 그는 몸을 최대한 웅크려 충격을 최소한으로 줄일 수밖에 없었다.

쾅쾅!

마치 화포를 발사하는 것과 같은 소리가 노고치의 전신에서 울려 퍼지고 있었다. 그때마다 노고치의 얼굴에, 노고치의 몸에 시커먼 멍 자국이 생겨나고 있었다.

노고치가 맞는 소리에 여기저기 널브러져 있던 흑무원의 무인들이 모여들기 시작했다. 그들은 노고치가 왜 맞는지 이유를 알지 못했다. 하지만 천우진이 무척이나 화가 나 있다는 사실 정도는 충분히 눈치 챌 수 있었다. 지금 천우진은 그들에 대한 화풀이를 노고치에게 대신 하는 것이다.

그렇게 얼마나 노고치를 팼을까? 천우진의 주먹질이 멈췄다. 이미 노고치는 반 실신 상태였다. 그리고 그의 몸은 잘 다져진 고깃덩이처럼 변한 상태였다.

천우진이 자신의 주위에 몰려든 흑무원의 젊은 무인들을 돌아봤다. 그의 시선이 닿는 자마다 움찔했다. 이전과는 전혀 다른 그의 이질적인 눈빛에 왠지 위축되는 것이다.

문득 천우진이 입을 열었다.

"너희들과 같은 꿈을 꾸려고 했단 사실이 부끄럽구나."

"……."

"너희들을 믿고 일을 진행하려 했던 내……가 부끄럽구
나."

천우진은 진심으로 화가 나 있었다.

그는 천우경을 대신해 외치고 있었다. 이런 이들을 믿고 천
우경은 날개를 펼치려고 했던가? 그런 실망감이 그의 가슴속
을 지배하고 있었다.

천우진은 그들의 변명을 듣는 대신 몸을 돌렸다. 이곳에 더
있다가는 이들 모두를 죽여야 성질이 풀릴 것 같았기 때문이
다.

그때였다.

"워, 원주, 기다리시오."

이제까지 거의 실신 상태로 있던 노고치가 천우진을 힘들게
불렀다.

천우진이 뒤돌아보자 힘겹게 일어서는 노고치의 모습이 보
였다. 전신에 피를 흘리면서도 노고치는 일어서고 있었다. 그
는 자신을 부축해 주려는 동료들의 팔도 뿌리치고 혼자의 힘
으로 일어났다.

"원……주께서 왜 화가 났는지 알 것도 같소."

"그런가?"

처음으로 천우진이 입을 열었다.

"하지만 우리도 원주께 화가 나 있소. 우리를 이렇게 만든

것은 원주가 아니시오."

"내가?"

"그렇소! 우리를 이렇게 만든 것은 원주란 말이오."

노고치가 눈을 부릅뜬 채 힘겹게 말을 뱉어냈다. 그 모습에 다른 이들의 분위기까지 숙연해졌다. 그러나 천우진은 냉정하게 말했다.

"말해 봐!"

"우리를 이렇게 만든 이가 원주지 않습니까? 무어라 하셨습니까? 같이 꿈을 꾸자고 하셨습니다. 이 구주천가를 우리의 힘으로 바꾸자면서요. 그런데 무얼 보여 주셨습니까? 세파에 흔들리고, 힘들어 하는 원주님을 보면서 우리는 무기력함을 느껴야 했습니다. 왜 우리에게 말하지 않으셨습니까? 힘들다고, 정말 힘들다고. 그러니 도와달라고. 그렇게 손만 내밀었다면 우리는 원주님을 위해 목숨이라도 내놓았을 겁니다. 하지만 원주님은 그 모든 아픔을 혼자 간직하려고만 했을 뿐, 우리를 철저히 방관자의 입장에 두셨습니다. 그런데 우리가 무얼 한단 말입니까? 원주님은 우리를 보호하고자 하셨겠지만, 우리는 꿈을 잃었습니다."

그 순간 노고치는 뜨거운 눈물을 흘리고 있었다. 그것은 다른 이들 역시 마찬가지였다.

그들이 보아 온 천우경은 고독한 사내였다.

같은 꿈을 꾸자고 하면서도 모든 고통은 그 혼자 인내하려

했다. 수많은 이들의 핍박 속에서도 그는 모두를 보호하려고 만 했지, 아픔을 나누려고는 하지 않았다.

결국 흑무원의 무인들은 이곳에 남겨진 채 천우경이 서서히 망가져 가는 모습을 지켜봐야 했다. 그런 그들의 가슴 또한 천우경만큼이나 아팠다. 그런 아픔을 견디기 위해 그들은 외면해야 했다. 그러지 않고서는 심장이 견딜 수 있을 것 같지 않았다.

노고치는 그런 자신들의 감정을 외치고 있었다.

그의 감정에 이입된 흑무원의 무인들이 천우진을 바라보고 있었다. 그들의 눈에는 어느새 붉은 기운과 함께 뿌연 습막이 어려 있었다.

그들은 천우진에게 대답을 기대하고 있었다.

"꿈이라…… 꿈은 오직 강한 자만이 꿀 수 있는 특권이다. 묻지, 너희들은 꿈을 꿀 자격이 있는가?"

"……."

"나와 함께 꿈을 꿀 수 있는 자격이 있는가?"

천우경을 대신해 천우진은 외치고 있었다. 그러나 누구도 대답하지 못했다. 그들은 강자가 아니었다. 강자가 아니었기에 천우경에게 도움이 되지도 못했으며, 흑무원이라는 좁은 틀 안에서만 숨을 쉬어야 했다.

약자라는 것은 그래서 서러웠다. 자기 자신을 함부로 드러낼 수도 없거니와 누군가에게도 떳떳하지 못했다. 그들은 약자의 서러움을 너무나 잘 알고 있었다.

"강해져라. 나와 함께할 수 있는 자격을 스스로 갖춰라. 그렇다면 나……와 함께 꿈을 꾸게 되리라."

예전의 천우경이라면 결코 하지 않을 너무나 광오한 말. 그러나 막상 그의 입에서 나오자 그보다 더 잘 어울려 보일 수가 없었다.

노고치가 떨리는 음성으로 물었다.

"어, 얼마나 강해지란 말입니까? 당신이 말하는 강함의 기준은 도대체 무엇입니까?"

"지옥을 거닐 수 있어야 한다. 앞으론 피를 볼 일이 무척 많아질 테니까."

부르르!

그 순간 천우진의 살기 어린 음성에 감염이라도 된 듯 흑무원의 무인들이 몸을 떨었다.

천우진의 말이 사실이 될 거라는 예감이 들고 있었다.

제9장

모난 돌이
정을 맞는다

"공자님, 용정차를 가져왔습니다."

천우경의 오랜 종복인 석 노인이 찻물이 든 주전자와 찻잔을 내려놓았다. 석 노인은 천우경의 곁에서 평생 모셔 온 가복이었다. 모두가 천우경의 적으로 돌변했을 때도 그만큼은 곁을 떠나지 않고 충성을 다해 보필했다. 비록 나이가 들어 그가 할 수 있는 것은 잔심부름이나 차를 나르는 것에 불과했지만, 그마저도 작은 행복이라 생각하고 있었다.

석 노인은 천우경이 천우진으로 바뀐 줄 몰랐다.

단지 그의 분위기가 너무나 많이 바뀌었다고 생각했다. 하지만 근래에 천우경이 겪은 고초를 너무나 잘 알기에 천우경의 성격이 바뀐 것이 아닌가 짐작했다.

사실 천우진의 분위기는 천우경과 판이하게 달랐다. 하지만 외모가 너무나 완벽하기에 오랜 세월 천우경을 모셔 온 석 노인조차도 진위를 판별할 수 없었다.

천우진은 말없이 찻잔을 자신의 앞에 가져다 놓았다. 그에석 노인이 고개를 숙이며 조용히 물러났다.

'불쌍하신 분. 이렇게 철저하게 고립되어 계시다니. 얼마나 외로우실까?'

석 노인의 눈가에 한 방울 눈물이 맺혔다. 천우진의 변한 모습이 마치 자신이 충실히 모시지 못한 탓 같았기 때문이다.

석 노인이 나간 이후에도 천우진은 침묵을 지켰다.

천우진의 눈은 깊게 침전되어 있었다.

마치 지옥으로 향하는 무저갱처럼 깊고 흔들림이 없는 그의 눈동자를 보자면 누구라도 가슴에 찬바람이 할퀴고 지나가는 것을 느낄 것이다.

일체의 표정도 없는 무심함을 유지한 채, 그는 자신의 눈앞에 걸린 거대한 지도를 바라보고 있었다. 지도에 몰두했기에 석 노인에게 신경조차 쓰지 않은 것이다.

구주천가를 그린 지도였다. 거대한 성도를 연상시킬 정도로 방대한 무인들의 대지. 어떤 이는 평생을 살아도 모르는 곳이 더 많을 정도라고 했다. 그만큼 구주천가는 방대했고, 또한 신비했다.

천우진은 구주천가의 모습을 자신의 눈에 각인시키고 있었다.

조그만 식당의 위치부터 각 조직이 머무는 숙소, 그리고 일

천, 이전, 삼부, 사원, 오각, 육대, 칠군에 이르는 수많은 건물 군까지 남김없이 그는 기억했다.

그가 문득 입을 열었다.

"칠백 년 전부터 성장을 거듭해 온 무인들의 대지. 칠백 년의 세월 동안 수많은 무인들과 그들의 절기를 흡수해 온 구주천가는 이미 그 하나만으로도 능히 천하를 아우를 만하다. 현재 천하의 그 어떤 세력도 감히 천가에 견줄 만큼 크지 못하다. 예전부터 천가의 전대 가주들이 자신들에게 대항할 싹을 철저하게 짓밟았기 때문이다. 그로 인해 멸문한 문파만 수십, 아니 수백 개는 될 터. 천가는 그야말로 피의 바다 위에 세워진 거대한 성이다."

하나의 문파가 세워지기 위해선 수많은 이들의 피가 필요하다. 일개 지역을 다스리는 문파가 그럴진대 천하를 다스리는 구주천가라면 얼마나 많은 피를 발판으로 세워졌겠는가?

"그야말로 거대한 공룡과도 같은 구주천가, 이런 천가를 무너트린다면, 그것도 내부에서부터 분열을 일으켜 붕괴시키기 위해서는 얼마나 많은 준비를 해야 했을까? 수년, 어쩌면 수십 년 전부터 음모가 진행되어 왔을 것이다. 어떤 식으로 음모를 꾸며야 가장 효율적으로 구주천가를 붕괴시킬 수 있을 것인가?"

천우진은 가상의 적이 되었다.

그는 구주천가의 조직도와 지도를 머리에 숙지한 채 적의 입장이 되었다. 그리고 그의 두뇌가 맹렬히 회전을 하기 시작했다.

구주천가를 무너트리기 위한 수많은 계책이 그의 머릿속에서 만들어지고, 버려지고, 또다시 만들어지기를 반복했다.

"내부의 분열을 가장 효과적으로 일으킬 수 있는 방법은? 수뇌부를 이간질시킨다? 아니야, 그것으론 모자라. 일단 수뇌부에게 접근할 수 있는 연결 통로가 있어야 해. 어떻게 접근하면 가장 효과적으로 접근할 수 있을까? 다른 이들의 시선을 의식하지 않고, 가장 자연스럽게 접근할 수 있는 방법은? 내부에 조력자가 있어야 해. 그것도 매우 높은 위치에서 남들에게 의심을 받지 않을 사람. 모든 이들의 예상을 뒤엎는 그런 사람이 말이야. 구주천가에 그런 자가 몇 명이나 존재할까?"

천우진의 머릿속에서는 환영의 탑에 존재하는 오십만 권에 이르는 서책의 방대한 지식이 담겨 있었다. 수많은 병법과 암계가 그의 머릿속에서 하나의 그림을 만들어 내고 있었다.

천우진은 철저하게 적의 입장에서 구주천가를 공략하기 위한 그림을 그리고 있었다.

"현재 그들과의 연결고리가 될 수 있는 가능성을 지닌 자는 다섯 명 정도. 모두 의외라고 해도 좋을 정도의 인물들이다. 이들은 구주천가에 공헌도도 깊고, 대대로 충성을 다해 왔다."

결국 천우진은 자신이 생각할 수 있는 가장 훌륭한 가능성을 도출해 냈다. 그가 머릿속에 떠올린 다섯 명을 다른 사람이 듣는다면 허황된 생각이라고 비웃을 것이다. 그러나 천우진은 그들 중 한 명이 이번 사태에 깊은 연결고리를 가지고 있을 것이라고 생각했다.

이어 그는 자신의 행동 방향에 대한 숙고를 시작했다.

"지금까지 보여 준 그들의 능력이라면 우경이가 아직까지 목숨을 부지할 수 있었던 것은 다분히 의도된 상황이라고 봐야 한다. 그들은 우경이를 멸혼관의 마지막 관문에서 모두가 보는 앞에서 제거함으로써 천가가 끝이 났다는 심리적인 박탈감을 안겨 주려 했다. 그렇게 함으로써 그들이 얻을 수 있는 것은? 단순한 심리적인 박탈감만 주려 했다면 그렇게 거창한 계획을 세울 필요가 없다. 그 이면에 숨겨진 내용을 읽어야 한다. 그래야 그들의 진정한 의도를 알 수 있다."

그에게 남은 시간은 단 이틀뿐이었다.

출관하고 하루가 지났기에 이틀 후면 멸혼관에 들어야 하는 것이다. 멸혼관에 들기 전까지 자신의 행동 방향을 세워 놓아야 한다. 때문에 천우진은 두뇌를 극한까지 혹사시켜 적들의 의도와 자신이 행동할 방향에 대한 가닥을 하나하나 잡아갔다.

"그러나 아직 정보가 부족해. 더욱 많은 정보가 있어야 해. 그래야만 현 상황을 타개할 수 있어. 그것은 저들도 마찬가지일 터. 그들 역시 천가 내에 존재하는 정보망을 암중 장악하고 있을 것이다. 그렇다면 그들이 예상하지 못하는 정보력을 동원할 수 있는 힘을 확보해야 한다."

문득 천우진의 입가에 웃음이 떠올랐다.

모두들 그가 아무것도 가지지 않았다고 생각하겠지만, 실은 그만큼 훌륭한 수족을 지닌 이도 드물 것이다.

이제까지 천우경의 적들은 음지에 숨어 있었다. 그들은 자신들의 모습을 철저히 감춘 채 천우경의 숨통을 서서히 조여왔다. 그들의 눈에 비친 천우경은 거미줄에 걸린 불쌍한 나비나 다름없었을 것이다.

"그리고 웃었겠지. 그 아이의 죽음을 조소하며……."

하지만 이제는 다르다.

그들은 여전히 어둠 속에 존재하지만, 천우진은 이미 그들의 원류를 추적해 갈 단서를 얻은 상태였다. 이제까지의 수많은 상황 증거와 천우경의 몸속에 잠복해 있는 수많은 독들이 그들의 정체에 대해 이야기해 주고 있었다. 그것들은 비록 사소한 것들이었지만, 본래 사소한 것들이 하나 둘 모여 거대한 그림을 그리게 되는 법이었다.

그들의 윤곽은 조금씩 드러나는 반면 천우진은 여전히 어둠 속에 존재했다. 천우경이 당할 때와는 반대로 상황이 바뀐 것이다.

"철저하게 사냥해 주지. 그 아이가 당했던 그대로……."

천우진이 미소를 지었다.

이미 그의 머릿속에는 수많은 계획이 떠올라 있었다. 그중에서 현실적으로 가능성이 없는 것들은 모두 배제하고, 효율적인 것들의 장점만 취합했다.

그가 환영의 탑 지하에서 꺼낸 무인들 역시 그의 계획을 이루기 위한 효율적인 도구들이었다.

전대 환영의 탑주이자 그의 사부는 침입자들을 단 한 번도 살려 둔 적이 없었다. 그러나 천우진은 달랐다. 언젠가 단 한 번이라도 쓸 수 있길 기대하며 그들에게 생로를 열어 두었다. 그런 그의 기다림이 결실을 맺고 있었다.

종제영은 종제영 나름대로, 원개세는 원개세 나름대로 쓸모가 있을 것이다. 그리고 나머지 이들 역시 마찬가지였다. 천우진의 머릿속에는 이미 그들의 활용도가 그려져 있었다.

그들은 구주천가 각지로 흩어졌고, 천우진을 위해서 일을 시작했다. 다른 이들은 모르는 오직 천우진만을 위해 존재하는 창이었다. 그를 위해 싸우고, 피를 흘려 줄……

"싸우고, 또 싸우게 되리라."

그의 잔혹성이 눈을 뜨고 있었다.

천우진은 용정차를 마셨다. 용정차는 천우경이 즐겨 마시던 차였다.

생전 처음 마시는 용정차였다. 차향이 은은하면서도 냉정하다고 느껴졌다. 그 성정이 자신과 닮은 것 같아 마음에 들었다.

그는 차를 한 모금 마시며 자신의 생각을 차분히 정리했다. 그는 이렇게 어둠 속에서 혼자 생각을 정리하는 시간을 좋아했다. 때문에 그는 두꺼운 휘장으로 창문이란 창문을 모조리

가렸다. 아직도 그는 햇볕에 익숙해지지 못했다. 이십칠 년의
세월을 어둠 속에서 살아온 그였다. 하루아침에 햇볕에 적응
할 수 있는 것은 아니었다.

"크큭! 그렇게 비싼 차를 마시면 고상해질 수 있다고 믿는
것이냐?"

그때 천장에서 낯익은 목소리가 들려왔다.

순간 천우진의 입가에 싸늘한 미소가 걸렸다. 그는 용정차
를 마시던 자세 그대로 입을 열었다.

"언제부터 탁탑마도가 천장으로 다녔지? 그야말로 쥐새끼
가 되었군."

"크으! 놈, 나를 이렇게 만든 것은 바로 네놈이 아니더냐! 도
대체 언제까지 이렇게 쥐새끼마냥 숨어 있어야 한단 말이더냐?"

"후후후."

천우진이 나직한 웃음을 흘렸다.

원개세의 음성에서 그의 초조함이 느껴지고 있었다. 본래부
터 천하가 좁다 하고 활개치고 다니던 인물이었다. 그런 인물
을 금제하고 있으니 갑갑함을 느끼는 것이 당연한 일이었다.

"내가 알아내라고 한 내용은?"

"무영신투라고 했던가? 여하튼 종가 그놈이 개 발바닥에 땀
나도록 뛰어다니고 있으니 곧 좋은 소식이 있겠지."

"차 한 잔 하겠는가?"

쿵!

천우진의 말이 채 끝나기도 전에 천장에서 민대머리의 거인이 뚝 떨어져 내렸다. 그는 천우진의 대답도 듣지 않고 성큼성큼 걸어와 앞자리에 앉았다. 거인은 원개세였다. 그는 지하감옥을 나온 후 허리까지 자랐던 머리를 스스로 밀었다. 거추장스럽다는 이유에서였다.

상식을 뛰어넘는 엄청난 거구와 얼굴에 고스란히 드러나는 흉폭성까지, 보는 이의 기를 충분히 질리게 할 만한 모습이었다. 그러나 천우진은 옅은 웃음과 함께 그의 잔에 차를 따라 주려 했다. 그러나 원개세는 찻잔을 버리고 대신 옆에 있는 커다란 그릇을 들었다. 천우진은 조용히 미소를 지으며 그의 그릇에 차를 가득 따라 주었다.

원개세는 거침없이 잔을 들이켰다.

"크으! 이 씁쓸한 것이 뭐가 좋다고 하는지. 차라리 싸구려 화주가 더 낫겠구나."

그는 입가에 흘러내리는 찻물을 닦으며 그렇게 중얼거렸다.

천우진의 미소가 더욱 짙어졌다.

"몸이 근질거리는 모양이군."

"흐흐~! 네놈 덕분에 지하 뇌옥에 갇혀 있던 시간이 십 년이었다."

"주인."

"그래! 주인, 네놈 때문에 말이다."

원개세는 아무렇지 않게 그렇게 말했다. 비록 주인이라고 부르지만, 여전히 인정하지 않겠다는 태도였다. 그러나 천우진은 전혀 개의치 않았다. 어차피 진정으로 그의 주인이 되겠다는 생각 따위는 갖지 않았다. 단지 일 년만 그를 이용할 수 있으면 된다. 그때까지 원개세가 살아서 자신을 도와준다면 그걸로 족했다.

"지하 뇌옥에서 나는 도를 버리고 암파천왕공을 택했다. 그 모두가 네놈을 죽이기 위해서다. 그 사실을 잘 알고 있겠지?"

"물론."

"흐흐! 나는 내 성취를 확인해 보고 싶다. 내가 선택한 길이 과연 옳은지, 내가 가는 길에 정말 후회가 없는지 말이다. 어느 놈을 죽일 것인지 말만 해라. 원하는 놈은 모두 죽여 줄 테니까."

원개세의 눈에는 진득한 광기가 흐르고 있었다. 그의 말은 진심이었다. 천우진이 말만 하면 정말로 보이는 모든 것을 죽일 기세였다. 그러나 돌아온 것은 뜻밖에도 천우진의 고갯짓이었다. 그것은 명백한 거절의 표시였다. 그에 원개세가 비웃음을 흘렸다.

"흐흐! 막상 일을 저지르려니 두려운 것이냐? 하긴 두렵기도 하겠지. 상대가 구주천가 전체일 수도 있으니."

"무언가 잘못 알고 있군."

"뭐가 말이냐?"

"죽음은 단지 고통을 단축시킬 뿐, 진정한 의미의 처벌이 될 수 없다. 그렇게 쉽게 죽음을 내리기엔 내 성이 풀리질 않아."

천우진의 냉정한 말에 원개세의 눈에 이채가 떠올랐다.

그가 아는 천우진은 결코 자신의 적을 용서하는 자비로운 자가 아니었다. 그는 자신의 적이라고 인식하면 누구보다 철저하게 파괴하고 짓밟는 잔혹한 성정을 가지고 있었다. 원개세와 비슷한 시기에 탑에 들어왔던 이 중 한 명이 그렇게 죽었다.

당시 천우진은 마치 어린아이가 질린 장난감을 망가트리듯 그렇게 철저하게 그를 파괴해 죽였다. 원개세는 그 모습을 지켜본 유일한 인물이었다. 때문에 그는 천우진이 얼마나 상상을 초월하는 잔혹성을 지니고 있는지 누구보다 잘 알고 있었다.

그런 천우진이 이렇게 말할 정도면 정말 단단히 벼르고 있다는 의미였다.

"주인, 정말 단단히 마음먹었군."

원개세의 눈에는 피바람이 몰아칠 구주천가가 환히 보이는 듯했다.

그때 천우진이 하얀 미소를 떠올리며 말했다.

"후후, 손님이 온 모양이군."

"응?"

잠시 후 원개세의 이목에도 기세등등하게 흑무원에 들어서는 이들의 기척이 감지됐다.

*　　　*　　　*

피처럼 붉은 적의를 입은, 육십 세가량의 대나무처럼 삐쩍 마른 노인과 청수한 인상에 산뜻한 청의를 차려입고 고풍스런 문양이 새겨진 고검을 허리에 찬 노인이 함께 흑무원으로 들어오고 있었다.

적의를 입은 삐쩍 마른 노인은 혈죽자(血竹子) 상관청소였고, 고검을 허리에 찬 노인은 십기검영(十氣劍影) 관가량이었다.

두 사람 모두 장로원에 속한 장로들로, 그 영향력이 꽤나 큰 거물들이었다. 그리고 두 사람 모두 꼬장꼬장한 성격으로도 유명했다. 사소한 것 하나도 그냥 넘어가는 법이 없고, 원리 원칙에 충실하기 때문에 상대하기 까다롭다고 정평이 났다. 그런 그들이 흑무원에 들어올 이유는 한 가지밖에 없었다.

그들은 천우진이 몽혼벽을 출관하면서 일으킨 피바람 때문에 노구를 이끌고 흑무원으로 찾아온 것이다.

"무슨 일이십니까?"

지영정이 그들을 막아섰다. 그러자 두 노인의 미간이 잔뜩 찌푸려졌다.

"원주를 만나 뵈러 왔네. 기별을 넣어 주게."

"그분께서는 휴식을 취한다 하셨습니다. 방문자는 아무도 받지 말라 이르셨습니다."

"장로원에서 왔다고 하면 그도 만나 줄 게야. 어서 소식이

나 전하게."

상관청소가 심기가 불편한지 퉁명스런 어조로 말을 내뱉었다.

사실 그는 이곳 흑무원에 자신이 와야 한다는 사실이 그다지 마음에 들지 않는 사람이었다. 더구나 자신과 같은 장로가 왔는데도 불구하고 천우경이 얼굴 한번 내밀지 않는다는 사실이 그의 심기를 더욱 불편하게 만들고 있었다.

그러나 지영정의 반응은 상관청소의 생각과 달랐다.

"원주님께서는 아무도 들이지 말라고 하셨습니다."

"뭣이? 감히 가문의 장로들을 무시한단 말인가?"

"그분께서는 폐관수련 때문에 매우 지치신 상태입니다. 그래서 몸을 추스른다고 하셨습니다."

"그 어떤 이유로도 천가 내에서 함부로 살인을 한 죄는 무마될 수 없네. 어서 그에게 전하지 못하겠는가?"

"안 됩니다."

"갈(喝)!"

순간 관가량의 입에서 대갈이 터져 나왔다.

그의 심후한 공력이 담긴 노성에 지영정의 얼굴이 창백하게 질리더니 입가에서 한 줄기 선혈이 흘러나왔다.

비록 지영정이 젊은 무인들 사이에서는 두각을 나타내는 존재였지만, 관가량과 같은 노고수에 비할 수는 없었다. 무공을 익혀 온 연수만큼이나 공력의 차이가 컸다. 때문에 관가량의 노성에 그는 내상을 입고 말았다.

그러나 입가에 피를 흘리면서도 지영정은 자리를 비키지 않았다. 관가량과 상관청소의 얼굴에 노기가 떠올랐다.

"그래도 이놈이……."

그때였다.

흑무원 여기저기에서 젊은 무인들이 나타나 지영정의 뒤에 합류하기 시작했다.

비록 말은 없었지만 그들의 얼굴에 떠올라 있는 것은 관가량과 상관청소에 대한 적의였다.

"감히 하극상을 벌이겠다는 것이냐?"

"우리는 단지 원주님의 명을 따를 뿐입니다."

"으음!"

뿌드득!

두 노인이 이빨을 갈았다.

예전의 흑무원은 이렇지 않았다. 비록 천우경의 심복들로 대가 세다는 것은 알았지만, 장로들인 자신들의 위세에 감히 대항할 엄두를 내지 못했다. 그런 이들이 변했다.

비록 무공 수위는 형편없지만 자신들을 바라보는 그들의 눈빛이 범상치 않았다. 그 모습이 그들의 자존심을 더욱 건드렸다.

상관청소의 눈에 살기가 떠올랐다.

"그 주인에 그 수하 놈들이구나. 주인은 폐관수련이 끝나자마자 살인을 저지르고, 그 수하들은 상급자에게 항명이나 하고…… 결코 가만히 두어서는 안 될 족속들이구나."

그의 몸에서 막대한 기세가 피어올랐다.

이미 오래전부터 천가의 장로로서 막강한 무위를 자랑하던 그였다. 진정으로 그가 살기를 품었다면 흑무원의 젊은 무인들이 결코 당해 낼 수가 없었다.

"퉤엑! 젠장할~! 정말 해도 해도 너무하는구먼. 원주님께서 피곤해서 쉬신다고 하는데 그게 그렇게 정말 큰일인가? 하여간 늙은이들은 사소한 일도 크게 불리길 좋아한다니까."

지영정의 등 뒤에서 노고치가 바닥에 침을 뱉으며 나지막한 목소리로 그렇게 중얼거렸다. 그러나 그의 목소리는 선명하게 상관청소와 관가량의 귀에 들어갔다.

"이놈!"

결국 관가량의 화가 폭발하고 말았다. 그의 손은 섬전보다 빠르게 고검을 잡아 가고 있었다.

그리고 그의 검이 뽑힐 찰나.

"그들을 안으로 들여라."

내실에서 천우진의 목소리가 흘러나왔다.

"크으!"

관가량의 미간이 보기 싫게 일그러졌다. 참으로 절묘한 순간에 들려온 목소리였다. 그의 내공 운용의 맥을 끊으며 들려온 목소리에 기혈이 들끓고 있었다.

그제야 지영정과 흑무원의 무인들이 길을 비켜 줬다.

관가량과 상관청소는 그들을 헤치고 천우진의 거처로 발걸음을 옮겼다. 흑무원의 젊은 무인들은 그런 두 사람의 등을 적개심이 담긴 눈으로 노려보고 있었다.

'도대체 무슨 일이 벌어지고 있는 것인가? 예전부터 흑무원의 어린것들이 대가 세다는 사실은 널리 알려져 있었지만, 이것은 도를 넘어선 것이 아닌가. 도대체 무엇이 저들을 그렇게 만든 것인가.'

상관청소의 얼굴에 그늘이 드리워졌다.

무언가 일이 이상하게 돌아가고 있다는 느낌이 들었다. 그러나 그들은 그런 생각을 애써 지우며 방으로 들어갔다. 그리고 그들은 탁자에 앉아 차를 마시고 있는 천우진과 그의 등 뒤에 서 있는 민대머리의 거한을 볼 수 있었다.

두 사람이 들어왔음에도 불구하고 시선도 주지 않고 조용히 차를 마시는 천우진, 그리고 그들을 보며 하얀 이를 드러낸 채 웃고 있는 거구 노인의 모습이 사뭇 이질적으로 다가왔다.

상관청소의 눈가가 미미하게 떨렸다.

처음 보는 천우경이 아니었다. 그는 천우경이 어린 시절부터 수도 없이 보아 왔기에 그에 대해 무척이나 잘 알고 있었다. 그의 얼굴, 그의 웃음, 그의 기질 등 상관청소가 천우경에 대해 모르는 것은 거의 없었다.

그런데 무언가 이상했다.

분명히 천우경의 얼굴이었고, 천우경의 습관처럼 차를 마시고 있지만 무언가 미묘하게 달라 보였다. 창문마다 휘장을 걸어서 그런지 몰라도 그가 보는 천우경의 주위에 한 줄기 어둠의 장막이 뿌옇게 끼어 있는 것처럼 보였다.

'기질이 달라졌다. 도대체 폐관수련에서 무슨 일이 있었기에……'

그는 천우경이 실은 천우진이라는 사실은 전혀 생각지도 못한 채 기질이 달라졌다고 생각했다.

천우진은 그들이 들어왔음에도 불구하고 시선 한번 주지 않고 무심히 용정차만 마셨다. 명백히 상관청소 등을 무시하는 태도였다. 그 모습에 결국 상관청소 등이 입술을 깨물며 먼저 입을 열었다.

"소가주를 뵙소이다."

"오랜만이오, 소가주."

그제야 천우진이 고개를 들어 그들을 바라봤다.

"무슨 일인가?"

"소가주께서 몽혼벽을 나선 직후 살인을 했다 들었소이다. 사실이오까?"

"사실이라면?"

"어찌 천가의 대통을 이을 분께서 사소한 일에 발끈하셔서 함부로 살인을 한단 말이오? 참으로 소가주의 자질을 의심하지 않을 수 없소이다."

관가량이 발끈해 외쳤다.

그러나 그를 바라보는 천우진의 눈빛은 너무나 냉정했다.
지금 그의 머릿속에는 관가량과 상관청소에 대한 정보가 흘러
들어 오고 있었다.

천우경의 일기 속에는 두 사람에 대한 언급이 몇 줄 존재했
다. 천우진은 그런 단편적인 정보를 바탕으로 두 사람의 내면
을 읽어 내고 있었다.

'상대를 가늠하는 작은 눈, 유독 좁은 미간과 세모꼴의 턱
선. 자존심을 빼면 시체라고나 할까? 누군가 자신에게 대드는
것을 죽기보다 싫어하고, 자신의 권위를 확인해야만 직성이
풀리는 성정을 가지고 있군.'

수많은 세월을 살아온 사람의 얼굴에는 그 사람의 성정이
고스란히 담겨 있었다. 평생을 이기적으로 살아온 사람에게는
그러한 표정이 담겨 있었고, 소심한 사람에게는 그만의 인상
이 존재하는 법이다. 관가량과 상관청소 역시 그런 범주에서
벗어날 수 없었다.

'진정으로 무서운 자는 자신의 얼굴마저 속일 수 있는 사람
이지.'

천우진이 서늘한 미소를 지었다.

천우진의 미소에 관가량 등의 얼굴에 더욱 큰 노기가 떠올
랐다. 그러나 그들을 바라보는 천우진은 여전히 여유로웠다.
이미 심리적인 우위는 그가 차지하고 있었다.

두 사람은 자신들이 매우 대단한 사람이라 자부하고 있겠지

만, 천우진이 보기에는 그저 욕심 많고 자신의 권위를 세우기 좋아하는 탐욕스런 늙은이에 불과했다. 그런 이들을 상대로 그가 위축될 일 따위는 전혀 없었다.

마침내 천우진이 입을 열었다.

"그 일은 아무런 문제없이 넘어갔을 텐데."

"그게 무슨 말이오? 살인이 아무런 문제없이 넘어가다니. 더구나 가주가 될 자격을 갖추신 분의 실수이오. 그런 일일수록 더욱 엄중히 책임 소재를 짚고 넘어가야 하오."

"당시 그곳에 있던 자들 중 이의 제기를 한 자는 존재하지 않았다. 모두가 그가 죽을죄를 지었기에 죽었다고 인정한 셈이다. 그런데 이제 와서 장로들이 그에 대해 반론을 제기하는 것은 소가주의 권위에 대한 도전이라고 생각해도 되겠군."

"아니, 어찌 말이 그렇게 흘러가오? 우리는 소가주의 잘못된 처사에 대해 이야기하고 있는 것 아니오!"

상관청소가 발끈했다. 이미 그의 얼굴은 벌겋게 달아올라 있었다. 사실 지금 이 순간 그는 내심 당황하고 있었다.

천우경의 반응이 그의 예상과 달랐기 때문이다.

예전의 천우경은 무조건 양보했고, 자신의 잘못을 순순히 인정하는 남자였다. 그만큼 다루기도 쉬웠다. 그래서 이번에도 마찬가지일 거라 생각했다. 그러나 눈앞에 있는 남자의 반응은 그들의 예상을 초월하고 있었다.

"훗! 소가주에 대한 항명을 즉결참한 것이 그리 큰 죄던가?

그렇다면 예고도 없이 소가주의 거처에 침입해서 큰소리치는 장로들의 죄는 어떻게 다스려야 하는가?"

"갈(喝)! 그게 무슨 말이시오? 우리는 엄연히 절차대로……."

"절차? 무슨 절차를 말인가? 내가 당신들에게 여기에 들어와도 좋다고 허락한 적이 있었던가?"

"아니, 방금 전에 소가주께서 들어와도 좋다고 하셨지 않소?"

"나는 그런 말을 한 기억이 없는데……."

천우진이 싱긋 미소를 지었다.

상관청소와 관가량의 얼굴에 당혹감이 떠올랐다. 그제야 그들은 무언가 잘못됐다고 생각했다.

이곳은 흑무원이었다. 그리고 천우경의 거처였다. 이곳에 존재하는 모든 이들이 그의 심복인 것이다. 그런 상황에서 제 아무리 자신들이 천우경이 잘못했다고 우겨도, 그가 아니라고 한마디만 한다면 처벌할 방법이 없는 것이다.

그때 천우진이 자리에서 일어났다. 그러자 주위의 어둠이 요동쳤다. 그가 두 사람에게 다가오며 속삭이듯 말했다.

"후후! 내가 그렇게 우습게 보였던가? 비록 이름뿐이긴 하지만 그래도 가주 대행 역할을 하고 있는 나에게 항명한다는 것은 구주천가의 권위에 도전한다는 것과 다를 바가 없다. 당신들은 구주천가를 부정하는 것인가?"

"그, 그건……."

두 사람의 얼굴에 당혹한 빛이 떠올랐다.

이름뿐인 가주 대행이었다. 가주 대행이라는 꼬리표만 주고, 그에 걸맞은 권위는 하나도 주지 않았다. 그렇기에 그들은 마음껏 천우경을 무시할 수 있었다. 그런데 이제 그가 가주 대행이라는 무기를 들고 나왔다.

천우진의 입가에 조소가 걸렸다.

자신의 쌍둥이 동생은 너무나 순진하다. 때로는 이름뿐인 직책이 얼마나 큰 무기가 될 수 있는지 알지 못했다. 그러니까 그렇게 구석으로 몰린 거겠지만. 그러나 천우진은 달랐다. 그는 주위의 이용할 수 있는 모든 것을 이용했다. 비록 그것이 허울뿐인 직책이라 할지라도 말이다.

"가주의 권위에 대항하는 자, 즉시 참수해도 할 말이 없겠지. 안 그런가?"

"우, 우리를 협박하는 것이오?"

"협박이라니? 후후! 나를 너무 착하게 봤군."

천우진이 싱긋 웃었다. 그 웃음에 두 사람은 전신에 오한이 드는 것을 느껴야 했다. 그러나 그에 상관없이 천우진은 말을 이었다.

"누가 보냈나? 당신들 두 사람은 장로원 삼대계파 중 하나인 청학자(靑鶴子) 조검상의 일파. 조검상이 보냈는가? 나를 한번 가늠해 보라고?"

"그, 그건……."

"후후, 조검상이 아닐 수도 있겠군. 조검상이 비록 삼대계파 중 하나를 이끌고 있다지만, 앞으로 나서길 좋아하는 성정이 아니니까. 그렇다면 다른 누군가가 당신들에게 입김을 넣은 모양이군. 나를 한번 떠보라고 말이야. 조검상은 그런 사실을 알고 있나? 조검상에게 이 사실을 말하면 꽤나 재밌어지겠군."

"으으!"

상관청소의 얼굴에 질렸다는 빛이 떠올랐다. 천우진의 말이 사실이었기 때문이다.

그는 비록 장로원의 삼대계파 중 하나인 조검상 일파에 속해 있었지만, 또한 총관부에도 줄을 대 놓고 있었다. 뿐만 아니라 다른 곳에도 연줄을 이어 놓고 있었다. 그것은 조검상도 모르는 사실이었다. 만일 그들이 함부로 움직인 사실을 조검상이 안다면 노발대발할 일이었다. 그리고 천우진은 그런 사실을 한눈에 꿰뚫어 보고 있었다.

"누군가? 삼부인가? 그도 아니면 총관부인가? 그도 아니면……."

천우진의 말이 이어질수록 두 사람의 얼굴은 창백해졌다.

단지 몇 가지 정황증거를 토대로 거의 정확하게 추론을 해냈기 때문이다.

"내가 살인을 했으니까 흔들 수 있을 줄 알았나? 아니면 멸혼관을 앞두고 날 흔들어서 평정심을 깰 작정이었나? 정말 그렇다면 유치함의 표본이군. 서너 살 먹은 아이들도 생각하지 않을 그런 어설픈 유치함 말이야."

천우진의 입에서 독설이 흘러나올수록 상관청소와 관가량이 주춤 뒤로 물러났다.

눈앞에 있는 남자는 그들이 알고 있는 천우경이 아니었다. 그와 같은 얼굴, 그와 같은 음성을 가지고 있었지만, 그의 몸에서 풍겨 나오는 불가사의한 기질과 독설은 그들을 완전히 압도하고 있었다.

그들은 천우진을 다그치러 왔지만 상황은 정반대로 전개되고 있었다. 결국 몰리다 못한 관가량이 자신도 모르게 허리에 찬 고검에 손을 가져갔다. 그러자 천우진의 뒤에 서 있던 거인이 하얀 이를 드러내며 씩 웃었다.

순간 전신에 오싹한 기온이 감돌며 소름이 올라왔다. 그리고 머릿속에 경고성이 울리고 있었다.

'저 남자는 내가 검을 뽑기만 기다리고 있다.'

그런 느낌이 순간 강하게 들며 관가량은 검을 잡아 가던 손을 멈췄다. 자신이 진다는 생각은 추호도 들지 않았지만, 그의 야수 같은 눈빛이 왠지 마음에 걸렸다. 또한 여기서 검을 꺼내 들기엔 여러모로 상황이 좋지 않았다. 결국 그가 택한 것은 수모를 참는 것이었다. 그러한 상황 판단력이야말로 그가 이제 껏 생존할 수 있었던 비결 중의 하나였다.

"크흐흐! 운이 좋은 녀석이군."

원개세가 아쉽다는 눈빛을 했다. 실제로 그는 상관청소가 검을·꺼내길 학수고대했다. 천우진에게 불만을 토로했던 것처럼 그는 손을 쓰지 못해 온몸이 근질근질한 상태였던 것이다.

"다, 다음에 봅시다. 오늘은 이만 돌아가겠소."

결국 상관청소와 관가량은 더 이상 견디지 못하고 허둥지둥 밖으로 뛰쳐나갔다.

천우진은 그런 두 사람의 등을 보며 나직하게 말했다.

"그들을 쫓아라. 지금부터 그들이 어디를 가는지, 누구를 만나는지, 그들의 치부가 무엇인지 모두 알아내라."

스륵!

천장에서 무언가 움직이더니, 곧 기척이 사라졌다.

"크큭! 그놈을 움직인 것이냐? 하긴 다른 것은 몰라도 그놈이 추적술 하나만큼은 일품이니까."

원개세가 키득댔다.

그들은 알까?

그들의 악몽은 이제부터 시작이라는 것을. 이제 그들의 일 거수일투족은 하나도 남김없이 천우진에게 보고될 것이다. 그들을 추적하는 자는 환영의 탑 지하에 갇혀 있던 다섯 명 중 은신술과 추적술의 정점에 서 있다고 평가받는 자였으니까.

'무서운 놈! 적들을 격동시킨 후, 오히려 그들의 허점을 이용하다니. 방금 나간 멍청한 놈들은 그런 저놈의 생각을 죽을 때까지도 알지 못하리라.'

천우진은 저들을 자신의 손바닥 위에 올려놓고 마음대로 조

종하고 있었다. 그러나 그들은 그 사실을 결코 알 수 없을 것
이다.

* * *

흑무원을 나선 상관청소와 관가량은 잠시 숨을 고르며 마음
을 안정시켰다.

그들은 뜻밖의 상황에 매우 놀란 상태였다.

설마하니 그가 이렇게 격렬하게 대립각을 세울 줄은 꿈에도
상상치 못했던 일이었다. 이전의 그와는 달라도 너무 다른 느
낌이었다. 마치 사람 자체가 변한 것처럼 무섭게 변한 그의 모
습에 소름이 다 올라올 정도였다.

그의 증오와 분노, 그리고 살의가 아직도 그들의 마음에 진
한 여운을 남기고 있었다.

"그는 변했소. 무엇이 그토록 그를 변하게 했는지 모르지
만, 그것이 결코 우리에게 좋은 것 같지는 않소이다."

"본인의 생각 역시 마찬가지요. 그는 변했소이다. 마치 예
전의 그가 아닌 것처럼 말이오. 본인의 눈으로 직접 보지 않았
다면, 정말 예전의 그라고는 도저히 믿을 수 없었을 것이오."

관가량은 아직도 많이 놀란 상태였다.

그만큼 천우경의 변화는 극적이었다. 이 변화가 자신들에게
화가 될지, 아니면 복이 될지 판단을 내리기가 어려웠다.

관가량이 말했다.

"우선 돌아갑시다. 그리고 대책을 세웁시다."

"그럽시다."

상관청소가 고개를 끄덕였다.

지금은 여기에서 이러고 있을 게 아니라 돌아가서 대책을 세울 때였다.

그들은 서둘러 자리를 떴다.

흑무원을 떠나 장로원이 있는 방향으로 향하던 그들은 이내 주위에 아무도 없음을 확인하고 방향을 바꿨다. 그곳은 장로원이 존재하는 곳과는 전혀 다른 방향이었다.

청수장(靑水莊).

구주천가 내에 존재하는 조그만 장원이었다. 구주천가에는 이러한 장원이 여러 개 존재했다. 그 대부분은 구주천가에 파견 나와 있는 삼대봉신가를 위한 것들이었고, 몇몇 장원들은 천가 내의 주요 조직들이 비밀 목적으로 사용하기 위한 것이었다. 그 목적은 철저하게 비밀에 가려져 있었기에 존재한다는 사실은 알 수 있어도 어느 조직에서 누가 운영하는지는 알 수 없었다.

상관청소와 관가량이 들어간 곳은 바로 청수장이었다.

두 사람은 천가 내를 이리저리 맴돌다가 추적자가 없는 것을 철저히 확인한 후에야 청수장으로 들어갔다. 그렇게 두 사람이 사라지자, 청수장 앞에 검은 그림자가 모여들어 사람의 형상을 만들어 냈다.

입으로 짐작되는 부분이 열리고 나직한 음성이 흘러나왔다.

"결국 여기가 최종 목적지인가?"

그의 주인은 그들의 모든 것을 알기 원했다.

그 역시 십 년이 넘는 세월 동안 환영의 탑 지하 뇌옥에 갇혀 있었던 존재였다. 십여 년 전 그가 소속되어 있던 살수 조직에 청부가 하나 들어왔다. 청부의 내용은 구주천가의 금지에 무엇이 존재하는지 확인하라는 것이었다.

당시 그가 소속되어 있던 살수 조직뿐 아니라 몇몇 살수 조직이 그와 같은 청부를 받았던 것으로 기억하고 있었다. 그들은 치밀한 공작 끝에 구주천가에 잠입할 수 있었고, 금지로 침입을 시도할 수 있었다. 물론 그러한 과정에 내부의 협조가 있었을 거라고 쉽게 짐작할 수 있었다. 하지만 당시에는 그런 생각을 할 정신적인 여유가 없었다.

그들은 금지를 통과하기 위해 자신들의 역량을 총동원했다. 그러나 그와 같이 침입했던 예순두 명 중 자신의 의지로 금지를 통과한 이는 단 한 명도 없었다. 그것은 그 역시 마찬가지였다.

거대한 안개 속에서 그들은 하나씩 제압됐고, 다시 정신이 들었을 때는 햇빛 한 점 들지 않는 시커먼 암동 속에 있었다. 그 안에서 천우진을 처음 보았다.

평생 햇빛 한번 보지 못했는지 너무나 창백한 얼굴에 어둠 속에 물들어 있던 그를. 그는 금지에 침입한 살수들의 공력을 전폐한 채 암동에 가둬 두고 그들이 하나씩 죽어 가는 모습을 지켜보았다.

그는 아무것도 하지 않았다. 단지 지켜보았을 뿐이다. 하지만 그 모습이 공포로 각인되어 있었다.

'나 섬호(閃虎)의 인생에 있어서 두 번 다시 기억하고 싶지 않은 시절이다.'

공포와 부상에 지쳐 동료들이 하나 둘 죽어 갈 때도 섬호는 살아남기 위해 악착같이 노력했다. 활동량을 최대한 줄이고, 호흡수를 최대한 줄였다. 또한 시각과 후각, 청각 등의 오감을 차단한 채 어둠 속에서 적응하기 위해 사력을 다했다. 그 결과 그는 어둠 속에서도 사물을 인지할 수 있는 능력을 가지게 되었고, 암동 속을 기어 다니는 쥐와 정체를 알 수 없는 각종 벌레들로 목숨을 연명할 수 있었다.

어쩌면 평생 밖으로 나갈 수 없을지도 몰랐지만, 그는 포기할 수 없었다. 그에게는 결코 포기할 수 없었던 이유가 있었던 것이다.

동료들이 대부분 죽고 결국 혼자 남았음에도 그가 생존할 수 있었던 이유 역시 그러한 생존에 대한 집념이었다. 어차피 자신이 속해 있었던 살수 조직에 대한 미련 따위는 없었다. 필요에 의해 선택하고, 서로 이용하는 관계였기 때문이다. 그에게 중요한 것은 이곳에서 생존하고, 언젠가 밖으로 나가는 것이었다. 그러나 시간이 흐를수록 그는 절망감을 느껴야 했다.

그가 밖으로 나갈 가능성은 보이지 않았다. 제아무리 초감각을 키우더라도 기본적으로 내공이 금제되어 있었기 때문이다. 그 상태로는 아무것도 할 수 없었다. 그렇기에 섬호는 하루하루를 지옥 속에서 보냈다. 그리고 나락으로 떨어질 무렵 천우진이 그를 찾아왔다.

밖으로 나가게 해 주겠다고, 일 년간 자신을 따르라고 말했다. 그러면 풀어 주겠다고. 당연히 그는 그러마 했다. 그가 주는 흑혈고도 덥석 받아먹었다. 그에게는 반드시 밖으로 나가야 할 이유가 있었기 때문이다.

악마에게 영혼을 팔아서라도 반드시 밖으로 나가야 할 이유가. 비록 천우진이 그를 제압한 당사자이지만, 일 년 후에 자유를 얻을 수 있다면 그를 위해 꼬리를 흔드는 개가 될 수도 있었다.

약속대로 천우진은 그를 풀어 주고, 무공을 회복시켜 주었다. 그리고 그는 알게 되었다. 천우진에게는 자신과 같은 존재가 네 명이 더 있다는 것을. 그리고 그들은 모두 천우진에게 복종한 상태였다. 그들에게 선택의 여지 따위는 존재하지 않았다. 천우진은 무력으로, 혹은 협박으로, 그도 아니면 흑혈고를 이용해서라도 그들을 자신의 수족으로 부렸다.

일 년 뒤의 자유를 약속하면서 말이다.

일 년 후의 자유를 위해서 섬호는 움직였다. 그는 자신이 알고 있는 최고의 은신술법인 흑월신영(黑月神影)을 펼쳐 청수장으로 스며들기 시작했다.

달이 새까맣게 물드는 그 순간 신의 그림자가 지상에 드리워진다. 섬호의 몸 역시 그렇게 시커멓게 변해 청수장으로 스며들었다.

겉보기에는 평범한 장원이었지만, 그 안에는 실은 수많은 고수들이 잠복해 있었다. 만일 섬호가 아닌 다른 무인이었다면 단번에 그들의 시선에 걸릴 정도로 뛰어난 무인들이 청수장 안에 다수 존재하고 있었다. 그러나 섬호는 특유의 은신술을 이용해 그들의 시선을 피해 서서히 안으로 잠복했다.

수많은 무인들이 지키고 있는 장원의 외곽을 통과해 내원에 접어들자 분위기가 일변했다. 수많은 홍등이 허공에 걸려 있고, 흥청망청한 분위기와 여인들의 웃음소리가 끊이지 않았다.

마치 기루와도 같은 분위기였다. 그러나 구주천가 내에 기루와 같은 유흥 시설은 엄격히 금지되고 있었다. 공식적으로 구주천가 내에 기루는 존재할 수 없는 것이다. 그런데도 청수장 안에서 버젓이 기루가 운영되고 있다는 사실을 어떻게 받아들여야 할까?

섬호는 눈을 빛내며 청수장 깊은 곳으로 들어갔다.

상관청소와 관가량은 청수장의 심처에서 중년의 여인과 만나고 있었다. 나이답지 않게 늘씬한 교구에 눈만 남긴 채 면사로 얼굴을 가린 여인. 그녀의 몸에서는 마치 서릿발과도 같은 기세가 피어나고 있었다.

마치 설원에서 거친 눈바람을 맞고 자라는 설중매(雪中梅)처럼, 그녀는 고고하면서도 감히 쉽게 범접할 수 없는 위엄을 가지고 있었다. 수많은 무인들이 숨어 있는 와호잠룡(臥虎潛龍)의 대지인 구주천가 내에서도 이 정도의 기도를 지닌 여인은 오직 한 명뿐이다.

화화신모(話華神母) 설상영.

삼부 중 구성인이 유일하게 여성들로만 이루어진 도화부(桃花府)의 부주이자, 자타가 공인하는 여중제일고수(女中第一高手)가 바로 그녀였다. 또한 그녀는 현재 가주직을 다투고 있는 네 명의 기재 중 유일한 여자 기재인 자미원 혁련청화의 대모이기도 했다.

현존하는 여무인들 중 가장 막강한 영향력을 자랑하는 그녀가 상관청소와 관가량의 앞에 있었다. 비록 상관청소와 관가량이 장로원의 일인이긴 했지만, 무력이나 명성, 그리고 영향력에서는 그녀에게 한 수 접어 줄 수밖에 없었다.

설상영은 두 사람의 말을 이제까지 들었다.

두 사람은 흑무원에서 겪었던 일들을 비롯해 천우진에 대해 자세히 설명했다. 그들의 설명을 들을수록 설상영의 미간이 찌푸려졌다. 그것은 결코 그녀가 원하는 바가 아니었기 때문이다.

"그러니까 두 분 장로님의 말은 천 공자가 변했다는 거군요."

"그렇소. 아마도 몽혼벽 안에서 무언가 심경의 변화가 있었던 듯하오. 그는 무척 흉……폭해졌소."

"흉폭해졌다? 상관 장로님의 말씀은 무척이나 이해하기 힘들군요. 그는 기본적으로 그럴 수가 없는 사람이에요. 사람의 성격이라는 것이 하루아침에 변할 수 있는 것도 아니고."

"내 생각도 그렇소. 하나 그것은 사실이오. 어떻게 된 일인지 모르지만 그는 변했소."

"흐음."

그 순간 면사 안에 가려진 설상영의 얼굴은 비웃음을 짓고 있었다.

그녀가 아는 상관청소와 관가량은 줏대가 없는 자들이었다. 삼대계파로 나누어진 장로원에서도 그들은 눈치를 보고 있었다. 어느 쪽으로 붙어야 자신들이 가장 유리할지 계산하면서 말이다. 현재 그들은 조검상에게 붙어 있었고, 또한 자신과도 연줄을 이어 놓고 있었다. 그뿐만이 아니라 총관부에도 줄을 대 놓고 있다는 것을 알고 있었다. 한마디로 자신들이 살 구석을 여러 곳에 마련해 두고 있다는 뜻이었다.

'이번에도 분명 만 총관의 부추김을 받아서 간 것일 터. 그런데도 큰 정보라도 되는 듯이 나에게 달려왔다는 것은 그만큼 동요되었다는 뜻. 정말 그들의 말대로일까? 아니면 줏대 없는 자들의 호들갑에 불과한 것일까?'

그녀의 고심이 깊어졌다.

사원 중 하나인 자미원의 혁련청화는 그녀의 수양딸이었다.

한때 강호를 주름잡던 명문세가인 혁련세가가 멸문한 뒤 그녀는 고아가 된 혁련청화를 입양한 후 혼신의 힘을 다해 키웠다.

혁련세가가 멸문당하기 전부터 설상영은 그녀를 지켜봤다. 그만큼 그녀는 뛰어난 자질과 미모를 가지고 있었다. 그렇기에 불의의 일로 혁련세가가 멸문당하자 손수 나서서 그녀를 몰래 거둔 것이다.

그녀의 바람대로 혁련청화는 구주천가 내에서 두각을 나타내더니, 종국에는 사원 중 하나인 자미원을 차지했다.

지금쯤 그녀는 멸혼관을 준비하고 있을 것이다. 그녀가 멸혼관을 통과하는 것에는 아무런 문제가 없었다. 문제는 다른 기재들이었다. 다른 기재들 중에서도 그녀는 천우경을 주시하고 있었다.

구주천가의 소가주이자, 어려서부터 천재의 길을 걸어온 그를 말이다. 그가 한창 이름을 날릴 때는 서문진기는 물론이고 반무상과 혁련청화조차 반 수 아래로 치부될 정도였다. 그렇기에 그녀는 누구보다 천우경을 신경 썼다.

'분명 누군가의 암습으로 쇠약해졌던 그였다. 때문에 이번 멸혼관에서 탈락할 것을 믿어 의심치 않았는데, 설마 그가 다시 부활했단 말인가? 어떻게?'

천우경이 약해졌다는 것은 구주천가의 수뇌부들이라면 모두가 아는 사실이었다. 단지 그 이면에 숨겨진 내용을 아는 이가 극히 적을 뿐이다. 그리고 그녀는 그러한 이면에 숨겨진 내용을 매우 잘 알고 있는 극히 소수의 인물 중 하나였다.

그녀가 물었다.

"그가 천 공자가 분명한가요? 다른 이가 그를 대신한 것은 아닌가요?"

"그것은 내가 확신할 수 있소. 그 어떤 역용의 흔적도 없을 뿐더러 그의 얼굴과 음성, 그리고 몸짓은 분명 천 공자가 분명하오."

"그럼 몽혼벽 안에서 모종의 변화가 있었던 것이 분명하군요."

"그렇소. 그러니 혁련 소저도 만반의 준비를 갖춰야 할 것이오. 자칫하다간 신모께서 오래전부터 준비해 온 대계에 차질이 갈 수도 있음이니."

"두 분께서 좋은 정보를 주셨으니, 그에 합당한 대가를 치러야겠군요."

"호호호!"

설상영의 나른한 음성에 상관청소와 관가량의 얼굴에 짙은 음욕의 빛이 떠올랐다.

짝!

설상영이 박수를 치자 밖에서 대기하고 있던 아름다운 묘령의 여인들이 들어왔다. 그러자 상관청소와 관가량의 눈빛이 흔들렸다. 속이 환히 비치는 나의(羅衣)에 늘씬한 몸매가 그들의 시선을 어지럽게 만들고 있었다. 여인들은 방 안으로 들어오자마자 상관청소와 관가량의 곁에 바싹 붙어 앉아 비음을 흘리며 술시중을 들기 시작했다.

"흐흐!"

"아이!"

금세 방 안의 공기가 후덥지근하게 달아오르기 시작했다. 그리고 설상영은 조용히 방을 빠져나왔다.

*　　　　*　　　　*

설상영은 자신의 거처로 돌아왔다.

방 한쪽에 걸려 있는 커다란 거울을 바라보던 그녀는 곧 얼굴을 가리고 있던 면사를 벗었다. 그러자 수려한 그녀의 얼굴이 드러났다. 마흔이 훨씬 넘은 나이에도 이십 대의 아름다움과 삼십 대의 농염함을 고스란히 간직한 그녀의 얼굴은 매혹 그 자체였다. 비록 세월을 속일 수 없어 눈가에 희미한 잔주름이 보였지만, 그녀의 아름다움을 퇴색시킬 수는 없었다.

그녀는 거울을 통해 자신의 맨 얼굴을 유심히 들여다보았다. 순간 거울을 들여다보던 그녀의 눈에 이채가 떠올랐다. 거울 뒤 저편에서 누군가 모습을 나타냈기 때문이다.

마치 신기루처럼 언제부터인지 존재하는 남자. 그를 보는 그녀의 입가에 웃음이 걸렸다.

"돌아오셨군요, 당신."

"그래, 돌아왔지. 드디어 이곳으로 말이야."

남자의 입가에도 웃음이 걸렸다.

설상영이 몸을 돌려 그를 바라봤다. 그토록 고대하던 남자다. 그녀의 유일한 사랑이자, 살아가는 목적인 그가 같은 공간에 있었다.

설상영이 그를 향해 다가갔다. 그래도 그는 움직일 줄을 몰랐다. 설상영이 그의 가슴에 이마를 기댔다.

"많이 그리웠어요."

"마찬가지야."

그가 설상영의 탐스러운 머리를 쓰다듬었다. 너무나 자연스런 그의 손짓에 그녀의 어깨가 흠칫 떨렸다.

그가 속삭였다.

"준비는?"

"완벽해요. 당신이 가르쳐 준 대로 그렇게 하나하나 준비해 나가고 있어요. 당신의 뜻대로 천가의 내부분열을 조장하고, 이곳을 이용해 천가의 고수들을 하나씩 우리 측으로 회유하고 있어요. 이제 조만간 천가는 무너지고 말 거예요."

"후후후!"

그가 웃었다. 만족스런 웃음이었다.

"천가는 조만간 무너질 것이야. 그것은 결코 의심할 수 없는 진실이지. 칠백 년간 키워 온 그들의 힘은 정말 엄청나지. 이런 암수가 아니더라도 그들은 정면으로 천가를 상대할 만한 힘을 가졌지. 그런데도 굳이 이런 암수를 쓰는 것은 천가의 철저한 몰락을 원하기 때문이지."

"정말 기대되는군요. 하아!"

"후후! 기대해도 좋을 거야."

설상영이 그의 목에 팔을 둘렀다. 그 역시 설상영의 허리를 두꺼운 팔로 바짝 끌어당겼다.

"당신을 위해서 또다시 몇몇 장로도 포섭했어요. 이미 수많은 이들이 당신을 위해 움직이고 있어요. 그러니 천가의 직계인 그만 죽는다면 당신이 다시 천가로 돌아오는 일에는 아무런 문제도 없을 거예요."

"후후, 문제가 있으면 어떠한가. 천가의 직계만 세상에서 사라지면 그 누구도 나를 막을 명분이 없는데."

그의 얼굴에 비릿한 미소가 떠올랐다.

천우경을 죽이기 위해 모든 것을 투입했다. 천우경은 짐작하지도 못할 것이다. 그 하나를 무너트리기 위해 얼마나 많은 이들이 움직였는지 말이다. 지옥에서 그 사실을 알게 되면 오히려 영광이었다고 말할지도 모른다. 그만큼 천우경을 죽이기 위해 투입된 물량은 엄청난 것이었다.

문득 설상영이 미간을 찌푸렸다. 방금 전 상관청소와 관가량이 한 이야기가 생각났기 때문이다.

그녀는 그에게 그들에게 들은 이야기를 전해 주었다. 그러자 그의 눈가가 미미하게 떨렸다.

"설마 그가 그 모든 독을 치유했단 말인가? 아니다, 그것은 절대 불가능한 일이다. 그가 중독된 독들은…… 더구나 금장혈괴에 당한 채로 그 모든 독들을 해독했다는 것은 천하의 그 어떤 존재라도 불가능한 일이다."

"저도 그렇게 생각해요. 아마 그 두 멍청이가 무언가 잘못 알고 왔을지도 모르죠."

"허나 결코 허투루 넘겨서는 안 될 일이다. 심모원려(深謀遠慮)한 대계일수록 오히려 사소한 것 하나 때문에 무너질 수 있기 때문이다."

"알겠어요. 그렇다면 아예 멸혼관에 함정을 파고, 그를 확실히 죽이도록 하죠."

"그것도 괜찮겠지."

그가 고개를 주억거렸다.

그는 설상영의 이런 빈틈없는 태도가 좋았다. 자신의 동반자가 될 만한 충분한 자격을 가진 여인이었다. 그는 그녀를 안고 있는 팔에 더욱 힘을 주었다. 그녀의 달뜬 숨소리가 그의 귀를 간질이고 있었다.

스륵!

그때 그의 귀에 무언가 움직이는 소리가 포착됐다. 순간 설상영을 감고 있던 팔을 풀고, 그의 몸이 섬전처럼 밖으로 쏘아졌다.

"누구냐?"

쾅!

동시에 그의 몸에서 한 줄기 강기 다발이 허공으로 토해지며, 대지에 커다란 구덩이가 파였다. 지름이 삼 장에 이르는 구덩이 위에 그가 내려섰다. 그러자 달빛 아래 그의 모습이 환하게 드러났다.

이제 사십 대 후반의 중년 무인, 마치 문사를 연상시킬 정도로 청수한 인상에 유난히도 깊은 눈동자가 인상적인 남자였다.

그가 바닥에 떨어져 있는 몇 방울의 피를 보며 말했다.

"누군가 이곳에서 우리 이야기를 엿들었다. 분명 상처를 입었을 터. 추적해서 반드시 그를 제거하라."

사사삭!

그의 말이 채 끝나기도 전에 근처에 은신해 있던 이들이 움직이기 시작했다.

"감히 누가 이곳에 숨어 들어왔단 말인가요?"

"그렇다. 나의 이목까지 감쪽같이 속였을 정도로 은신술의 달인이다. 누군가? 아직까지 구주천가에 이런 자가 남아 있었던가?"

"누굴까요?"

설상영의 얼굴에 근심의 빛이 떠올랐다.

그를 만났다고 너무 방심했다. 만일 평상시의 그녀였다면 누군가 이토록 가까이 접근한 것을 알아차리지 못할 리 없었다. 모든 것이 방심이 원인이었다.

방금 전의 열기는 싸늘하게 식은 지 오래였다.

"누군가 움직이고 있다. 극독에 중독되어 자신의 한 몸 건사하기도 힘든 소가주일 리는 없고, 그렇다면 우리가 모르는 다른 움직임이 존재한단 말인가?"

남자의 눈이 싸늘하게 빛났다.

"어떡하죠?"

"우선 주위의 경계를 강화하고, 당분간 모든 움직임을 멈춘다. 대신 장로들을 전면에 내세우고, 다른 조직들을 흡수하는 일에 전력을 기울이도록."

"멸혼관은 어쩌고요?"

"그대로 진행한다. 다른 어떤 계획보다도 우선하는 것이 그의 제거다. 그가 없어야 내가 전면에 나설 수 있다. 다소 부담이 가더라도 어쩔 수 없다. 나는 다시 천가 밖으로 나가 있겠다. 나중에 누구보다 화려하게 귀환하기 위해."

"알겠어요."

설상영이 고개를 끄덕였다.

남자가 하늘을 쳐다봤다.

"설사 하늘이라 할지라도 나를 막지는 못한다. 나는 반드시 이 거대한 괴물을 내 발아래 둘 것이다."

제10장

손바닥 위의 인형들

"으음!"

섬호의 입을 타고 나직한 신음 소리가 흘러나왔다.

그의 옆구리에는 길게 입을 벌린 상처가 존재하고 있었다. 방금 전 정체불명의 남자에게 당한 상처였다.

그의 몸에서 풍겨 나오는 기도 때문에 섬호는 감히 십여 장 안으로 접근할 수 없었다. 하지만 그럼에도 불구하고 그의 존재는 발각이 되었고, 그로 인해 추적을 당하고 있었다.

'누굴까? 그토록 가공할 기도를 갈무리하고 있는 존재는?'

극심한 통증 속에서도 섬호는 그의 존재를 떠올렸다. 그러나 그가 알고 있는 구주천가의 인명록 그 어디에도 그와 같은 존재는 기술되어 있지 않았다.

'하지만 그와 같은 분위기는 어디서 본 것 같은데……. 칫! 추적자들인가?'

섬호는 생각을 멈출 수밖에 없었다. 낯선 기척이 느껴졌기 때문이다. 사방에서 옥죄어 오는 살기, 그를 추적하는 적들이었다.

'모두 열여덟 명…… 나와 같은 부류다.'

자신과 같은 고도의 훈련을 받은 살수들이었다.

공식적으로 천가 내에는 살수 조직이 존재하지 않았다. 그것은 다른 무림문파들 역시 마찬가지였다. 어둠 속에 은밀히 숨어서 적을 암습하는 살수들은 경원의 대상이었고, 그런 살수들을 문파 내에서 키운다는 것은 스스로 무림공적임을 자처하는 일이었다. 때문에 무림문파들은 스스로 살수를 키우는 대신 살수들의 집단에 의뢰를 하곤 했다.

만일 예전이었다면 섬호는 상대의 살기만으로도 그가 속한 단체와 익힌 무공의 종류를 알아냈을 것이다. 그러나 그는 십여 년 동안 암동에 갇혀 있었고, 그동안 새로운 살문들이 우후죽순처럼 생겨났다. 때문에 지금 그의 지식으로 그들의 정체를 알아낸다는 것은 거의 불가능한 일이었다.

그러나 한 가지는 확실했다. 자신을 추적해 오는 살수들이 익힌 살법(殺法)이 무척이나 정교하고, 죽음의 수련을 통과했다는 사실 말이다. 그들은 자신을 주체하지 못하는 어설픈 살기가 아니라 확실하게 통제된 살기를 뿌리고 있었다. 이런 종류의 살기를 뿌릴 수 있는 살수는 무척이나 드물었다. 그만큼 그들은 대단한 존재였다.

'어떻게 할까? 여기서 그들을 물리쳐야 할까? 그도 아니면 뿌리치고 달아나야 할까?'

섬호의 눈이 빛나고 있었다.

적들도 실수였고, 자신도 실수였다. 이대로 물러나기에는 그의 자존심이 용납하지 않았다.

스르릉!

섬호의 양손에 어느새 소도(小刀) 두 자루가 들려 있었다. 그는 겨우 두 자에 불과한 소도 두 자루로 수많은 살행(殺行)을 성공시켰다.

'이곳에서 삼백 장 떨어진 곳에 사람들이 거의 찾지 않는 연무장이 있다. 그곳에서 승부를 낸다.'

어차피 이들을 따돌리지 못한다면 귀환할 수 없었다.

마침 인근에 구주천가 내에서도 으슥한 위치에 존재하는 탓에 거의 방치되다시피 하는 연무장이 있었다. 그곳이라면 좋은 승부를 낼 수 있으리라. 그렇게 생각하며 섬호는 몸을 날렸다.

쉬익!

그가 바람을 가르며 연무장으로 사라진 직후 그가 이제까지 있던 자리에 검은 복색을 한 남자들이 나타났다. 그들은 바닥에 점점이 떨어져 있는 선혈을 보더니 눈을 빛냈다.

그들은 말없이 서로의 얼굴을 바라보더니 일제히 몸을 날렸다. 그들이 향하는 곳은 섬호가 사라진 방향이었다.

오랫동안 방치되어 있다 보니 연무장의 분위기는 을씨년스
럽기 그지없었다. 여기저기 부러진 무기들이 굴러다니고 있는
데다 안개마저 스산하게 끼어 있어 어딘지 모르게 불안해 보
였다.

그런 연무장의 안개 속을 헤치는 남자들이 있었다. 하나같
이 검은 복색에 검은 복면을 한 남자들. 그들은 섬호를 추적하
는 무리들이었다.

그들은 오감을 활짝 개방시킨 채 섬호의 존재감을 추적하고
있었다. 칠흑 같은 어둠 속, 더구나 안개마저 시야를 방해하고
있었다. 이런 상황에서 믿을 수 있는 것은 자신의 감각밖에 없
었다.

그들은 섬호의 온기를 추적하고 있었다. 제아무리 극고의
경지에 이른 살수라 할지라도 자신의 체온을 숨기는 것은 쉽
지 않은 일이었다. 때문에 그들은 섬호의 온기에 집중했다.

유난히도 서늘한 밤이었다. 하지만 그 때문에 섬호의 온기
를 찾는 작업이 더욱 쉬워졌다. 복면인들은 연무장의 한쪽 구
석에서 은은한 체온을 느꼈다. 그들과 같은 고도의 수련을 받
지 않은 자들은 결코 느낄 수 없을 정도로 희미한 체온. 하지
만 그 순간 그들은 승자의 미소를 짓고 있었다. 자신의 존재가
발각된 것만으로도 이미 승부는 결정 난 것이기 때문이다.

쉬아악!

그들은 어떤 말도 없이 검을 날렸다.

실수들에게 입이란 불필요한 도구였다. 먹고, 숨 쉬는 일 이외에는 쓸 필요가 없는 것이다.

카카캉!

그들의 검이 섬호가 은신하고 있다고 파악된 공간을 어지럽게 가로질렀다. 그들의 눈에 은은한 환희의 빛이 떠올랐다. 검 첨에 살아 있는 생명체의 감촉이 그대로 느껴졌기 때문이다.

복면인들은 앞을 가로막고 있는 방해물들을 치웠다. 그 안에서 죽어 있을 침입자의 시신을 회수하기 위해서였다.

"……."

그들이 말없이 서로를 바라보았다.

열여덟 자루의 검에 찔려 죽은 불쌍한 생물은 인간이 아닌 고양이였기 때문이다. 더구나 검에 찔리기 전에 이미 고양이는 치명상을 입은 채 죽어 가던 중이었다. 누군가 그들보다 먼저 고양이에게 치명상을 입힌 채 숨겨 둔 것이다.

갑자기 그들의 등줄기에 소름이 느껴졌다. 그리고…….

스르륵!

소리도 없이 무언가 그들의 등 뒤에서 일어나고 있었다. 그들과 마찬가지로 검은 복색을 한 섬호였다.

푹!

그의 소도가 제일 뒤에 있던 복면인의 등을 관통했다. 부릅떠지는 복면인의 눈, 그러나 비명 따위는 지르지 않았다.

서거걱!

섬호의 소도 두 자루가 섬전보다 빠르게 휘둘러지고 여섯
명의 복면인이 피를 흩뿌리며 바닥에 쓰러졌다. 그러나 제일
먼저 쓰러진 자처럼 그들 역시 죽는 그 순간까지 비명 한번 지
르지 않았다. 대신 살아남은 자들의 반격이 시작됐다.

카카캉!

검과 소도가 연신 부딪쳤다.

그것은 소리 없는 전쟁이었다. 서로의 목을 향해 독아(毒
牙)를 드러내고 있었지만, 그 누구도 소리를 지르는 사람은 없
었다.

살수들의 전쟁은 그렇게 소리 없이 펼쳐지고 있었다. 만일
무기 부딪치는 소리마저 없었다면 누구도 이곳에서 그런 살벌
한 싸움이 벌어지고 있다는 사실을 짐작조차 할 수 없었을 것
이다.

퓨퓨퓻!

근거리에서 독침이 날아오고, 마찬가지로 독을 잔뜩 묻힌
암기가 허공을 갈랐다.

캉!

섬호는 두 자루의 소도를 휘둘러 암기를 모조리 쳐 냈다.

소도의 자루를 통해 느껴지는 감촉이 전율스러웠다. 자칫
집중력이 흐트러지는 순간 목숨을 잃을 수 있는 그런 절박감
이 그의 집중력을 더욱 고조시켰다.

적의 호흡을 느끼고, 적의 움직임을 미리 읽는다.

적의 숨결에서 공수의 간극을 파악한다.

십여 년 동안 지하 뇌옥에 갇혀 있으면서 육감이 극도로 발달한 섬호였다. 그의 눈은 적들의 호흡을 읽고, 그의 손은 적들의 허점을 파고들고 있었다.

서걱!

그 와중에 어깨에 기다란 자상을 입고, 다시 복부에 상처를 얻었으나 섬호는 개의치 않았다. 그의 눈에는 오직 적들의 허점들만 보이고 있었다.

십이 대 일의 불공정한 대결이었다. 극한의 흥분 속에서도 자신의 죽음마저 관조할 수 있는 냉정한 판단력의 소유자만이 이 안에서 생존할 수 있을 것이다. 그리고 섬호는 누구보다 냉정한 이성의 소유자였다.

쾌가가각!

손에 든 검 끝에서 느껴지는 뼈가 갈라지는 섬뜩한 감촉.

붉은 피가 허공을 가르고, 들리지 않는 신음성이 고막을 파고들었다. 그 속에서 섬호와 복면인들은 서로의 숨통을 끊기 위해 끊임없이 무기를 휘둘렀다.

열다섯 명의 복면인들이 쓰러지고, 오직 세 명이 남았다. 그러나 섬호의 긴장감은 오히려 이전보다 훨씬 극에 달했다. 가장 끝까지 살아남았다는 것은 가장 강하다는 말과 다름이 아니기에.

쉬익!

세 명이 품(品) 자 대형을 이뤄 달려오고 있었다.

사생결단(死生決斷)의 결의가 느껴질 정도로 단호한 모습이었다. 이미 그들은 자신들의 목숨을 도외시하고 있는 것이다. 대신 어떠한 희생을 치르더라도 섬호만큼은 제거하겠다는 의지가 전해지고 있었다.

꾸욱!

섬호가 소도의 손잡이를 힘껏 잡았다.

이젠 섬호도 목숨을 장담할 수 없는 상황이었다.

'그래도 최선을 다할 뿐⋯⋯.'

그의 발목을 잡고 있는 한 가닥 미련, 하지만 지금 이 순간만큼은 잊기로 했다. 지금 살아남지 못하면 미련조차 갖지 못하기 때문이다.

그때였다.

콰과가가!

갑자기 허공에서 거대한 무언가 떨어져 내리더니 무서운 기세로 쇄도해 오던 복면인들을 짓뭉개 버렸다.

우두둑!

"끄아아!"

"커헉!"

팔이 떨어져 나가고, 머리가 뒤로 꺾이고, 소름 끼치는 파열음이 터져 나왔다. 이제까지 비명조차 없던 복면인들이 처절한 비명을 지르며 죽어 갔다. 그리고 섭호는 볼 수 있었다.

전장의 한가운데서 피를 온몸에 뒤집어쓰고 있는 민대머리의 거한을.

"크흐흐! 겨우 이런 놈들 때문에 고전을 하다니, 아직 애송이구나."

하얀 치아를 내보이며 웃는 잔혹한 웃음을 짓고 있는 거인, 그는 다름 아닌 원개세였다. 천우진의 곁에 있어야 할 그가 이곳에 나타난 것이다.

"당신이 어떻게?"

처음으로 섭호가 입을 열었다. 그러자 원개세가 자신이 만들어 낸 피의 구덩이에서 걸어 나오며 말했다.

"그가 네놈을 데려오라 했다. 그런데 겨우 이런 놈들 때문에 고전을 하다니."

'그게 아니라 당신이 너무 강한 거요.'

섭호의 목구멍에는 결코 내뱉지 못할 목소리가 맴돌고 있었다.

원개세는 지하 뇌옥에 갇혀 있던 오 인의 인물 중 가장 발군의 무력을 소유한 자였다. 십여 년 전에 이미 천하십대고수의 일인으로 손꼽혔던 그가 얼마나 가공할 심득을 얻었는지는 짐작조차 할 수 없었다.

"돌아가자. 그 빌어먹을 주인의 곁으로……."

원개세의 말이 무심하게 연무장을 울리고 있었다.

　　　　　*　　　　*　　　*

　섬호는 피투성이가 된 채 천우진의 앞에 무릎을 꿇고 있었
다.

　그의 입에서는 청수장에서 보았던 모든 내용이 고스란히 토
해져 나오고 있었다. 그리고 천우진은 태사의에 앉아 그가 말
하는 내용을 듣고 있었다.

　상관청소와 관가량을 추적한 일, 그리고 그들이 청수장으로
들어간 일. 청수장의 주인이 화화신모 설상영이라는 사실을
듣는 그 순간에도 천우진은 미동조차 없었다.

　"마지막으로 그 괴인은…… 화화신모와 연인 사이로 보이
는 그 괴인의 정체에 대해서는 전혀 알지 못하겠습니다."

　그렇게 섬호는 보고를 마쳤다.

　그는 고개를 숙인 채 천우진의 처분을 기다리고 있었다. 그
는 임무를 완수하지 못했다. 적에게 자신의 기척을 들켰을 뿐
만 아니라 추적자들까지 완벽하게 처리하지 못해 타인의 도움
을 받아야 했다. 실수인 그에게 씻을 수 없는 수치였다.

　그는 채 지혈도 하지 못하고, 그렇게 석상처럼 무릎을 꿇고
있었다. 그리고 잠시의 시간이 흐른 후 질식할 것 같은 침묵을
깨고 천우진이 입을 열었다.

　"청수장과 총관부를 감시하라. 그들이 누구를 만나는지 하

나도 빼놓지 말고 감시하도록."

"알……겠습니다."

쉴 틈도 주지 않고 다시 돌아가라는 천우진의 명에 반발이라도 할 법하건만 섬호는 그러마 대답했다. 그리고 비틀거리는 걸음으로 물러났다. 하지만 천우진은 그런 섬호를 무심한 눈으로 바라볼 뿐이었다.

섬호가 사라지자 원개세가 이죽거렸다.

"아무리 냉혈한이라지만 너무하는 것 아니냐? 그는 네놈의 명을 이행하기 위해 불리한 싸움을 감수했고, 그 결과 족히 두세 달은 요양할 부상을 입었다. 그런데 부상을 치료할 기회도 주지 않고, 다시 돌아가라니. 그것은 놈에게 스스로 사지로 걸어가라는 것이나 다를 바가 없지 않은가?"

"후후! 무언가 잘못 알고 있군."

"무얼 말이냐? 내가 뭘 잘못 알고 있단 말이냐?"

"그곳은 사지가 아니라 생로가 곳곳에 있는 곳이다. 누구도 그런 소동을 일으키고, 다시 침입자가 돌아올 거라고는 생각하지 못할 것이다. 비록 감시가 엄중하긴 하겠지만, 설마란 심정을 가지고 있겠지. 그런 허점을 파고드는 것이다."

"으음."

원개세가 입을 다물었다. 일견 천우진의 말이 그럴듯하게 들렸기 때문이다.

그의 머리로는 도대체 천우진의 머릿속에서 어떤 생각이 들었는지 알 도리가 없었다. 아마도 능구렁이 수백 마리는 들어 있지 않을까 하는 생각이 들 정도였다. 그만큼 천우진의 속내 를 알 수 없었다.

"네놈의 궤변을 그럴싸하다고 듣는 내가 참 한심스럽구나. 그보다 그놈이 누구라고 생각하느냐?"

"누구 말인가?"

"화화신모라는 냄새나는 계집의 연인이라는 그놈 말이다. 천가에 그와 같은 존재가 있었던가? 저 살수 녀석의 은신술은 나라고 해도 쉽게 파악하기 힘든데, 정염(情炎)에 휩싸인 채 로 감지했다면 필경 보통 녀석은 아닐 것이다."

"그렇겠지."

천우진은 마치 자신의 일이 아닌 것처럼 그렇게 대답했다. 그에 속이 터지는 것은 원개세였다.

"아니, 네놈은 정말 궁금하지 않단 말이냐?"

"후후, 이미 짐작 가는 자가 있는데 궁금할 것이 또 무엇일 까."

"그게 무슨 말이냐? 네놈이 어찌 그자를 안단 말이냐? 네놈 도 나만큼이나 금지에 꼭꼭 처박혀 있었는데."

"꼭 밖에 나돌아 다녀야 모든 것을 알 수 있는 것은 아니지. 머리만 조금 돌아가면 몇 가지 정보만 가지고 있어도 금방 알 수 있는 사실이야."

"으음."

원개세가 입을 다물었다. 도대체 천우진과 이야기하면 자신이 바보가 된 것 같은 느낌이 들기 때문이다. 그런 원개세의 속내를 읽기라도 했는지 천우진이 말을 이었다.

"천씨들의 가문이라는 천가에 왜 천씨 성을 쓰는 이들이 드문 줄 아는가?"

"그걸 내가 어떻게 아누? 내가 천씨도 아닌데."

"그것은 가주가 된 자가 가장 먼저 하는 일이 바로 자신의 형제들을 숙청하는 일이기 때문이다. 천가는 그렇게 진혈(眞血)을 보존해 왔다. 차후 가주 자리로 형제와 혈족이 내분을 일으키는 것을 막기 위해 말이다. 그래서 수많은 자들이 밖으로 내쳐졌지."

"그럼?"

"아마도 그중에 한 명이겠지. 우경이와 같은 직계가 없어야 떳떳하게 돌아올 수 있다면, 그만큼 진혈에 가까운 방계일 테고, 그런 자들은 얼마 존재하지 않지."

천우진이 섬뜩한 미소를 지었다.

화화신모 설상영과 연인 관계를 유지하는 자. 그리고 중년의 나이. 이 정도만 가지고도 대충 그의 정체를 유추할 수 있었다.

"그래 봤자 방계에 불과하지 않은가? 더구나 그놈이 떳떳하게 돌아올 때쯤이면 다른 놈으로 가주 자리가 결정되었을 텐데."

"후후! 그 정도 대비는 해 뒀겠지. 가주 될 자의 치명적인 약점이나 부도덕한 면을 돋보이게 하고, 우경이의 불쌍한 죽음을 대비시키면 천가를 그리워하는 자들이 움직이게 될 것이고, 그로 인해 명분을 얻게 되겠지. 그 과정에서 천가는 철저하게 만신창이가 될 것이고."

단지 몇 가지 단편적인 정보만으로 천우진은 수많은 정보를 도출하고 있었다. 원개세 역시 그와 같이 섬호의 보고를 들었으나 이와 같은 생각은 꿈도 꾸지 못했다.

원개세의 눈가가 떨렸다.

'무서운 놈. 단지 그런 정보만으로 이렇게 추리해 낼 수 있다니. 정말 가공할 심기구나.'

할 수만 있다면 천우진의 머리를 쪼개 그 안을 들여다보고 싶은 심정이었다. 그만큼 천우진의 추리력은 가공하기 그지없었다.

"그럼 그놈을 잡아 올까?"

"후후, 이미 정체가 드러난 자가 무에 무서울까. 내버려 두도록."

"그럼 그놈을 그냥 내버려 두겠다는 말이냐?"

"이용가치가 있는 자니까. 도마뱀의 꼬리를 자르면 머리는 영원히 찾지 못하게 되지. 그는 나에게 많은 사실을 알려 주게될 거야. 그리고 그는 마지막까지 살아서 자신의 수족들과 그토록 얻고자 했던 모든 것들이 부서져 나가는 모습을 보게 될 거야. 그때서야 몸서리치며 후회하겠지. 자신이 살아 있음을 저주하면서."

중년의 나이라면 그의 아버지인 천북패 시대의 사람일 것이다. 천북패의 형제나, 그도 아니면 사촌일지도 모른다. 그중에서 설상영과 젊은 시절 연인이었던 자를 찾으면 금세 정체를 밝혀낼 수 있을 것이다.

"천가에 다시 돌아온 것을 환영해야 한다고 할까?"

이미 천우진의 머릿속에는 수많은 계책들이 떠오르고 있었다.

"그놈을 내버려 두고 무슨 일을 하려는 것이냐?"

"우선은 내일로 닥쳐온 멸혼관을 통과해야지. 그런 후엔 가주가 되고…… 그리고……. 후후후!"

*   *   *

멸혼관의 아침이 밝았다.

구주천가의 사람들은 곧 열릴 멸혼관을 기대하며 새벽부터 분주하게 움직이고 있었다. 이미 석 달 전부터 준비해 온 행사였다. 때문에 구주천가의 구성원치고 멸혼관을 모르는 이는 존재하지 않았다.

그들은 멸혼관을 학수고대해 왔다. 하지만 한편으로는 열리지 않길 바라 왔다. 멸혼관이 열린다는 것은 그만큼 천가의 위상이 흔들리고 있다는 의미였기에.

구주천가를 경계하는 최소한의 사람들만 남기고, 모든 이들이 멸혼관이 열리는 대연무장으로 모여들고 있었다. 수천 명의 사람들이 둥글게 모여 대연무장을 주시하고 있었다.

그들의 시선은 대연무장 한쪽에 마련된 커다란 단상으로 향해 있었다. 귀빈석이 마련된 단상에는 구주천가의 주요 직위에 있는 요인들이 하나 둘 합류하고 있었다.

같은 구주천가 내에 존재하면서도 쉽게 볼 수 없는 이들이었다.

구주천가에서도 이전, 삼부, 사원, 그리고 삼대봉신가의 수장들을 보는 것은 하늘의 별 따기만큼이나 어려운 일이었다. 사람들의 시선은 과연 그들이 한자리에 모일까 하는 기대감으로 빛나고 있었다.

구주천가이기에 일개 조직의 수장으로 머무는 것이지, 만일 세상으로 나가면 일개 지역의 패자를 자처할 수 있는 인물들이었다. 그런 그들이 한자리에 모일 기회는 거의 없었다. 생전의 천북패는 강력한 조직 장악력으로 한데 모았지만, 그가 서거한 이후 그들이 한자리에 모인 일은 단 한 번도 없었다.

멸혼관은 가주직을 두고 다툴 후계자들의 자질을 증명하는 자리였다. 그들은 대연무장의 지하에 설치된 각종 관문을 통과한 후 다시 대연무장으로 나와 최후의 시험을 받아야 했다. 제아무리 발군의 실력으로 지하의 열두 가지 관문을 통과하더라도 대연무장에서 서른두 명의 고수들이 펼치는 대합격진을 깨지 못한다면 허무한 최후를 맞이할 수밖에 없었다.

지난 백 년간 단 세 번만 운용되었고, 그때마다 도전자들은 생사의 간극을 오가야 했다. 그리고 수많은 사상자들이 속출했고, 최후의 승자는 항상 천가의 남자들이었다.

그렇게 천가는 항상 승자였다. 제아무리 시간이 흘러도 그들이 승자라는 사실은 결코 흔들리지 않을 불변의 진리와도 같아 보였다. 하지만 지금 그 절대불변의 진리가 흔들리고 있었다.

언제부턴가 천가의 위상이 흔들리기 시작한 것이다. 그리고 그 틈을 타서 수많은 군웅들이 천가 내에서 꿈틀거리기 시작했다. 일세를 풍미해도 좋을 그런 인걸들이 말이다. 그들로 인해 천가가 요동치고 있었다.

사람들은 주목하고 있었다.

과연 누가 멸혼관을 가장 우수한 성적으로 통과할지 말이다. 그리고 그 결과에 따라 천가의 향배가 갈릴 것이다. 천가가 천가로 남을 것인지, 아니면 다른 이름을 가지게 될 것인지, 이번 멸혼관을 통해 가늠해 볼 수 있을 것이다.

그때 갑자기 사람들의 함성이 울려 퍼졌다.

"와! 만공부(萬空府)의 무적마도(無敵魔刀) 담기주 대협이시다."

"저분은 적련부(赤蓮府)의 염화백검(炎火白劍) 남무해 대협이시다."

"오! 도화부(桃花府)의 화화신모까지……. 그야말로 구주천가의 거물들이 모두 행차하시는구나."

사람들이 호명하는 사람들은 다름 아닌 구주천가 내에서도 핵심적인 조직이라 할 수 있는 삼부의 수장들이었다. 그들은 오직 가주의 명만을 듣고, 독자적인 행동권과 자율권을 보장받기 때문에 구주천가의 그 누구도 그들에게 함부로 명하거나 자유를 제한할 수 없었다.

마치 사자처럼 강인한 인상에 허리에 찬 대도가 인상적인 중년의 남자가 바로 만공부의 수장인 무적마도 담기주였고, 타는 듯한 적발에 하늘을 향해 치켜 올라간 눈썹이 인상적인 남자가 바로 염화백검 남무해였다. 그리고 그들의 뒤를 따라 오르는 면사로 얼굴의 절반을 가린 중년의 미부가 바로 화화신모 설상영이었다.

엉덩이 무겁기로 유명한 그들이 제일 먼저 단상에 오른 것은 그만한 이유가 있었다.

만공부의 수장인 담기주는 삼대봉신가 중 한 곳인 화륜담가(火輪潭家) 출신으로, 백운원의 서문진기를 밀어주고 있었다. 예로부터 서문세가와 화륜담가는 무척이나 돈독한 관계를 유지하고 있을뿐더러 서문진기는 담기주를 자신의 친숙부처럼 따르고 있었다. 그러한 인연으로 담기주는 서문진기를 밀고 있는 것이다.

남무해 역시 마찬가지였다. 그는 적화원의 기재인 반무상과 매우 밀접한 관계였다. 반무상을 지지하는 것이 전혀 이상하지 않은 사람이 바로 남무해인 것이다. 그는 오늘 자신의 눈으로 직접 반무상의 성취를 확인하러 왔다.

화화신모 설상영은 자신의 애제자이자 후계자 중 하나인 혁련청화의 무위를 보기 위해 직접 몸을 움직였다. 면사 위로 드러난 그녀의 눈가에는 옅은 주름이 잡혀 있었다. 아마도 웃고 있는 것이리라.

그들의 등장 이후 속속 구주천가의 요인들이 모습을 드러냈다. 하지만 삼대봉신가의 수장들은 끝내 모습을 드러내지 않았다. 사람들은 결국 그들이 구주천가와 등을 돌린 거라고 지레짐작했다. 하지만 그 안에 담긴 자세한 사정은 알 도리가 없었다.

결국 총관인 만자개와 장로들, 그리고 천중전주인 추혼신창 구진서의 등장을 마지막으로 모든 요인들이 등장을 마쳤다. 그들은 단상에 차례대로 앉아 서로 인사를 나눴다.

"허허! 이렇게 각 조직의 수장들께서 한자리에 모인 것은 실로 오랜만의 일이 아닌가 싶소이다."

"그렇습니다. 같은 천가 내에 있으면서 그간 너무 무심했던 것이 아닌가 싶습니다."

"하하! 오늘의 일을 계기로 이제부터라도 우의를 더욱 돈독하게 다져야지요."

구진서를 비롯해 삼부의 수장들이 그렇게 인사를 나눴다.

그들의 얼굴에 떠올라 있는 것은 분명 웃음이었다. 하지만 얼굴 가득 짓고 있는 웃음과 달리 그들의 눈빛은 냉철하게 가라앉아 있었다. 상대의 웃음 뒤에 숨겨진 의중을 읽기 위해서였다.

'욕심 많은 늙은이, 여전히 사람 좋은 웃음으로 자신을 포장하고 있군.'

무적마도 담기주가 자신을 보며 사람 좋은 웃음을 짓고 있는 천중전주 구진서를 보며 눈빛을 빛냈다. 겉으로 보기에는 한없이 자비로울 것 같은 얼굴이었지만, 그 깊은 주름살 뒤에 숨겨진 음험함은 직접 경험한 사람이 아니면 결코 알 수 없을 만큼 독랄했다.

'흥! 평소에는 모임에 절대 나오지 않는 인간들이 자신들이 줄을 대고 있는 기재들이 나온다고 하니 기어 나오는구나. 욕심만 많은 것들이……'

구진서는 나름대로 담기주를 비롯해 삼부의 수장들을 욕하고 있었다. 장로들의 수장을 자처하는 그에게 있어 가장 큰 걸림돌이 있다면 바로 삼부의 수장들이었다.

하지만 그들은 그런 자신의 속내를 절대 드러내지 않았다.

본래 정치란 것이 그런 법이다.

웃음 뒤에 자신을 숨기고, 상대를 가늠한다. 그리고 그들은 그런 정치적인 처세에 매우 능숙했다. 그래도 한 단체의 수장이란 존재는 그런 정치적인 감각에 매우 익숙해야 했기 때문이다.

그렇게 그들은 자신들의 속내를 철저히 숨기고 웃음 띤 가면으로 대신했다.

한동안 인사를 나누고, 서로의 안부를 물은 후에 그들은 대연무장을 주시했다.

이미 해가 뜨기 시작했다. 이제 곧 멸혼관이 열릴 것이고, 후계자들이 모습을 드러낼 것이다. 요인들을 비롯한 사람들의 얼굴에는 그들에 대한 기대감이 가득 떠올라 있었다.

둥!

거대한 북이 울렸다.

드디어 멸혼관이 열릴 시간이 된 것이다.

중인들은 대연무장의 입구를 바라보았다. 그들의 눈에는 지대한 기대감이 흐르고 있었다. 그리고 마침내 입구에 누군가 모습을 나타냈다.

표표한 걸음걸이에 탈속한 듯한 고풍스러운 기도, 그리고 관옥과도 같이 잘생긴 얼굴에 입가에 머금은 은은한 미소까지 어느 것 하나 모자람이 없는 남자였다.

그의 등장에 중인들이 환호성을 내질렀다.

"와아아! 백운원의 서문 공자다."

"서문 공자가 왔다."

사람들의 목소리에는 흥분이 가득 차 있었다.

서문진기는 요즘 사람들이 가장 주시하는 인물로, 서문세가의 절정비공을 무서운 속도로 익힌 유일한 존재였다. 그로 인해 서문세가가 크게 일어나리라는 것이 사람들의 중론이었다. 그리고 그들의 기대에 부응해 그는 후계자들 중에서 두각을 나타내고 있었다.

특히 구주천가의 여인들이 그의 관옥 같은 외모에 열광하고 있었다. 그리고 서문진기 역시 그들의 기대에 부응이라도 하듯이 은은한 미소로 화답하고 있었다.

비록 담담함을 가장하고 있었지만, 그의 눈에는 오만한 빛이 가득했다. 높은 단상 위에 서서 뒷짐을 지고 있는 그의 오연한 모습은 그야말로 군계일학(群鷄一鶴)이었다.

'후후! 천하에 나의 존재감을 드러내리라. 오직 나 서문진기만이 구주천가의 주인이 될 자격이 있을지니…….'

서문진기는 오연한 눈빛으로 자신의 발밑에 모여 있는 수많은 군웅들을 내려다보았다.

"와아아!"

그때 또다시 함성이 울렸다. 또 한 명의 기재가 입장을 하는 것이다. 사람들의 시선이 일제히 입구로 향했다.

그곳에 칠 척이 넘는 당당한 체구에 마치 야수와도 같은 기운을 물씬 풍기는 사내가 들어오고 있었다. 헝클어진 산발에 무시무시한 안광을 뿜어내는 남자.

"반……무상."

서문진기가 그를 노려보았다.

그는 서문진기와 더불어 구주천가의 주인을 노리고 있는 반무상이었다. 적화원의 원주이자, 천하를 노리는 사내 중 하나인 반무상이 드디어 세상에 모습을 드러낸 것이다.

그 강인한 기도에 사람들은 환호성을 질렀다.

반무상의 모습은 수많은 무인들이 원하는 이상형이었다. 오직 무도에만 신경 쓰고, 세상을 모두 잡아먹을 듯한 강렬한 분위기는 사람들을 열광시키기에 충분했다.

반무상은 말없이 서문진기의 옆 자리에 섰다.

그런 반무상을 바라보는 남무해의 얼굴에 흡족한 웃음이 어렸다. 반무상의 강인한 기질이 마음에 들었기 때문이다. 그를 밀기로 한 자신의 선택이 틀리지 않았다는 생각이 들었다.

그 순간에도 반무상은 거친 숨을 연신 토해 내며 투쟁심을 고취시키고 있었다. 그 모습이 마치 길들여지지 않은 야수와도 같았다.

"오랜만이군."

"그렇군!"

서문진기와 반무상이 무뚝뚝하게 인사를 나눴다.

두 사람은 경쟁자였다. 두 사람의 사이가 좋지 않음은 만천하가 아는 사실이었다. 굳이 친한 척 가식적인 미소를 지을 이유가 없었다.

그렇게 두 사람이 신경전을 벌일 때 또 하나의 인영이 모습을 드러냈다. 두 사람의 시선이 동시에 새로 등장한 인물에게 향했다.

마치 눈처럼 하얀 옷자락을 휘날리며 대연무장에 등장한 여인. 마치 북풍한설(北風寒雪)이 날리듯 차가운 기도를 뿜어내는, 눈부시도록 아름다운 여인이었다. 피부는 마치 순백의 평원인 양 잡티 한 점 없이 눈부셨고, 얼굴은 옥을 깎아 놓은 듯 미려하기 그지없었다. 더구나 서늘하고 깊은 눈은 그녀의 미모를 더욱 부각시키고 있었다.

혁련청화였다.

사원의 기재들 중 유일한 여인이자, 구주천가의 가주 자리에 도전하는 철혈의 여인이 바로 혁련청화였다.

"와~!"

"여신이나 다름없구나. 세상의 그 어떤 여인도 저분보다 아름답지는 못할 것이다."

그녀가 사뿐히 걸음을 옮길 때마다 사람들의 탄성이 터져 나왔다. 구주천가의 가주를 노릴 만큼 강력한 무력을 소유하고 있는 여인이었다. 그녀를 품는다는 것은 언감생심 꿈도 꾸지 못할 일이었다. 하지만 눈부시도록 아름다운 그녀의 자태가 무인들로 하여금 탄성을 자아내고 있었다.

서문진기와 반무상 역시 눈이 부시다는 듯이 그녀를 바라보았다. 같은 사원의 기재였지만, 그녀를 볼 때마다 마치 여신 같다는 생각이 드는 것이다.

그러나 그녀는 빙옥의 여신이었다. 수많은 남자들이 자신을 향해 환호를 보내고 있었으나 그녀는 마치 얼음을 깎아 놓은 것처럼 무표정하기 이를 데 없었다. 하지만 그런 그녀의 모습이 오히려 더욱 사람들을 열광하게 만들고 있었다.

사라락!

옷자락을 휘날리며 그녀는 단상 위로 올라섰다. 그녀가 함께하자 단상 전체가 환하게 빛나는 듯했다.

'호호! 아름답구나. 세상 남자가 모두 네 발아래 무릎을 꿇으리라.'

화화신모 설상영이 자신의 제자를 보며 은은한 미소를 지었다.

수많은 남자들이 그녀에게 열광을 하고 있었다. 그것은 매우 기분 좋은 일이었다. 미모란 여인에게 가장 큰 무기이기에. 하지만 아직 자신의 제자는 그런 사실을 자각하지 못하는 듯했다.

그녀는 혁련청화가 발군의 무위를 선보이길 원했다. 그래서 구주천가의 가주 자리에 오를 수 있는 유리한 고지에 서길 원했다. 지금 그녀의 곁에 있는 두 남자만 견제한다면 그리 어렵지 않은 일일 것이다.

수많은 남자들이 자신을 바라보고 있었지만 혁련청화의 표정에는 변함이 없었다. 수많은 남자들의 시선 따위는 관심이 없었다. 지금 이 순간 그녀는 오직 멸혼관에만 온 신경을 집중하고 있었다.

문득 그녀의 눈에 이채가 어렸다.

방금 전까지 청명하기 그지없던 하늘에 갑자기 구름이 드리워지기 시작했기 때문이다. 스멀스멀 몰려들기 시작한 구름은 금세 대연무장에 그늘을 드리웠다. 그러나 사람들은 그런 사실을 인지하지 못한 채 자신들끼리 떠드는 데 여념이 없었다.

"그는 왜 안 나오는 거지?"

"그러게. 시간이 다 되었는데."

그들은 마지막 남은 한 명을 고대하고 있었다.

몽혼벽을 나서자마자 파문을 일으킨 사내. 천가의 적통을 잇고 있는 유일한 남자를 말이다. 비록 구주천가의 핵심 요직에 있는 이들은 그를 경원시하고 있었지만, 아직도 하급 무사들 사이에서 천우경은 우상이나 다름없었다. 비록 그가 고립되어 있다고는 하지만 하급 무사들이 그에게 보내는 신뢰는 여전했다.

'천우경…… 만일 천북패의 시대가 계속됐다면 천가의 가주는 그가 됐을 것이다. 그러나 천북패가 존재하지 않는 지금, 그 누구도 그의 편을 들지 않을 것이다.'

'이빨 빠진 젊은 호랑이여, 안타깝구나. 하지만 이번 시대의 가주는 분명 반무상이 될 것이다.'

담기주와 남무해는 자신이 밀고 있는 자들이 가주가 될 거라고 자신했다. 때문에 안타깝다고 여기면서도 그다지 애석하게 여기지 않았다.

'반드시 죽여야 할 자. 이번 멸혼관에서 반드시 그를 제거해야 한다.'

설상영의 눈은 한기를 흩뿌리고 있었다.

그녀는 혁련청화와 자신의 앞날에 가장 걸림돌이 되는 존재가 바로 천우경이라고 생각하고 있었다. 뿐만 아니라 그녀의 연인이 구주천가에 정식으로 입성하기 위해서는 반드시 그를 제거해야 했다. 때문에 그녀는 누구보다 천우경의 움직임에 촉각을 곤두세우고 있었다.

그녀뿐만이 아니었다. 장로원의 구진서와 총관 만자개 역시 천우경의 등장에 이목을 집중하고 있었다. 몽혼벽의 출관에서 파격적인 움직임을 선보인 후 그는 외부에 전혀 모습을 드러내지 않았다. 그래서 불안했다. 불안할 이유가 하나도 없건만, 무슨 이유에선지 그에게 자꾸만 신경이 쓰이고 있었다.

콰르르!

그때 하늘에서 마른번개가 쳤다. 어느새 하늘은 먹장구름으로 인해 시꺼멓게 어두워져 있었다.

"거참, 신기한 일일세. 아까까지만 하더라도 청명하기 그지없었는데."

"누가 아니라는가. 하필 멸혼관을 여는 날 이렇게 날씨가 변덕을 부리다니."

그제야 사람들이 날씨가 심상치 않음을 깨닫고 웅성거렸다. 그들 역시 이런 변덕스런 날씨는 처음이었기 때문이다.

그때 누군가 외쳤다.

"천 공자시다."

"어디, 어디?"

"진짜 천 공자다."

사람들이 웅성거리기 시작했다. 드디어 마지막 기재인 그가 모습을 드러냈기 때문이다.

저벅!

그의 발걸음 소리가 사람들의 귀를 울렸다. 이상하게 착 가라앉는 발걸음 소리에 사람들은 심장이 두근거림을 느꼈다. 곧 떠들던 사람들이 하나 둘 입을 다물었다.

"……."

사람들의 신경을 집중하게 만드는 그의 발자국 소리에는 침묵을 강요하는 힘이 담겨 있었다. 수많은 무인들이 모여 있는 대연무장에는 어느새 질식할 듯한 침묵이 내려앉았다.

저벅!

다시금 발자국 소리가 들리고, 드디어 그가 모습을 드러냈다.

칠흑처럼 검은 흑포를 걸치고 걸음을 옮기는 사내. 흑포와 대비되는 유독 창백한 얼굴이 도드라지고 있었다.

천우경이었다.

아니, 그들이 천우경이라 알고 있는 사내였다. 하지만 그는 천우경이 아니었다.

천우경의 얼굴을 하고, 천우경의 음성을 하고 있었지만, 그는 천우진이었다. 드디어 천우진이 세상에 처음 자신의 모습을 드러낸 것이다.

사람들의 동요가 느껴지고 있었다.

그들이 지금 이 순간 느끼고 있는 감정들이 여과 없이 그의 머릿속으로 흘러들어 오고 있었다. 반가움, 환호, 그리고 분노와 당혹감까지도 모두 고스란히 말이다.

천우진의 감정 없는 눈이 조용히 사람들을 훑었다. 그와 눈이 마주친 이들이 자신도 모르게 몸을 움찔했다. 분명 그들이 알고 있는 천우경의 모습이었건만 왠지 이질적으로 느껴졌기 때문이다. 천우진의 시선에 닿은 자들은 자신이 한없이 위축된다는 느낌을 받아야 했다.

하늘에 낀 짙은 먹장구름이 그의 걸음에 따라 요동친다는 착각이 들었다. 그의 등 뒤로 환상처럼 어둠이 따르고 있었다.

장내에 어둠을 몰고 온 천우진의 시선이 단상으로 향했다.

그곳에서 자신을 내려다보고 있는 세 명의 남녀가 보였다. 단 한 번도 본 적이 없는 얼굴들. 하지만 천우진은 그들이 자신의 동생과 함께 천가의 가주를 다툰다는 기재들임을 알아보았다. 비록 한 번도 보지 못했지만, 그의 머릿속에는 천우경의 지식이 고스란히 담겨 있는 것이다.

천우진이 서서히 걸음을 옮겨 단상으로 향했다. 지루할 만큼 느린 움직임에도 불구하고 사람들은 그에게서 시선을 외면하지 못했다. 천우진의 몸에서 흘러나오는 불가사의한 기운이 그들의 시선을 강요하고 있는 것이다.

그것은 구주천가의 요인들 역시 마찬가지였다. 천우진이 처음 등장한 그 시점부터 그들은 시선을 떼지 못했다. 천우진은 그런 요인들을 마찬가지로 한 번씩 훑어봤다.

끝을 알 수 없을 정도로 공허한 어둠을 간직한 그의 눈동자에 사람들은 근원을 알 수 없는 불길한 감정이 드는 것을 느꼈다.

천중전주 구진서를 보고, 만공부의 담기주를 지나쳐 적련부의 남무해를 스친 시선이 도화부의 설상영에게서 멈췄다.

빙긋!

순간 천우진의 얼굴에 옅은 미소가 떠올랐다. 그의 미소를 보는 순간 설상영은 등골에 찬바람이 부는 것을 느꼈다.

마치 모든 것을 다 안다는 그 눈빛. 자신을 조소하는 듯한 그 눈빛에 옷이 모두 발가벗겨져 한겨울의 평원에 내던져진 것 같은 착각을 느껴야 했다.

'설마?'

그 순간 천우진이 자신의 손가락으로 입을 막는 시늉을 하고 있었다. 그의 입가에는 여전히 옅은 웃음이 어려 있었다.

〈『십전제』 제2권에서 계속〉

십전제

<십지신마록(十地神魔綠) 1부>

1판 1쇄 찍음 2007년 11월 21일
1판 1쇄 펴냄 2007년 11월 23일

지은이 | 우 각
펴낸이 | 정 필
펴낸곳 | 도서출판 뿔미디어

기획, 편집 | 지영훈, 허경란, 김재영, 김유경, 윤나래
관리, 영업 | 정일근
출력 | 예컴
본문 인쇄 | 정음청
표지 인쇄 | 희남문화사
제본 | 대명제책사

출판등록 | 2002년 9월 11일 (제081-1-132호)
주소 | 부천시 원미구 심곡2동 163-2 3층 (우)420-822
전화 | 032)651-6513 / 팩스 032)651-6094
E-mail | BBULMEDIA@paran.com

값 8,000원

ISBN 978-89-5849-635-9 04810
ISBN 978-89-5849-634-2 04810 (세트)